雾里看花

吴士余 | 著

上海三联书店

目　录

辑一

出版

出版人的文化精神

建设国际文化大都市的口号又响起来了。四年前，新闻出版局长孙颙交给笔者一项任务：以"国际文化大都市"为题，策划一套能体现上海出版文化影响力的出版工程。受命之际，旋即邀请了近十位出版社社长、总编组成课题组，并征集上海高校近百位教授、领军学者的意见，鏖战数月，做出二份课题报告：一是《构造与时俱进的出版文化高地》，对近十年来上海出版作总体评估，分析上海出版资源的潜力及可持续发展的优势，梳理出版瓶颈的症结与突围方向，总结优秀出版工程的运作模式及其可资鉴的经验；二是《建设上海文化大都市出版工程》选题方案供专家、领导论证，方案设计出版项目约 23 项，925 卷（种），总投入资金约 5700 多万元。选题涉及上海大都市文化探索、中国历史文化典籍整理、当代中国经济社会发展研究、科学史和中西文化交流等。不少选题纳入全球化的视野，其学术水准处于全国专业理论的前沿。课题报告得到上级领导的赞赏。在等待高层审批之际，孙颙被调任他职，方案也就束之高阁。一晃数年，如今口号重提，颇有些感慨，也值得出版人的自省。

出版文化的高地建设，需要出版人的理性和坚守。口号与纲领能给人以鼓舞和信心，但作为出版文化建设的实践者，出版人注重的应是精神的凝聚和脚踏实地的行动自觉。如今，出版界不乏一些片面认知：陷于出版滞涨、供过于求的书市，出版文化建设的政绩仍是出版产值的排名及每年20%、30%乃至50%的增长指标。有悖于出版生产规律的高歌猛进，趋势附利的媒体效应，短视的价值诉求，其后果难免是来回折腾，昔日的假、大、空之教训犹记在耳。老出版家巢峰主政上海辞书出版社坚守四十余年，他的出版精神就是毕其一生献身于《辞海》。除十年修一书，还策划出版《哲学大辞典》、《历史大辞典》、《文学大辞典》、《宗教大辞典》、《军事大辞典》等数十部专业辞书，开拓了中国分科辞书的专业化、系列化的出版路径，使上海的辞书类工具书成为全国专业出版的风向标。巢峰先生并没有因"政绩"、"仕途"诉求偏离他对中国出版业的理念。这种执着、坚守、奉献的出版精神就是一种文化，也是当下应提倡的出版人文化。建设出版文化高地，首要的是锤炼、发扬这种出版人的文化精神。

建设出版文化高地，不是一蹴而就的，它有一个厚积薄发的长期积累过程。近三十年来，上海的一些重大出版工程，无不是几代出版人精心锤打和努力耕耘的结果。标志性的《辞海》、《英汉大词典》、《汉语大词典》、《新文学大系》、《十万个为什么》、《本草纲目》等莫不如此。希冀当年播种、当年收获的出版工程是难以达到质量上乘的目标的。重大出版工程往往是专家、学者、出版人精心论证、策划而成，决非心血来潮的一时之动。迎上、唯上、不务实，热衷自我包装，造势炒作的出版行为，往往是以折腾而告终。因此，出版人承传前辈出版人的经验和传统，应是不可或缺的文化品质。上海古籍出版社在中华文化典籍整理、研究的出版领域，之所以能保持数十年的强势和品牌，就在于对前辈出版精神的承传和发扬，出版强势、科学发展不可能产生于出版文化精神的断裂之中。

出版文化建设靠的是内涵的支撑。当下出版业走向市场的路径并非有错，但切实要防止无为而治带来的娱乐化、低俗化的出版倾向。多元出版、轻松阅读当然也是一种文化消费需求，但热衷风水、占卦、盗墓、穿越、戏说、伪保健、明星隐私，以此吸引读者眼球，不应是出版人所为。出版文化的主流是宣扬、承传中国的文化精神，延续中华文明，文化的价值诉求应与国际文化大都市的形象相匹配，没有文化精神的出版只能是一个灵魂苍白的躯壳。面对图书出版的娱乐化、低俗化倾向，也需要出版人的自省，需要提升对文化内涵的认识、理解和自觉。出版人是从事净化灵魂、延续文明的事业，若以为追逐、博弈利益为唯一准则就能做大做强，难免是舍本求末，建设文化强国终究会成为一句高调的空话。

夯实建设出版文化高地的基础，调整出版文化的投入也是当务之急。如今，人们对出版文化生产陷入一个误区，以为新技术驱动的新出版业态是创造高附加值的主要途径，于是不顾各地区、各单位的现实条件，蜂拥而上，巨额投资，四面开花；偏重于出版的大跃进，却忽视传统出版的资金投入，出版产业结构的均衡调控；有的把动漫、游戏的文化产值作为出版文化发展的政绩和标杆。出版企业为求生存不得不屈求于低俗化的产品，以致出版文化高地的失落，也就在所难免了。笔者并不排斥电子出版的功能和价值，但它有其自身的生产规律，这有待于探索、实践和总结，但不能因之而顾此失彼，偏废传统出版的投入。当年在市场上呼风唤雨，以电子书名噪一时的某公司如今已沦落到退市的边缘，这对理智的出版人而言，无疑是一个冷峻的提醒。出版人能否把握产业创新与产业均衡发展的良性协调、科学发展，扫除产值迷信，不只是考量其文化精神的真伪，也是鉴别出版人是否理性的一个标准。

文化大发展、大繁荣，建设国际文化大都市，不是一句应景的口号，而是艰巨的世纪任务。作为出版人应该在自觉的思考中努力探索、实践。

2012 年 3 月 2 日

构建学术出版高地

在上海大都市文化格局中，如何提升上海出版的地位和实力？这一话题颇具现代性和普遍性，也有助于对当下中国出版业发展的思考，值得一议。

何谓"大都市文化"，我的理解是，它的文化发展目标应是开放性的、创造性的、现代性的，也是全方位的。它的文化内涵应具有创新的活力、多元的结构、民族文化积累的传统、现代人文精神的张力，以及与时代同步的产业运作，等等。在"大都市文化"的整体框架中，出版业文化目标的设定则是一个不容忽视的重要构成，而构建学术文化的出版高地，显然是建设现代大都市文化的题中应有之义。

大都市文化建设，首先面临着新时代的挑战。这种挑战将凸显在文化的创新和提升上。因此，大都市文化的一个历史性目标就是对提升民族精神和文化素质提出新的要求。优秀的学术文化正是能直接体现民族精神的理性、智慧和新世纪文明涵义的知识系统。事实上，学术文化的创新和传播往往是一个时代逐步实现民族精神和文化素质提升的前提和表现形态。黑格尔说过，民族精神是人类精神的特殊表现形态和样式。它是表示民族的意识、意志的整个现实，是民族的政体、伦理、立法、风俗、科学、艺术、技术的共同特质和标记。显然，民族精神的提升始终表现为文化内涵的自我更新、自我扬弃、自我铸塑的过程。而作为整理、传播科学知识系统的学术文化出版便自然应当成为大都市文化建设的战略高地，其意义是不可低估的。

现代大都市文化的内涵发展有个重要表征，这便是有的学者所说的，"要有自己的思想学术流派，思想家和理论家，出现世界性影响的思想学术著作"。通过学术文化这一中介，在科学精神与人文精神之间形成文化张力，去推进社会的文明。因此，重视学术文化出版，也应看作是出版业内涵发展，扩充出版文化张力的一个重要举措。

在中国近现代史上，上海是一座具有悠久人文传统的城市。它不仅具有敏锐的时代自觉，率真的民族情怀，还有着先进的文化意识和不恪守传统、海纳百川的思想观念。这些构成了上海内在的精神品格和城市文化涵义。在这一文化生态中孕育的上海出版业，重视学术著作的出版、传播便成为一个文化传统。从清末民初的上海商务印书馆，二十世纪二三十年代的上海中华书局，到三四十年代的生活书店，都将传播学术文化视作出版人的职责所在。蔡元培的《中国伦理学史》、胡适《中国哲学史纲》、梁漱溟《东西文化及其哲学》、瞿秋白《社会科学概论》、杨东莼《中国学术史讲话》、艾思奇《大众哲学》、王亚南《中国官僚政治研究》、陈望道《修辞学发凡》、钱钟书《谈艺录》、王国维《人间词话》等等，这些权威、经典性的学术名著在各自的人文学科领域显现了学者们兼容并蓄的人文精神和承传中华民族的历史文明和睿智的思想成果。据《中国学术名著大辞典》资料统计，中国近现代的学术名著近千余种，几近95%为上海出版。正是如此，上海构建了学术文化出版的制高点和传承思想文化的张力，才确立了它的"中国出版重镇"的历史地位。由此而言，学术文化的出版自觉，是构建现代内涵式文化的重要支撑。没有自觉和创新的学术文化出版，现代大都市的文化建设也自然失去了现代人文精神的张力，出版业也难免会陷入商业化、平庸化、低端化的困境。

若从现代世界文化大格局的视角去审视大都市文化及出版业，也会发现一个不争的事实：学术文化被视作国际文化交流的主要平台，也是判别出版业是否成熟，并能否"走出去"融入世界出版大格局的标志。由于学术著述的作者大多是站在探索人类科学知识的最前沿的学者、专家，其著述往往起着影响专业学术建设，乃至政治、社会文明的重要作用。被人们公认的，马克思主义、中国的儒学、德国的哲学、法国的艺术美学、美国的政治学、经济学著作都对人类文明的历史进程起着重要作用。在这个意义上说，学术文化的出版是一种显示世界历史文明和现代文明所达到高度的标识。世界文明成果的国际化也是因为学术著作出版提供了交流的平台，才显示了它的真正意义。国际出版界的有识人士曾预测，国际化和信息化是世界未来出版的两大趋势，而学术图书的出版将在这未来趋势中扮演"先头兵"与"主力军"的角色。为此，构建中国包括上海的学术文化出版高地，是刻不容缓了。

学术出版高地是要在两个层面上进行规划和构建的。一是具有标志性意义的本土学术文化的原创著述，二是具有经典性意义的西方学术文化成果的译介，两者兼顾，不能单一以引进西方学术为圭臬。即使"引进"，也要有所选择和甄别。当下，出版界热衷于拿来主义，偏爱"引进"。有学者统计，近百年来，中国翻译西方学术著作已达 10 万余种，而西方翻译中文学术著作仅为百余种。显然，中国学术文化形象有被边缘化的趋势。这也说明，中国学术文化的出版不仅是现代都市文化建设的重要任务，更是维持中西文化格局，重铸中国文化形象的关键所在。当然，构建学术文化的出版高地需要体制及机制上的保证。舍此，这一文化战略目标毕竟是纸上谈兵，徒于形式。

构建学术出版高地，是实施中国出版业精品战略、走出去战略的重要举措，因此，这不仅是调整出版观念的思想务虚，更是需要纳入当下出版体制改革且亟待解决的现实问题。

2004 年 4 月 8 日

策划人语：三联评论

　　跨千年之际，笔者又重新回到人文社科的出版岗位，主持上海三联的编务。接盘伊始，便有一个意愿，企求能为繁荣、活跃中国学术文化尽绵薄之力。策划"三联评论"拟可视作上海三联出版理念的延续。自然，学术命题已不局限于经济学，将广伸到文、史、哲及人文学科的各个领域，特别是跨学科、跨文化的研究。王元化先生曾对目前知识界、教育界存在的"注重理工科、重实用，而轻文史哲"的倾向表示担忧，后者正是中国学术文化的重要构成。因此，"三联评论"的任务是将学界精英及中青学人的成果推向学界和公众社会。这一理念得到上海三联同仁的一致支持，为此，我感到欣慰，并充满着信心。

　　策划"三联评论"的初衷是旨在活跃学术文化。学术的本质意义是科学、是知识。作为学术研究，学术思想的探索是有其相对独立性的品格。不否认，任何时代的学术文化都渗透着部分或局部的意识形态成分，意识形态也因不断吸取新的、优秀的学术思想而显示其活力，但学术文化毕竟不是泛义的意识形态，它有自身的知识体系和学术传统。"三联评论"丛书所追求的，是学术的原创性和多样化，鼓励有思想的学术，有学术价值的学理知识，充分显示学术研究的科学性和理性，在不违背主流意识形态所规范的秩序下，倡导学术文化的自由。这也是我们确定丛书基调的出发点与归宿。

鼓励有思想的学术，不仅仅是指学术理念、学术伦理价值和学术文化构建，还包括认识论、方法论的创新。我们不准备在词章考据、文字训诂的传统学术方面开拓出版疆域，而是注重提升知识与思想之间的建设性张力，注重对新知识和新文化的建设。因此，收入"三联评论"的著述，可以是前沿性的思想文化研究，也可以是边缘性的学术探索；精英学术文化与大众学术文化并存，国学与西学互补；既欢迎某一领域的学理创新，也欢迎多元文化话语对政治学、经济学、历史学、社会学乃至文学、美学的讨论；学术思维方法不拘泥统一，实证的、微观的、宏观的，兼收并蓄。但有一点是强调的，学术研究的原创性应作为出版价值判断的依据。

学术著作出版的创意，还想在文本及形式上作些尝试。我们将"三联评论"限定在 8 万到 10 万字的学术著述。相对皇皇宏论而言，它们只是"微型学术著作"。这是希冀学者将某一命题研究的精华熬成一书，在简约的著述中凸显其学术文化的含金量。这一出版理念也是想矫正 90 年代以来盛行学界的空疏、矫情之风，重树"理精而义明"的务实学风，以匡正文化消费主义、商业世俗化侵蚀学术而导致的浮夸与焦躁。求短、求精、求新，将是"三联评论"这一品牌的定格。现收入丛书的，既有学界名流的精品，又有新进学人的力作。正是学界朋友的鼎力支持才使策划人的意图得以实施。

编辑"三联评论"将一以贯之三联的出版传统。这就是三联创始人韬奋先生所提倡的，"文化的继承和时代的创新"。我们将把"三联评论"视作学术新人的一块园地，即使有的著述还不够成熟，但只要有一点建树和突破，我们都表示欢迎。同时，学术研究作为科学知识，有着自身的价值基准和游戏规则，对一家之言，也将持宽容、尊重的态度。有位学界朋友说得好，"中国人的现代化过程，就是中国人文化心理结构世界主义化过程"。对中国学术文化的耕耘和建设，应该是开放性的、前瞻性的，决不能抱残守缺、拘泥传统，自然也不提倡抛弃传统。构建多元的、适应全球化的中国学术文化体系，将世界意识渗入到学术研究中去，应是中国学术文化发展的必然态势。这也是"三联评论"努力的方向和应尽的责任。

王元化先生在接受《新民周刊》记者的采访时，对学界知识分子提出一个希望："学界不要让世纪末的时尚口号和花哨的旗帜所遮蔽，使相互认同产生障碍"，"要沉潜于自己的专业，为迎接新世纪做一些扎扎实实的工作，拿出真东西来"。我和上海三联的同仁将以先生的希望自勉，执著、努力，为社会多出版一些优秀的学术著述。

2001 年 3 月 24 日

策划人语：视点

  经济全球化促进了世界文化的交流和对话。若说，21世纪将是世界文化对话的时代，是不为之过分的。世界文化格局承接经济全球化的浪潮而重建新的架构，应该是一种历史的趋势。它的一个显著效应将是世界人文资源的共享，人类文化在比较、融会、批判中不断创新和发展。

  因此，对话、交流、创新也将是21世纪中国学术文化的主题词。这意味着，中国学术文化的传统界域将被冲破，学术文化的生态平衡向现代形态倾斜和转变；学术思维的创造性和科学性，以及价值判断的认知理性与实践精神将更明显地被凸显出来。

  中国学术文化的创新须建立在两个前提下，一是对传统的、本土的文化传承的反思与重构，二是对人类文明的世界性考量。这是因为，当下的经济全球化浪潮为人类的文化发展提供了一个新的生态环境，同时也衍生了诸多新的人文现象和思潮需要去考量、追踪和研究。学术文化的发展不应停留在对传统人文精神的诠释与总结上，而是要求学者能对新世纪人类所面对的

14

新的人文现象、人文思潮作出迅速与理性的反应；积极参与经济、政治、文化、社会等方面变革，并作出科学的应答。而此，文化交流、对话，广采博纳，审慎辨析，充分吸收域外文化之长以丰富自我，使中国学术文化多一些现代意识的内涵，就显得重要和必不可少了。以人文学术出版为本位的上海三联书店理应为中国学术文化的创新和繁荣服务。这也是，我们在推出《三联评论》之后，酝酿和策划《视点》丛刊的初衷。前者意在为国内学界中坚和新锐提供学术创新的园地，后者则是介绍国外学界新的人文思潮和学术信息，为国内学人提供学术研究的第一手资料。我们企望将《三联评论》及《视点》作为上海三联学术著述出版的两翼，来反映中青年学者在文化交流、对话以及文化传承和创新方面的成果。

《视点》是不定期的丛刊，强调人文学术的主题性，即每辑确定一个专题，约请专家编选国外较有代表性的学者及其著述（或辑录其主要学术观点），并作综合性的评述，为求在某一学术专题方面能给读者有一个较完整的介绍。除了评介新的学术理念和信息，还将对不同文化价值判断的学术考量作理性的选择；为满足青年学子对国外学术文化的了解，还将对一些新的学术术语（包括跨语际的释义）作浅近的审释。这些都将作为中国学术文化的现代化建设的多层次与多元化需求提供服务，为国内学界的人文研究拓宽些学术文化的思维空间。我们希望能跟踪当代国外学界的人文思潮和学术研究的热点，反映国外学者在这一课题上较高水准的成果。限于我们学识的肤浅，常常会留下种种遗憾。但对这一目标，我们应该去作不懈的努力和追求的。

中国学术文化的发展是有自己的民族利益和意识形态的要求。在这方面，《视点》丛刊是不会放弃自己的文化身份的认同的。在评介域外文化时，将清醒地认识到不同文化背景和文化价值判断标准的差异；有的学术理念和课题研究会涉及意识形态的敏感性；对此，《视点》丛刊将注意它对民族文化承传的负面影响；文化交流和对话也应对域外文化资源进行客观而理性的评价与取舍；维护学术研究的科学性和严肃性。不可否认，因编者学术素质的局限，在选编中难免会出现疏忽和偏差，但尽量以深沉的历史意识和饱满的理性精神去对待域外人文学术研究，这应该要努力做到的。

但有一点要强调的，《视点》丛刊所译介的域外学术文化并非为了照搬、效颦，也不代表出版者的观点，我们的本意是为自身的学术文化建设提供一种参照和比较。在抵御销蚀意识形态的"西化意识"的同时，积极审视、选择、吸纳有利于社会主义学术文化建设的西方文明成果。笔者认为，代表先进文化前进方向，应包含着这种积极的出版意识。

2001 年 5 月 23 日

焦点对话：对接数字出版

吴士余：资深出版人
庄智象：上海外语教育出版社社长兼总编辑
李伟国：上海人民出版社原总编辑

当下出版业已面临新的挑战，尤其是产业生态环境的变化和市场的不确定性，给出版业界带来很大的压力。一方面是出版业转企改制亟待理顺一系列深层次的矛盾；一方面是出版业面对新媒体的挑战，以及产业链的瓶颈制约着正常增长。如何在生存中求发展，需要出版人共同面对，共同研讨。本着这样的意愿，《文汇读书周报》与上海市出版工作者协会联合主办"焦点对话"专栏，企求通过出版人的相互沟通和融汇共识来关注与解读当下出版改革、发展以及出版文化现象的热点话题，激活学术交流的氛围。

加快数字化转型是国家推动出版产业发展的一项战略举措，国家"十一五"文化发展纲要也强调重点支持数字出版工程，数字出版已成为出版人关注的话题。

吴士余：作为突破出版产业发展瓶颈的新路径，传统出版对接数字出版也成为出版界的共识。传统出版的文化资源进入公共领域后，出版业界逐渐失去对它的垄断和依赖，市场化的出版生态环境又凸显和激化了出版经营模式与产业链缺损的矛盾，传统出版产业发展空间日趋狭小，出版人陷入生存的困境已是不争的事实。传统出版业处在极致状态的言说得到业界人士的认同。为此，面对现实，寻找突围以及可持续发展的路径，便显得刻不容缓。数字化提供的技术平台和传播手段将为传统出版业态的更新带来新的观念、新的运行模式、新的产业链，无疑，这将会引发一场出版产业的变革。当然，如何对接数字出版，还需要科学和理性。

庄智象：传统出版对接数字出版，首先要解决定位问题，数字化出版的定义要科学。数字化出版要有明确的界定，现在这个概念还未搞清楚。如果任何传播手段都是出版的话，就会出现泛化的误区。广播也是出版，电视也是出版，都混在一起，现在统计的口径较为模糊，统计的很多数字其实是一种误导。如果网络游戏都作为数字出版的话，所有的和五官有关系的听读写的东西，是否都可以算出版？所谓的数字出版，应该界定在原来传统的以纸质媒介的传播手段转换成现代的数字网络传播手段，不宜把所有传播手段全部算出版，这样才能明确发展的方向，指导我们在数字出版中有所作为。

李伟国：传播手段、传播技术和内容究竟怎样界定？目前传统出版与数字出版对接只占到全部的 6%。在纸介质的出版中，图书出版是大户，但在数字出版的书报刊中，图书成小户。上海的数字出版只占全国的 17.5%，与数字出版对接的传统出版在全国所占比重甚小，而上海所占比重仅有 2.5%。就数字出版中的图书而言，还处在电子书的初级阶段。可见，出版与数字出版对接的空间应该是很大的，问题是需要对技术、内容、传统手段有新的认识。诸如古籍数字出版，又如数字印刷，互联网期刊、地图、音像出版，互联网教育出版等等，这些都尚未形成产业。如果传统出版加快与数字出版对接的步伐，就可不断累积附加值，而最大的利润就在附加值之中。数字化出版的优势在于传播手段强大，产业发展迅速。现在传统出版在数字出版中占比重不大反映了传统出版人在这方面的觉醒比较慢，心态还不支持网络。

吴士余：数字出版的定位不宜泛化，也不宜偏狭。它将涵盖网络出版、数字化书报刊、数字印刷、数据库等多种出版业态，并非单一的图书。除对数字出版作科学定性，还应该解决数字出版对接的定位。时下流行传统出版向数字出版转型一说，笔者以为，此说过于激进，"对接"较之"转型"更为理性。对接，是充分利用数字技术平台，将多元的文化元素融入传统出版业态，实现传统出版产业链的延伸和创新。对接的目的不是使传统出版边缘化或消亡，被数字化取代，而是通过数字化的技术手段融汇出版资源，拓宽出版载体，赋予图书产品更多的传播功能，适应新媒体时代的大众阅读节奏和习惯。诸如，知识的集成、检索、收藏、携带，跨地域、跨文化的流通。其最终目的，在于承传文明，提升文化影响力。对接，不能简单地理解为形式上的业态转型。

李伟国：对接的优势是在内容。出版人是做技术还是做内容？怎样保护内容利益的最大化？在数字出版时代，内容的原创性和优质化尤其重要。上海出版的优势就出版概念涵盖了很多内容，包括公益事业的和文化内涵的，传统出版的内容资源比网络上的资源更优质化。如像工具书、学术出版，在全国占有一定地位。高品质的学术出版在一家出版社出版后，不会在其他出版社再出版。从出版渠道角度来讲，传统出版渠道梗阻，退货无理由，拒付款也无理由，这些问题在数字出版上来看，目前还没有这样的状况。我们有优质的东西，应该利用网络畅通无阻的渠道来占领。当数字出版积累到一定程度后，人家的资源必定向你靠拢。数字出版的资源建立起来了，他积累的功能比传统出版厉害，数据库的含量就越来越大，传统出版与数字出版对接这是大势所趋。

吴士余：对接数字出版是传统出版人的一种主动性、自觉性的战略突围，其前提条件，除了内容资源的优质化，还应具备数字技术平台、监管服务平台、公共阅读服务平台的后续支撑，探索新的分级分类的管理模式和运营机制，建构政府主导、市场运作、资本多元的合理构架，没有体制与机制上的支持和保障，对接仅是一种冲动和愿望，若让所有出版社都去做"对接"，那必然会陷入资金、人才、管理、运作的困境。

还须强调的，对接数字出版有着传统出版的区域的特殊性。各地区出版业态的优势、资源、经验积累都有着各自的侧重和特色，对接需因地制宜。切忌洋教条、一刀切。

2009 年 5 月 22 日

焦点对话：好阅读　坏阅读

吴士余：资深出版人

曹维劲：学林出版社社长

4月23日世界读书日，温家宝总理视察商务印书馆，参加"阅读与人生"主题演讲会。温总理号召开展"读好书"活动，全国各地纷纷响应，由此引出"好阅读　坏阅读"的话题。

吴士余：阅读充实知识，丰富人生，不仅能促使个人的成长，也能提升城市发展的活力；阅读不仅是社会文明的一种形态，也是传承文明的一种形式。所谓好阅读，便是倡导当代人的文化阅读。通过读好书，构建与和谐社会相适应的书香社会。近三年来，"百家讲坛"就是推动了学国学、学经典的大众阅读。论语心得，庄子心得，品中国人、品三国，以及贞观之治，明朝那些事，康熙大帝等对中国唐、明、清诸朝历史的解读，对中国四大文学名著的解析，都成了城市大众阅读的热点，其阅读的影响力、持久性远远超过了"文革"书荒的文化阅读。

我们可以思考一下，"百家讲坛"推动经典书籍的大众阅读不下数十种，但归结起来无非两个方面，一是如何为人、做人，二是如何治国、兴国。中国的儒学文化传统构建了"和谐"的伦理哲学，"中和"的文化思维，这对当下的建设和谐社会，构造和谐的社会文明，重塑信念，规范行为仍是一种可贵的精神基础；审视中国封建王朝的兴衰，社会更迭，尤其是治国安邦的得失，仍不失为以史鉴今的一种经验积累。这也就是为什么"百家讲坛"能持久推动大众文化阅读的缘由。今天的阅读，可以说是对中国传统文化精神承传、弘扬的一种自觉。

曹维劲：谈到"好阅读"，使我想起了一句老话："开卷有益"。其实，任何事物都有两面性，"开卷"未必一定"有益"，这已经为一些事实所证明。所以，在提倡"读好书"的同时，厘清"好阅读"与"坏阅读"，就显得十分必要。

吴士余：坏阅读，较为浅显地理解，便是读坏书、不健康的书。笔者以为，坏阅读的误导，主要还是不良的阅读功利性。诸如，读书尽兴于猎奇，窥视隐私、潜规则的丑闻；或是满足于浅阅读，读而不求甚解，一知半解。阅读并不排斥休闲读书，在轻松中获得娱乐。但应避免把阅读当作一种消遣或消费。读书的目的在于知识的积累、对生活的发现、对人生的感悟。树立良好的阅读功利性，也是一个人精神气质和生活方式的彰显。

曹维劲：你所说的"坏阅读"，似乎涉及了这样三个层面的读书现象：一是"读坏书"，二是"功利性阅读"，三是"浅阅读"。"读坏书"当然是一种"坏阅读"，特别是在大众阅读层面。

至于"功利性阅读"与"浅阅读",我倒以为不能简单地去判定"好"与"坏"。如功利性,这是人类一切活动的内驱力,是推动人类进化、社会进步的杠杆。唯其如此,作为人类活动之一的读书,其首要功能无疑是它的实用功能,即功利性。由此,我们不妨这样说,"功利性阅读"也是一种具有积极意义的阅读,它既包括"为中华崛起而读书"的大功利阅读,也包括为个人成功的小功利阅读。不过,如果过于急功近利,阅读过于专注于个人的成功和名利,就走向了负面,成了你所说的"不良的阅读功利性"。同样,"浅阅读"也不能一概而论。"浅阅读"总比不阅读好,只要书的内容是健康的,无论"深"、"浅"都有其自身的价值;况且,由浅入深,本也是读书的题中应有之义。当然,如你所说的:一味停留在"浅"的层面,甚至"尽兴于猎奇,满足于不求甚解",就不能算是一种好阅读。不过如同一切精神活动都是十分复杂的一样,阅读也不例外。如有些专家一方面批评"功利性阅读",一方面又指责休闲、愉悦性的浅阅读,使自己陷入了不能自圆其说的悖论之中。因为许多"功利性阅读"恰恰是相当深刻的阅读;而那些休闲、愉悦性的"浅阅读"倒又不失为一种非功利性的审美阅读。鉴于阅读的这种复杂性,尽管,阅读确实存在"好"与"坏"之分,但我却不主张简单地给某些阅读戴上"坏阅读"的帽子。我们要做的是积极地、大张旗鼓地提倡各种"好阅读"。

吴士余: 当然,好阅读,还需要拓宽空间,把阅读的视野放得更宽、更广泛些。我们热衷中国传统文化阅读是好事，但也不可否认，中国传统文化有其封闭性的一面。在我们的生活中、文化交往中，人们常常提及"中国元素"这个词，而它的象征往往是"长城"、"紫禁城"、"活字印刷"、"北京胡同"、"旗袍"、"陶瓷"，这些都从国家意识形态、建筑、文化、居住、生活等人文生态不同层面显示了传统文化思维的封闭性。

当社会进入全球化时代，开放、交流、融合，成了新的主题词，因此，阅读空间应该要有新的延伸。不妨有选择地阅读一些西方著作，从中了解西方国家和民族的文化传统、文化精神是怎样推进历史、社会的进步的。

曹维劲：谈到拓宽"好阅读"的空间——从中国传统文化到西方名著经典——使我又想到读书界的另一句名言"读书无禁区"。其实，从某种意义上讲，所谓"好阅读"、"坏阅读"，并不在于阅读过程本身，而是取决于阅读的目的与心态。如果有一个正确的读书目的与健康的阅读心态，那么，读书是可以无禁区的，开卷也应该是有益的，"坏阅读"在一定条件下是能转化为"好阅读"的。反之，哪怕你读的都是经典，也未必能读出好的效果来。

2009 年 7 月 3 日

出版博士后

辽宁出版集团爆了一条重磅新闻：投资数十万设立博士后科研基地。豪言之下，辽宁将有"出版博士后"出山。

查教育部学位授予资格，仅高校及科研院（所）尚有设硕士、博士学位点的资格，并无博士后之说。其实，博士后并非学位等级，只是博士进科研基地二至三年独立完成国家或省部指定研究项目，出站后便成博士后。

显然，辽宁出版集团仿效而行之，实是引进高端人才，且重视出版业研究和开发，提升出版生产力的一个举措。

辽宁出版集团整体上市，以做大做强出版主业为企业架构，自然引起出版业界同行的关注。尤其是，出版企业进入资本市场，如何提升企业发展的推动力和生产力，更是出版人亟须解决的问题。近期，笔者有机会赴辽考察，见到集团高管，颇获解惑之心得。其中印象甚深的是，该集团投资数十万元设立博士后科研基地，从高校、科研单位吸纳高层次专业研究人才，搭建产、学、研共赢互利的合作平台，致力将出版产业研究置于上市公司的重要战略地位，这在出版业界还属首创。

据介绍，博士后科研基地的工作目标是，为建立出版企业自主创新体系，提供可行性研究和实施报告；具体方向则是通过出版业态的发展趋势与盈利模式变化的考量，以及与国际大型出版传媒集团的比较研究，设计跨媒体、跨地区、跨国界扩张的发展路径和运营模式，提供推动出版创新、传媒创新，提高综合竞争力的制度、政策设计与服务平台。博士后科研基地的架构，可谓地位明确，起点立意高，思路新颖，目光远大，令人瞩目。

中国的出版业正处在转型期，出版业改革与发展，固然要尊重市场经济的规律，但更须从现存的文化生态环境、出版业态的实际出发，思考和设计产业发展的战略目标和实现路径，其间，包括政府部门的窗口指导与政策支持。当下，出版业存在着诸多制度性缺陷，造成产能过剩，有效供给不足，企业良莠不齐，书市有待拯救等等问题，出版业改革不能单凭感觉行走，需要科学论证和研究。从某种意义上说，出版业的研究是科学发展的重要前提和环节。

虽说，业界不乏对中国出版业的思考，但较多是宏观性、导向性的言说，各地出版论坛的学术演讲，也许能活跃思维，但如果只是概念的、时尚的、缺乏有的放矢的论证，学术演说难免浮于表面的热闹。出版业改革的探索与创新的当务之急是出版发展的现实性与应对策略的研究。出版社的企改已进入到操作层面。随着改革的深化，出版生态环境发生显著变化，这使中国的图书市场面临严峻的挑战，也暴露了诸多传统出版体制的缺陷。因此，出版人对当下出版业与图书市场的评估和发展战略应有理性的思考。

两年前，正当管理层及媒体高调宣称图书销售一年上一台阶时，老出版家巢峰先生第一个向全国媒体发出呐喊：中国图书市场存在"滞胀现象"。他的判断引起管理层的震动，两年多来的出版现状证实了巢先生的判断。巢先生的分析评估并非出于主观臆断，而是运用经济学的市场统计和实证分析所得出的结果。这表明出版研究的必要性。由巢峰先生的言说，我们可引申出更深层次的诸多话题，如，如何在自主创新中完善制度化、专业化的企业结构和经济结构，提升出版业的文化软实力和影响力，整合、优化出版资源，建构出版新业态的商业模式和实现途径，寻求中国出版业融入世界主流图书市场的新路径，提高政府对出版的有效管理职能等等。出版业界若缺乏调研基础上充分的科学研究，囿于走一步、看一步的实用主义改良，或偏执于大而无当的乌托邦说教，出版业改革难免是盲目的、低效的。

应该承认，出版业改革明显滞后于其他行业（包括新闻传媒业）。其中，固然有意识形态的缘由，但不重视行业研究对改革发展的引导作用，也是个重要因素。时下，出版业的某些改革举措虽然也推动了传统出版业的转型，但不可否认存在某些感性成分和实验性质。试举企业目标考核为例。双效益目标考核是出版企业改革甚为认同的重要机制。但实际运作则往往异化为个人经济指标责任制。市场竞争的利润最大化原则与文化担当的责任性很难由承担经济责任的个人作出理性的选择；而名目众多且有书商背景的工作室加入出版，在加剧出版业竞争（包括策划人才、营销模式）的同时，出版企业的专业化优势、品牌优势明显缺失，精品战略陷于困境。在这些表象的背后，隐含着传统出版业转型的制度性缺损。仅凭感性经验和改良实验难以解决深层次的问题，这需要通过理性的调查研究和科学分析寻求新的改革路径。日本《出版大崩溃》作者小林一博熟知市场经济下出版业从复苏、繁荣到衰落的渐变过程，以及日本出版业界的种种弊端，但在寻求改革路径时仍不免囿于感性的经验，缺乏理性的研究，结果陷入坐而论道的尴尬。当下，日本出版业仍处于十年徘徊期，其中一个原因是，尚未有出版研究的理性支撑。同样，对中国出版业改革发表言说的，大都是从业多年的出版人。客观地说，出版人的言说偏重于感性经验和细节表象，且又急于求成，倾心于解惑实际矛盾的功利性，缺乏理论的思考，由此，不少言说不够稳定，或缺少前瞻性。当然，业界人士也有精英言说和研究成果，可惜并不多见。

出版研究靠几个精英、有识之士，或举办论坛制造媒体效应是无济于事的。需要有一支具有理论素养的专业学者和有实践经验的出版人相结合的专业队伍，发挥团队的智慧做潜心、扎实的专业化研究，政府及行业应该提供必要的物质资助和学术平台。辽宁出版传媒集团组建博士后研究基地不失为一种有效途径。

2008 年 6 月

辑二

读　书

阅读经典

　　罗曼·罗兰可谓是一生博览群书。他对莎士比亚、歌德、托尔斯泰的作品情有独钟，娴熟于心；对法国思想家帕斯卡尔，宗教史学家勒南，古希腊唯物论哲学家昂佩多克莱斯，以及印度圣雄甘地的经典著述也颇有研究。罗兰广博的学识以及对社会敏锐的洞察力，使其作品总有一种震撼力量。早期的戏剧作品《信仰悲剧》三部曲以深刻反映法国大革命中知识分子的命运和心灵历程而引起文坛关注。20 世纪初陆续发表的《米开朗琪罗传》、《贝多芬传》、《托尔斯泰传》则以散文家的激情、文采，史学家的博识、睿智与艺术家的审美素养开创了法国史传体传记文学的先河。

　　罗兰的博学和成就，得益于他一生遵循的理念：阅读经典。从古代或当代的经典著作中，发现作家有价值的东西，竭力汲取他们的思想和力量。罗兰撰写的大量读书札记（见上海三联版《罗曼·罗兰读书随笔》）便是他孜孜不倦地求索的思想记录。

　　罗兰善于在反复解读经典中攫取知识。读书随笔《四论莎士比亚》记录了多次阅读莎士比亚作品的不同体验和心得。青少年时代，罗兰初读莎氏名作《第十二夜》、《暴风雨》、《辛白林》，只是让剧情牵引着朦胧的感受，被主人公薇奥拉、佩迪塔、米兰达那种女性"神秘而温馨的魅力"而"扰乱了心扉"。当时，他对莎士比亚只是"充满着激情和虚无的浪漫梦想"。十余年后，当他学业有成，重新阅读莎剧时，已被莎翁"全身心崇尚文艺复兴"那种"暴烈的热情和人道精神"所感染。怜悯，作为"莎士比亚作品的标志"的人道主义，不断地渗透到他的思维疆域中。在莎氏的经典作品中，罗兰发现了"思想和艺术的成熟丰富，经验的宝库，自我的驾驭，平静、高度理智的微笑"。直到晚年，罗兰每重读一遍莎氏的经典作品，仍被这种"懂得把一切人类激情结合起来，并主宰这些激情，摆脱了俗套、传统和习惯"的思想和艺术魅力所震撼。在这里，阅读经典的意义，已不再是停留在文学作品鉴赏和知识的积累上，而是表现了一种思想的提升。罗兰在晚年的读书随笔里记下了这样热情洋溢的字句："莎士比亚这棵老橡树。它的枝桠一根也没有折断，它的树叶一片也没有枯萎。"思想知识之树常青。尽管历史难以挽回时光的流逝，但惟独经典能"经受得住我们经历的时间考验"。经典魅力永存，这是罗兰一生阅读而感悟的心得，也是历史的真理。

对读者而言，经典总是在不断充当着生活导师的角色。这是因为，经典融注着作家自身对社会和人生的深切体验，以及对信念的感悟。且以文学经典中常见的人性为例。人性是受制于社会形态、制度构成、文明程度和人际关系的。人性深处的欲望、冲动因其表现层面、维度不同，而形成或塑造成不同的人格类型。经典作品的思想文化价值就在于作家能以独特的审美经验和视角选择对孕育、制约人性欲望的诸多因素进行深度而细致地透视，对处在特定历史文化语境中的个体人格作出典型描述和深刻剖析。读者则在经典作品的人性透视、剖析和描述中获得对社会、制度、文明的思想启示。哈姆雷特所处的社会是一个充满着"虚假的理想主义"的"悲惨时期"。这种"无序的、混乱的、不清醒时期"的社会制度制约并窒息着哈姆雷特的人性欲望。"一切都似乎崩溃，什么也不能重建"的中世纪孕育了他畸形的个体人格：怀疑一切，渴望一切，带着天真而复杂的强烈厌倦——活力和梦想，受到压抑，任凭命运摆布。莎士比亚通过对这一"痛苦而扭曲心灵"的描述，对"这种过度的悲观主义"进行透视，表达了他对中世纪一切形式的伪善，包括社会的和道德伪善的无情批判。罗曼·曼兰阅读莎氏的经典作品，总感到有个强烈的理念冲击着他的心扉："莎士比亚的作品回响着世界各种颤动"，他用人性"探索着联结一切人之间的链环"，"探索我们的主要本能、爱情、骄傲、激情、行动——这是我们光彩夺目的偶像和我们力量形成的炽热炭火"。阅读经典而产生的激动和感悟自然会获得一种持久而强烈的崇高的美。这种审美崇高便来自经典作品对生活、对人性冲动的锐利观察、深刻理解以及艺术表现的完美。

罗兰说得很精辟，"阅读莎士比亚作品的惟一好处，是能在其中领略最罕见和眼下最需要的美德……深邃的人道精神，这种品质使人体验到别人的心灵，就像体验到自己的心灵那样"。虽说，人们生活的并不是罗密欧、朱丽叶、哈姆雷特的世界，但对社会、道德的善与恶，人性与人格类型的解读仍不失为一种思想启蒙。由于经典作品融合着作家对社会及其文化意识、信念消长的深刻理解，因此，经典作品给予读者的不仅仅是人物命运悲欢沉浮的情感冲击，更多是对社会人文精神的审视，是对人的本质、人性表象与善恶欲望的认识。阅读经典所得到的启迪，将导引着对影响人们生活的最基本观念的思考，诸如生命意识，真理与科学，善与恶，社会变革与道德等，也引导人们从不同历史与现代的文化语境的比照中，或从现代文化精神的结构中进行文化反思。阅读经典，可以激活人文精神的解放和创造。正如罗兰所说的，"它超越了莎士比亚，接触到艺术的本质，通过艺术达到精神解放"。

罗曼·罗兰的时期已成为过去式，但"阅读经典"，作为一种文化积累的实践经验，则是永恒的话题。阅读经典，并不意味怀旧复古，而是对人文精神和文化传统的重新解读。通过对历史文化语境的回眸和诠释，可以唤起当代人对历史人文精神和文化传统的重新认知。阅读经典的现代意义是现代人对历史文化现象作时代的审视和反思，去发现、探寻经典作家在其作品中诠释文化精神的思想资源，借此来延续人类文明，发扬文化传统。历史是不能割断的，人文意识的重构也是建筑在历史文化传统的基础上的。经典作品作为人类文明的成果，不只提供了历史、文化的场景，也提供了认知社会和人类思想的理念与方法，提供人文传统所积淀的经验。这些都有助于当代人文化知识系统的重构，有助于民族文化的发展和提升。这对人类文明建设也是不可忽视和削弱的环节。

如今，我们正面临着消费主义文化泛滥的冲击，审美趣味的趋俗，人文解读能力的弱化日益明显；缠绵的言情小说，执著道义和崇尚荣誉的侠义文学，已成了当代人的童话。另则，读图的时髦也导致了语言文字阅读能力的消解，感性阅读替代着理性的感悟。模式化的文本客观上使复杂的社会形态和人性的多元表现趋于简单化。这些童话式的慰藉和阅读，只是作为一种文化佐餐和休闲消遣。人们若将阅读仅仅停滞在这一层面，难免会影响民族整体文化素质的提升。

经典作品不会是明日黄花。它的魅力是永存的。读者常读经典就会感受到思想精神与社会生活之间、历史文化语境与现代启蒙之间的冲突和张力。从某种意义上说，阅读经典也是阅读历史、阅读文化传统。经典就在这种阅读中显示出它的价值和现代意义，在中国现代化进程中，我们需要塑造以世界眼光审视与反思自我的中国观和文化观，在文化比较中，在对人类精神结构和人格模式的诠释与理解中，总结自己的历史和文化传统，以激发道德进步和科学发展，在历史文明的总结与现代文明的建设中确定自己应有的位置。

虽说人们限于自身的认知水平和文化素养，对经典的理解或许各执一词，对启迪人们对社会、历史、生命、人性思考的理解或许会有深浅，但通过阅读经典铸塑高尚，崇尚理性，创造典雅的文化氛围，超越趋俗的文化心态，提升民族整体的文化精神状态，这应该是毫无疑义的。笔者以为，阅读经典，是一次文化传统的启蒙，也是一种文化精神的熏陶。

2000 年 9 月

探春理家小识

　　前辈红学家王昆仑先生十分赞赏贾探春。早在 40 年代，就写下这样的评语："她是行将没落的侯门闺秀中的一个改革者。"笔者近间重读《红楼梦》，品味贾探春理家一节，竟也读出两个字：改革，由此也钦佩王昆老的眼光和学识。

　　贾探春理家的故事，排在《红楼梦》五十五回。王熙凤小产告病假，不能主持家政。王夫人觉得力不从心，便搭了个临时理家班子，"暂令李纨协理"，探春、宝钗协同裁处。"才自清明志自高"的贾府三丫头探春便匆匆出山了。

　　探春出山正值荣国府由盛而衰，走了下坡路。呼风唤雨的王熙凤曾对刘姥姥表白："外头看着这里轰轰烈烈的，殊不知大有大的艰难处"。凤辣子自以为讲的是客套话，但洋洋自得的语调却遮不住预感衰落的悲凉。连乡下老太也觉察到凤姐有点儿言不由衷。贾家奴仆周瑞的女婿冷子兴对荣国府的兴衰作过一番议论：

　　　如今生齿日繁，事务日盛，主仆上下，安富尊荣者尽多，运筹画者无一；其日用排场，又不能将就省俭，如今外面的架子虽未甚倒，内囊却也尽上来了。

冷氏认为，安于现状，追逐虚名，贪图荣华，奢侈挥霍，尚无明智而高明的管理者主政，整个贾府已入不敷出，靠挖家底混日子了。冷子兴是个商人，不是政治家，只能用职业眼光审视贾府，希冀于高明的"运筹画者"，以"兴利除弊"挽救行将崩溃的贾府。探春就是在王夫人、熙凤陷于困境时，被推上第一线的。

探春理家，做了三件事，倒实实轰动了贾府上上下下，也显示了探春办事的干练，思维的敏捷和难得的才干。

头一件，贾探春按规矩发付母舅赵国基的丧葬费。

身为贾环陪读奴仆的赵国基得疾而亡。按大观园的常规，执事媳妇吴新登家的须向主子禀陈实事，提出如何处理的主意，陈辨其利弊得失，随后让主子"拣择施行"。探春上任管事，吴新登家的则离心离德，一心要看其笑话。她仅是"回说赵国基死了，垂手旁待，再不言语"。待等探春失误，当即背后放风，攻其下台。吴新登家的拆台，一是仗着老管家的资格有恃无恐，二是信奉论资排辈。生母赵姨娘也来插了一杠。要求探春增加补贴。理由很简单，贾府上下谁不为自己谋私？"你不当家，我也不来问你。……如今你舅舅死了，你多给了二三十两银子……这也使不着你的银子。"在贾府，化公为私，占公家便宜，实是司空见惯的，王熙凤、贾琏就是如此，不过赵姨娘说得更赤裸裸了。

探春毕竟头脑清醒。她识穿吴新登家的刁难，回绝生母的私心，秉公执法，按规矩办事，照奴仆等级的惯例发付丧葬费。探春的果断和才能，赢得了贾府姐妹的刮目相看。

第二件，革除不合理的开支。

巧立名目，重复开支，中饱私囊，乃是贾府一大弊症。诸如，为宝玉、贾环、贾兰上学，王熙凤特地开支一笔点心费、纸笔费，每人每年白银八两，实际上是给袭人、赵姨娘、李纨的额外津贴。又如，各房丫环采办小姐、夫人的脂粉，每人每月可得白银二两。王熙凤贴身丫环平儿曾披露了重复开支的奥秘，此乃凤姐生怕主儿、姑娘们的零用钱不足，受委屈，而施之小恩小惠，另开的口子。当然，关键还在于，在重复开支的名义下，王熙凤自己可大做文章了。

探春撕破了脸皮，不管姐儿们、哥儿们的委曲和牢骚，以"多省俭"为理由，将不合理的劳务费、津贴之类一刀砍掉，读到这里，笔者实在钦佩三丫头的改革勇气和魄力。

第三件，在大观园推行责任制，搞承包。

探春发现，大观园里"一个破荷叶，一根枯草根子，都是值钱的"，便酝酿了一个"包佃"（即承包）的改革方案。"在园子里的所有的老妈妈中，拣出几个本分老成能知园圃事的，派准他们收拾料理，也不必要他们交租纳税，只问他们一年可孝敬些什么。"这是高招。自行包干，以"孝敬"为名，征收净利。把一个仅是供欣赏的花园，改成了观赏与生产兼用的基地，这既可兴利除弊，省了"花儿匠，山子匠，打扫人等的工费"，揣了铁饭碗，破了大锅饭，又可调动积极性，让各人"专司其职，又许他们去卖钱，使之以权，动之以利，再无不尽职的了。"这一进一出，为贾府每年增加四百两银子的收入。虽说，探春创收之数不过是区区小数，但实是一大创举。

探春搞承包，赢得底层奴仆的拥护，却遭到宝钗的反对。一条罪状便是：向钱看。"才办了两天的事，就利欲薰心，把朱子都看虚浮了。你再出去，见了那些利弊大事，越发把孔子也看虚了。"若说宝钗在理论上发起一场姓"朱"、姓"孔"之争；那么，王熙凤则是釜底抽薪。王熙凤私下与平儿说了一段悄悄话：他如今要作你开端，一定是先拿我开端，倘或他要驳我的事，你可别分辨，你只越恭敬越说驳的是才好，千万别想着怕我没脸，和他一强，就不好了。凤辣子的策略是避其锋芒，暗处设陷阱。她明晓，反对改革是不得人心的。但秋后算账，则可令人防不胜防。机会来了。绣香囊事件一起，"凤姐合王善保家的又到探春院内"，闹了场检抄大观园。王熙凤抓住把柄，重掌家务，一切复旧。探春改革就此宣告失败。

曹雪芹把探春改革的失败归咎于"生于末世偏运消"，也即生不逢时。这个断语似乎太简单化了，即使"逢时"，就不会产生悲剧？不少红学家则论定，探春的失败乃是腐朽没落的封建社会制度所决定的、必然的悲剧命运。这自然是放之四海皆准的真理。但难免有些隔靴搔痒。笔者以为，就理家本身而言，还有其不可忽略的原因：

纨、探、钗同床异梦，是其一。

说透了，理家班子并非改革型。王夫人规定，临时班子以李纨为首，探春、宝钗协同。李纨胸无大志，缺乏朝气，以保晚节为重，连王夫人也承认，李纨"尚德不尚才"。宝钗唯古训、祖宗圣贤为上，把朱子理学奉为圣经，"常将眼头过，口头转，心头运"，不敢越雷池一步。这三驾马车乃是南辕北辙，岂能步调一致？

王夫人搭如此班子，毛病就在任人唯亲。李纨是长媳，宝钗系未来二媳，两人惟命是从；而探春只是个庶出，且又个性倔强，常常以"自有一番道理"而出格。王夫人、凤姐之所以让探春出山，实是为了挑个人应付一阵子家政的困难。探春的吃亏就在于没有看透这层道理。

王夫人不放权，是其二。

王夫人说得明白，探春理家仅管些"家中琐碎小事"而已，"凡有了大事，自己主张"。即使如此，期限也只一个月，待"凤姐将息好了，仍交于他"。王夫人大权独揽，探春又何以能大胆改革？

王熙凤更是忌讳。她不甘心大权旁落。养病期间，从没停止过理家的筹划计算。在她眼里，探春不过是伙计。"咱们有她这个人帮着，咱们也省些心，于太太的事也有些益。"而此，凤姐不让探春独立主政，自身却事事参与，让平儿配合处理。"虽不出门，筹划计算，想起什么事来，便命平儿去回王夫人。"到临末，王熙凤干脆同平儿商量后拍板。难怪探春要发牢骚，"我但凡有气，早一头碰死了。"探春承受的心理压力乃可想而知了。

探春治表不敢治里，是其三。

王熙凤贪污克扣，搞不正之风。然而，探春深知个中厉害，凡事总退让一步，只拿些下人的叉子（诸如查柳五儿的"赃证"）。难怪黛玉要刺她一枪，"你家三丫头倒是个乖人。虽然叫他管些事，倒也一步不肯走。"黛玉的批评倒是说在点子上了。探春理家志在兴利除弊，但她的目标仅仅是"宽则给众"，"惠则足以使人"，不敢整肃大观园的腐败。治表不敢治里，其改革的也不过是些皮毛而已了。

不过，话还得说回来。探春理家，步履艰难，虽说不是改弦更张，但她的改革勇气和实干精神还是值得嘉许的。要说有一点遗憾，那就是，探春忍辱负重，活得太累，干得也实在窝囊。

1994 年 7 月

品武侠人生

金庸的新武侠小说在当代中国小说界，可谓独领风骚。不仅走红影视业、出版业数十载而经久不衰，而且"金庸迷"之众多，竟遍及大江南北，海内海外。金大侠实有文坛"一代天骄"之誉。

金庸的武侠小说是熔历史、文化、哲学于一炉，来演释社会和人生的大书。他摒弃中国旧武侠小说注重演释伦理道德、忠孝侠义的俗套，投注于对人生的描述和思考，对人性意识的透视。可以说，金庸在中国文坛上树起了一面"武侠人生"的旗帜。时下，解读金大侠艺术形象所蕴含的丰富人生体验，频频见于报章杂志。这些评论以港台及东南亚华人文坛尤为热闹。仁者见仁，智者见智，将金氏的"武侠人生"解读得更为丰富多彩的批评著作，当推港人陈佐才的《武侠人生》(上海人民出版社出版)。

这些评点融注着作者对金庸的主观理解。《神仙眷属》三题为一组，题及三对情侣的曲折爱情故事。《射雕英雄传》郭靖与黄蓉以真情奠定了爱情的基石，排除了来自家庭偏见、社会责难、自身菲薄的阻力；《神雕侠侣》杨过、小龙女的生死恋，经历了情欲、名利的重重考验，在终成眷属后不留恋劫后余生的富贵，回归自然，追求平民的情爱生活。《天龙八部》段王爷、周伯通、瑛姑的三角恋情，交织着灵与肉的冲突，在挣脱灵肉的桎梏后才真正认识到爱的涵义。尽管金庸赋予这几对情侣的情感世界及其美学涵义要深邃得多，但陈著的评点和演释简略地勾画出金庸艺术思维创造的初衷。陈氏对三组情侣爱情观的认知和概述对大众读者是有所启迪的。

评点式的文学批评，常会犯顾及一点、不计其余、以偏概全的毛病。段、周、瑛的三角恋，其角色行为自有复杂的情感历程和性格指向（这一点，陈氏概括甚为清晰，有条理），但挣脱灵与肉冲突的精神枷锁必有其性格、心理情感蜕变、转化的缘曲，一句"做错"、"做对"的评点结论是无法解释复杂性格形象的（金庸文学创作的美学价值也就在于此）。

陈著的点评，可以归属于一种大众批评，无须堆砌辞藻，修饰文辞，摆出做学问的架势，只要就人论道，以事论理，能讲出一两点对人生、对社会的真切体验，就不失为有批评之精到和灼见了。陈氏《武侠人生》共有随笔六十余篇，每篇一题一议，不人云亦云，其批评不乏思想的闪光。

《倚天屠龙记》中纪晓芙与杨逍的故事：纪被杨所掳，迫而失身，产下私女。纪在逃避现实与面对人生的复杂心灵冲突中，得以了解杨，由恨而怜，由怜而爱，终以为女取名"不悔"

来表达对这一特殊"爱情"的认可。陈著的点评在简叙故事梗概之际，夹以评议："这是一个悲剧，但在悲剧方面，我们看到一个对自己非常诚实的人"（《不悔》）。评点虽简洁扼要，却也入木三分。在评点人物的情感世界时，陈著也常有独到的见识。《笑傲江湖》的任盈盈历经曲折，终于赢得令狐冲的爱情。陈氏评点：除了真情的感化，更在于任盈盈懂得对恋人的"尊重"和把握感情的"自重"。"两情相悦，贵于自发"。这是揭示任盈盈也是金庸武侠人生启迪读者的恋爱之道（《爱之道》），评得有理有据。《连城诀》凌霜华、丁典的恋情是以展示人性美震撼读者心灵的一曲乐章。评点者就凌霜华深居闺楼用鲜花传递爱的信息，又用花表达对身陷囹圄的丁典的忠贞不渝，来概括他对这对艺术形象所蕴含的人生哲理——"象征有生命力的不是花朵本身，而是凌霜华对爱情的奉献"（《象征》）。这一评点，颇能导引读者对金庸笔下悲剧人性美的深层思考和体验。

陈氏的文学批评实是别开生面，就人生的诸多层面（爱情、名利、善恶），或伸而述之，或概而言之，每每能寥寥数言，点明金庸武侠人生的文化内涵，以示读者，达到加深理解或导引思考的目的。这在当今的文学批评界是值得提倡的。

当然，陈氏的批评也有勉强之处。陈文《仇恨的可怕》是对萧远山（《天龙八部》）作评点。小说中的萧远山是个残暴的复仇者，由他演化出《天龙八部》宗宗扑朔迷离的案件，以及萧峰被诟的种种悬念和故事。萧远山最后被少林高僧点化，放下屠刀。这一角色，就文艺美学角度而论，算不得是成功的形象，因为性格模糊，行为转化缺乏应有的逻辑。小说对这一人物的设计，无非是出于情节的需要（同类败笔在古龙、卧龙生的武侠小说中也是屡见不鲜的）。自然，评点者也无法理解这一复仇者的性格逻辑，只能作浮光掠影的解释，难以说透人性恶的哲理。文末仅以"不要自己申冤，宁可让步，……不可为恶所胜，反要以善胜恶"的西方说教敷衍了事。这一评点的失偏在于吃了不熟悉文艺创作的美学规律的亏。

读陈氏的《武侠人生》，倒也引发了我对当代文艺批评的一点思考。

中国传统的评点文学批评是值得提倡的。古代批评大家李卓吾、金圣叹均以注评、点评而初构了中国古典小说理论的美学体系，对中国文学巨著《水浒》、《红楼梦》的评点已列为中国文学批评之经典。可惜，中国文学批评的传统文体甚有"失传"之忧。时下的批评家热衷于皇皇巨著，引证据典，洋洋洒洒，否则不足以显示其学术大家的风范，批评界一度文风浸靡，这与轻视简约、精辟的传统批评文体有关。

学术批评不是高僧论道、大侠论剑，虚无缥渺，它应该而且可以走向大众。陈著评点金庸融汇了社会学、心理学、伦理学、文化哲学的学问，但并不生造概念故作深奥，而是平实无异，深入浅出。大众易读、易懂，且易思。当然，学术批评的大众化并非只是文风的问题，还在于批评的视点。陈著的可取之处就在于：解读的主题无不是大众读者所关注的热点。爱情的价值，爱的基础、标准、方式；名利场的是非，人生的进取，情欲、情趣的伦理，人性的善恶等等。大众读者可从评点的哲理中引发对社会世俗的共鸣和思考。二是学术批评浅近而不失于浅薄，简约而不流于说教。学术批评讲的是真理和规律，毋须表面文章，渗入市侩的庸俗。肉麻吹捧、残忍棒杀均不是学术批评大众化的秉性。陈著的批评约十数万字，却无一处言"金大侠"对文学的"丰功伟绩"；学术批评宜通俗而不媚俗。大众读者是文学批评的承受者。如今，大众已不同于"上智下愚"的时代而自有见识。故而，学术的大众化也要力戒说教，更不能以教条说教。陈氏的大众化学术评点便好在简约，哲理引而不敷，展示感悟而不惹大众厌恶。三是批评要辩证。说理要正论、反证兼而有之，导引大众多侧面的思考，不至于强调条理误导别人。学术批评能否走向大众化，为大众读者所接受和悦取，这三点是批评家应该反思的。

文学批评者要懂一点文艺美学，否则会牵强附会，失之偏颇，闹出笑话。现时的批评家常常是作文如玩游戏，"潇洒走一回"，作品仅读几页就下笔千言，随后套以后现代主义、边缘文化学之类的概念，除了吓唬大众别无价值。这种批评是否读懂文学作品还是个问题，要说批评，只能冠以"捣糨糊"三字了。

1999 年 7 月 21 日

禅宗与诗学

最近读了周裕锴的《中国禅宗与诗歌》(上海人民出版社1992年版)，受益匪浅。禅宗，这个延续了上千年的文化精神，对中国文学艺术，特别是传统诗学的影响是甚为深广的。某种意义上说，这曾改变了中国诗学的观念、审美形态和风格。

周著的基本命题是：诗禅的文化同构在于禅宗与诗学的双向渗透。

当代诗学家袁行霈先生曾下过结论："禅对诗的单向渗透，诗赋予禅的不过是一种形式。"这一论说在诗学界颇有权威性。然而，作者却提出了挑战。他通过对中国诗歌中的"以禅入诗"、"以禅喻诗"，以及禅宗由偈颂向诗偈流变的文化现象的分析，梳理出诗、禅双向渗透的走向和轨迹：诗文化的传统，诱使禅学挣脱枯燥烦琐的经典教义的说教，而指向诗之意境的审美与参悟；禅宗的智慧则使诗拟古而趋向直观及诗意、诗趣的融合，审美的感悟由此而渗入主体的审美体验。

确实，中国禅宗的思想观念和行为方式，常常表现为对印度佛教繁琐经义的背叛。它不拘守印度佛教倡导的以承受苦行、戒律和禁欲来谋求解脱的行为方式，而较多地是身入世俗而体会宗教的感情。这种体会往往包含着一个审美过程，即对某物的审美体验中领略神学的启悟。中国禅宗强求内心体验获得道的悟性，使中国诗学崇尚直觉观照和沉思冥想。唐诗对早期禅宗的偈倾的反馈作用而导致诗偈的产生便是例证。

同样，禅宗的随意而适，参悟体认世界人生的认知方式，对张扬个性，反对偶像起了十分有意思的推动作用。盛唐前的诗坛讲究拟古和词藻的华丽，到唐以后强调"诗趣"的转折，正是禅宗精神渗透的结果。其次，禅宗的智慧又以一种迅捷锐利，含意深刻又有任意联想的语言特征表现出思维的机锋。它创造了一个丰富多彩又蕴含着哲理智慧的语言世界。元好问言："诗为禅客添花锦，禅是诗家切玉刀"。

作者认为，禅与诗是双向渗透的，禅的通脱中有诗的灵性，而诗的神思里有禅的冥想和参悟。这一推论无疑为中国诗歌史研究提供了新的视角和参照系，我觉得是很有见识的。以往的中国诗歌史贯注着"诗言志"、"文以载道"的儒家诗学理论，侧重于政治伦理的价值评估，虽有抒情与志向两个思维层次，但志向及美刺往往过于抒情，较少探究诗学传统的审美思维机制，特别是中国传统文化精神和思维意识对诗审美的渗透评估。《中国禅宗与诗歌》在这一领域的开拓，无疑填补了一项学术的空白。

周著对诗、禅文化同构的探索并非是随意性的。他力求从文化精神的共通性上发微双向渗透的必然。这也为禅宗和诗学的比较研究找到了切入点。

作者认为，禅宗文化和诗学传统的共通性，首先表现在思维方式上。禅宗以"悟"为其特有的思维表现方式，而顿悟包容着直觉、体验、灵感、想象和创造的思维过程。诗的艺术思维同样呈现着这一思维特征和方式。其次是体现在审美意境的追求。禅宗继承了佛教的基本宗旨，以证悟达到寂静的境界。如是参禅旨在将一切事物入心境，并幻化为沉静的意境。中国诗学传统恰恰在这一文化精神上与禅宗意识有一致性。传统的诗学重动静相形，情景互融的审美特点，从中自然可以找到禅意的空灵和物我同一的意境美感。再是文化精神的本质呈示。随着禅宗的历史演变，它由人生哲学的禁欲苦行转向了适意自然，因此禅宗文化精神的本质呈现已不再投注于终极哲理的发现，而更多是一种生活体验和心性领悟。这与中国诗学以表现生活、抒发心性为目的的文化精神便有了相通点。

当然，要论证诗禅文化精神的共通性是有相当难度的，因为诗与禅毕竟归属于艺术与宗教不同的意识形态。要避免牵强附会的臆断，还须梳理和求证两者相通的内在机制。

作者试从诗与禅宗的价值取向、情感特征、语言表现及思维方式的某些相似性来求证其相通的内在机制。禅宗以通过自我净心的发现达到自由的涅槃境界，诗学则以形象的直觉作为价值取向，常常表现为一种超功利的美感要求。当然，这种非功利性的价值取向不是中国诗学传统的全部（有不少诗歌有着明显道德伦理评断的审美指向），但就某个时代，特别是魏晋朝以后出现中国诗学我认为还是合理的。显然，作者在求证禅宗与诗学传统的双向渗透这一命题时，已经超越了表现相似的实证层面，而旨在通过文化精神印证两者的同构同化。这对我们认识中国诗歌的艺术规律，研究中国诗学的民族特征及其文化成因，提供了一条颇有创见的新思路。

1993 年 6 月 13 日

解读中国叙事

　　20 世纪 80 年代，费正清的"剑桥中国史系列"中文版在大陆陆续面市。继后，书市悄然掀起引进海外研究近现代中国书著的热潮，其话题偏重于中国学（思想文化）及中国问题研究（政治、经济、社会的）。近期，西方研究中国的书单又增添了"中国叙事"主题。著作者大多是海外华裔学人，运用西方美学原理和方法论，解构中国古典文学、近代散文的叙事结构。读之，确有一种新鲜感。

　　上海远东出版社推出第一批四种，颇有些学术分量：《重读石头记:〈红楼梦〉里的情欲与虚构》、《中国叙事：批评与理论》、《晶石般火焰：中国现代诗论》、《中国白话小说史》。笔者择取浦安迪主编《中国叙事：批评与理论》（以下简称《中国叙事》），取一窥全貌。

　　《中国叙事》是海外学人的论文集，撰稿者有著名学者夏志清、韩南等。收文 13 篇、列为 4 辑。论文集原为"普林斯顿中国叙事理论"大会的交流论文，后经撰稿者修改或重写，于 1977 年结集出版。

论文集或是审美体验式批评，评析中国早期叙事小说"六朝志怪"，比较《三国》与《水浒》的叙事模式，《西游记》与《红楼梦》的寓言艺术，解读文人小说《镜花缘》，综论明代小说家凌濛初及其"三言"、"二刻"小说集；或是分析中国古代传统小说点评、夹注式批评，理论总结中国叙事文学的美学特征；诸学者的批评观趋于同一个共识：西方小说批评观，尤其是西方小说批评的方法论，对"研究中国传统文学之故事、传奇和历史叙事作品"，能够成功将其中层层意义令人满意地揭示出来，对读者起到"点拨作用"（浦安迪语，前言）。撰稿者以此为"纲""探究中国小说本身规律"。这也是论文集《中国叙事》的出发点和归宿。

论文集分"早期历史及虚构叙事作品"、"明代与清初小说"、"清代晚期小说"及"中国叙事理论"四辑。

"早期历史及虚构叙事作品"一辑三篇论文，讨论早期中国式叙事（历史实录记事）及虚构叙事（文学想象与细节）有异于西方小说叙事的特征：历史书写与叙事的虚构缺乏明显界限；中国文学叙事继承历史书写的"对话结构"（含有虚构成分）成为早期中国叙事文学形成的发展的一种主要形态。

后二辑则应用西方现代小说批评理论（如叙事学中的文学元素：人物、情节、情感，美学视角：己者，他者）考察明清小说《水浒》《三国演义》的章回结构，故事悬念与人物关系；在《红楼梦》《金瓶梅》的解读中探幽人物心灵史，情感、情欲、心理，以及情景的现场感。另有论文用西式美学语言概括、归纳中国叙事的文学结构及审美精神。诸如，《三国演义》《红楼梦》被贴上“循环型情节类型”的标签（讲述个人家国兴衰的故事）；《西游记》是“存在型”情节结构（小说中的梦境故事，时间顺序颠三倒四）。诸如此类描述“中国叙事”，常给国人置于猜谜似迷惑不解的困境。但海外学界则视作新见解，是让中国叙事迅速走向世界，融入西式叙事的重要途径，真是仁者见仁，智者见智。叙事模式毕竟可以一书各表吆。

论文集对中国叙事美学的解构显然有别于传统的中国小说美学研究，但其解构式的审美批评也并非一无是处的。

诸如，海外华人学者王靖宇的《早期中国叙事作品：以〈左传〉为例》。作者应用西方现代小说叙事理论之经典《小说面面观》（福斯特）、《文学理论》（韦勒克）、《叙事的本质》（罗伯特）中基本美学观点来解读中国早期叙事作品《左传》，分析颇有见地，美学见解别开生面。论文从西方叙事学的基本元素：通过情节、人物、视角、意义的分解，诠释《左传》的叙事结构和书写模式，以及对中国传统叙事文学的影响。这种西式解读将历史作品《左传》与文学书写的《左传》的关联性勾画清晰了。

《六朝志怪与小说的诞生》对中国早期叙事的文学书写如何从单一的事实叙事（历史故事）与虚构叙事的融合（艺术想象及细节描述）过程。这是产生中国小说叙事美学的起始源头。

"虚构叙事"正是西方现代小说美学的重要概念之一。作者应用这一美学概念解读中国古代叙事文学是贴近了小说美学的本义的。

以类似的西方美学概念解读中国古代叙事的文学书写是论文集的基本学术逻辑。诸如解读凌濛初的"三言"小说集，则应用了"模拟语境"、"模拟情境"等西方美学概念。中国古代文学家的文学思维未必有如此清晰、自觉的认知，但海外学人的解读却揭示了中国叙事小说的美学实践，对后人及世界文学的影响和存在意义。

自 20 世纪 80 年代起，西方现代文论和批评观逐步引入国内；至 90 年代，这一美学热已普遍为文学青年和青年学人所接受。国内学者应用西方叙事美学概念和方法论来研究、解构中国小说的叙事结构、模式及审美精神，尤其是迎合现代思潮而应运而生的多元当代小说叙事，为国人拓开了一个新的审美视角。然而，应用西方现代小说叙事学解读中国古代小说美学还不多见。虽说，诸篇论文未能说透中国叙事的多种深层结构。如，与道德统一的文史兼容叙事；从情感逻辑出发的历史批判性叙事；欲望式的民间叙事，等等。但从论文集的实证研究而言，仍有借鉴价值。

2021 年 7 月 9 日

审美需要互补

小说、电影，具有文化同质性。它们均是通过形象创造来反映社会，显露作者（编导者）的审美倾向和价值取向。尽管小说以文学语言取代了银幕画面，但它的主题意识和社会价值基本是趋向一致的。读者借助小说原著的阅读和理解，不仅有助于对影片的观赏，还可取得银幕形象不可替代的审美愉悦感。

小说《普里泽的名誉》与同名电影（荣获 58 届奥斯卡最佳女配角奖）便有异曲同工之妙。美国黑手党普里泽家族的执法人查利与职业杀手艾琳的爱情纠葛和悲剧，展现了一幅西方现代人受金钱拜物教奴役、制约，造成人生价值倾斜和人性扭曲的形象画面。查利在名利、家族荣誉与爱情的抉择中沉沦了人性。小说由此揭示了资本主义社会与人性异化的真实。由小说改编的电影忠实于原著的主题意识，编导者通过声像和画面组合的电影手段，将演绎现代西方社会的文学形象转化成视觉形象。

小说形象与银幕形象的构成及其审美性有着不同的质的规定。小说形象创造是以无空间存在的概念作用于作家的审美意识，后者着眼于时间的调节和延伸来造成语象空间的幻觉。读者通过主体的参与和想象（即掺入自己的生活体验），使文学语象转化为可感的艺术形象，由此获得审美感受。银幕形象创造则相反，它以无时间界限的视像作用于编导者的审美意识，后者则着眼于通过空间的调节和转换来造成视像在时间延伸的幻觉。观众通过银幕视像提供的视觉动作而获得形象的质感和视觉美感。显然，就形象构成而言，两者存在着不可逾越的界限，体现在艺术呈现上，便有着各自的构成方式和审美形态。

小说形象创造主要借助于"叙述"，以语言的表述来推动情节发展，展示人物性格。《普里泽的名誉》描写主人公查理初遇艾琳一见钟情的故事情节以及人物的形貌体态都是呈现在简洁的文学白描中的。艾琳那"袅袅轻烟"的嗓音，"古典美人的风韵"，一双"勾魂摄魄的眼睛"，使查利"神魂颠倒，意乱心迷"。在隆重的婚礼上，堪称为出生入死，临危不惧的黑手党执法人，竟然惊慌失措，失态于众目睽睽之下。作者采用全知式的文学叙述，不仅勾画了艾琳的娇俏姿容和风韵，也点染了查理强悍、机敏而又富于人情味的双重性格。电影中的银幕形象却不能沿袭文学叙述的方式，编导者只能运用画面的调动和细部刻画来呈现人物的形貌。艾琳在教堂中亮相，电影用一组近景描绘参加婚礼的芸芸众生。随着镜头由远至近地移动，推出一个特写，定格于艾琳俏美的脸庞上。虽说，电影通过画面的组合予观众以可感、可视的具体形象，但对一个尚未进入剧情的观众来说，很容易忽略这一瞬间的视觉形象。而小说的叙述却给予读者较多的时间滞留，从中可获得深刻的印象和想象余地。

小说叙述在审美表现上流向语言化，故事情节的铺垫、转折，人物心理、思想感情的显示往往不受时间的限制而从容地表述；而银幕形象创造必须是电影化的，细节的呈现必须随着人物的视觉动作的跳跃和延伸才能得到显示。诸如，小说在刻画、展示查理的心理活动，以及复杂的情感世界时，有不少值得品味的篇章。父亲安吉洛销毁了与艾琳谈话的电影录像，并否认了婚礼上会见艾琳的事实。安吉洛的暧昧引起了查利的不安和困惑；同时也激起了他对艾琳的思念。查利钟情于艾琳，又间杂着对昔日情人梅露丝的眷恋。然而，梅露丝的不贞带给他的隐痛和怨恨，诱发了他对艾琳的丈夫的嫉恨。他在潜意识里蠕动着除掉艾琳的丈夫攫取情爱的意念。这一心理历程都在详细的文学叙述中有层次地得到了刻画和呈现。值得指出的是，查利的心理情感的细致描写是与情节的展现交织在一起的。特别是艾琳秘密充当职业杀手，参与偷盗普里泽家族巨款时，查理陷入了名利与爱情的痛苦抉择。他与艾琳的情感纠葛由情爱转向了灵与肉的搏斗。这些文学叙述使小说形象升华到审美化的境界；同时也在紧张、尖锐的情节冲突和展现中起了缓冲与调节作用，从而使整个故事叙述充满了节奏感。

相比之下，电影塑造的查理形象便显得粗疏得多了。编导者限于片长，将画面较多花在查利与艾琳，艾琳与普里泽家族的冲突，以及由此衍生的一系列情节上，如家族雇佣艾琳惩处背信弃义的合伙者，艾琳盗窃银行巨款，查利受命侦查真相，警方围剿黑手党，查理抉择名利而杀艾琳，等等。情节冲突及其视觉动作掩盖了人物内心世界的细部刻画。观赏者获得的审美印象较多是人物命运的遭际和预测不到的故事结局，而不是人物复杂情感的流变。观众对人物心理情感的体验，必须透过故事所提供的银幕形象进行理性的感悟才能实现。

当然，电影银幕形象的创造也可产生小说形象未能传递的美感。由于电影化艺术呈现的特殊性，编导者可以将发生在不同时间、场合的生活事件，统一于某个空间之中，使过于分散的故事情节汇集、贯穿在一个统一的银幕形象之中；可以调动多种电影手段（如色彩、音响）赋予银幕形象的视觉与听觉的深度；再则，也可通过压缩（如画面的快速移动、蒙太奇的叠入叠出）去除枝蔓，淡化次要人物，强化主要故事情节；或者通过细节的放大，细致表现某一瞬间的角色感情。银幕形象创造的电影化手段所产生的审美效应在小说叙述中也较难达到的。诸如，小说以较长篇幅介绍了查利浪迹江湖，厮混于黑社会，成为普里泽家族继承人的生平经历。但在电影画面中，仅仅是二组短镜头：一是查理出生，二是查理宣誓被接纳为家族成员。这些镜头在时间、空间上也作了较大改动。小说是放在艾琳与查理约会之后，电影则改为片头作背景处理。查理为保护家族名誉起誓的片头明晰地点出了电影的主题，也暗示着查理与艾琳的悲剧结局。

如果说，银幕效果取决于银幕形象的电影化程度；那么，小说的审美效果则取决于情节组合与人物刻画的叙述技巧。审美效应呈现了不同的延伸态势，但对观赏者来说，两者不妨是一种审美互补。观赏影片之后，阅读小说原著似乎能强化艺术形象的视觉印象，读完小说再观赏电影，对银幕形象更有一种理性认识和审美快感。

1990 年 1 月

天问：国家记忆

读纪实文学《问天之路》之前，自然会记起中国古代诗人屈原的名作《天问》。

这首诗气吞山河，向宇宙和人间发出振聋发聩的提问：

> 遂古之初，谁传道之？
> 上下未形，何由考之？
> 冥昭瞢暗，谁能极之？
> 冯翼惟象，何以识之？
> ……

诗人从天地分离、阴阳变化、日月星辰等自然现象一直追问到神话传说、人间圣贤善恶、国家治理，表达了他对亘古不变观念的责问，对真理探索的期盼和关切。其中最撼心灵，启迪深思的两句：

> 遂古之初，谁传道之？

在人类之前，在科学尚未开启时，天地形成的信息是怎样传输的？

上下未形，何由考之？

人的思想、人的记忆在没有看到具体有形的事物时，又是怎样去认识、描绘宇宙的？

这是自然之谜，科学之谜，至今还让学者、智者们寝食不安；而二千年前的春秋战国，屈原已为今天的智者们留下了待解的命题。

《天问》不仅是文学史家们赞许的"千古万古至奇之作"，而且是替代华夏子民求索真理，探寻宇宙奥秘，变革社会的国家记忆。

而今，诠解屈原"天问"的，是国人引以为骄傲的航天人。《问天之路》全景式记录了中国航天业发展的六十年历史，展示了中国航天人探索宇宙的飞天梦想和艰辛创业。

作者精心撰写110个小故事，实录航天人追逐中国飞天梦，彰显自豪、自信、自强的航天精神，以及创造奇迹的历史。

《问天之路》为几代科学家和航天英雄画像（钱学森、郭永怀、杨利伟、聂海胜、刘洋等），聚焦"问鼎苍穹，矢志报国"，其关键词：航天人的灵魂——忠诚；航天事业——高度、速度、自信。书写的话题生发着内涵丰富的哲理启示。《问天之路》向国人和世界展现航天人为祖国矢志问天的精神传承，再次为人们留下厚重的国家记忆。

《问天之路》的叙事文体也很见特色。每篇长则二三千字，短则千字，叙事不受时空限制，文学与新闻融于一体。细节的真实和场景氛围的描写使本书的纪实有着浓重的现场感。

寻找上海

　　上海，曾作为中国城市近代化的一个缩影，吸引了海内外史学家的眼球。学术关注与文化书写上海，成为 20 世纪 90 年代现代城市学研究中的一门显学。在 21 世纪初，当上海跨入世界现代都市的行列，"寻找上海"的怀旧意识更激起知识人对解读上海、陈述上海历史、追溯上海精神文脉的浓厚兴趣。《风情上海滩》（上海三联书店出版）正是以"寻找上海"的主题表达了对上海的城市记忆与历史的言说。

　　书写上海的文本较多见诸一种传统模式，即是在演绎上海城市的生态与社会景观时，常用陈旧的政治概念解读着上海的城市意象与社会形态，以"事件"书写的历史链叙述上海的故事。这种书写文本难免会将上海城市的历史与记忆变成一种政治史的衍生，它很难凸显蕴含在上海城市表象背后的现代性涵义。

　　《风情上海滩》的叙说，不同于史学家的历史陈述，也有异于作家对城市景观的审美叙述，而是选择了兼容两者长处的新的书写视角；它摒弃了编年史式的事件记录，以及政治、经济、文化的结构式排列；着意撷取上海老城厢若干历史片断，用现代人的眼光去审视城市表象与城市变迁的逻辑关系，以现代性话语去言说这些表象所蕴含的文化象征意义。历史表象的陈述与文化象征的现代性解读融为一体，就自然产生一种文化张力，导引读者去"寻找上海"，启迪他们对上海历史与现实的思考。

《风情上海滩》叙说"海客城厢"、"地域故里"、"再造上海滩"，均是从南市老城厢的城市记忆中辑合了一组组触目生情、回味意长的历史表象。诸如筑城与拆城、移民与难民、名人与名园、会馆与公所、寺庙与教堂，人生的岁月、街巷的风情、里弄的春秋等等，在作者笔下演绎成一幅幅声情并茂的海派风情地图。历史记载的叙述，思维跳跃的意象比附，文化意识的理性烛照，将一组组历史表象串联成上海城市记忆的历史链，导引人们去寻找上海的历史陈迹，体验上海的文化意蕴。

试举"被寻找的墙"为例。作者叙说着 500 多年前上海县民筑墙抵御倭寇，鸦片战争后上海通商开埠引发长达数年的士绅、官吏、清廷的"拆城"之争，民国初年拆墙破城终结空间封闭地域阻隔的老城历史。这些跨时段的历史陈述始终锁定在上海城市从封闭走向开放的现代性话题上。城墙的构筑，是上海小镇因港设县，以商兴市，由商贸集散地承接儒家齐家治国传统完成近代化城市自治的一种文化象征。而民国二年的破城拆墙则喻示了近代经济繁荣推进了上海城市的变革与开放，上海老城将完成一个历史性的跨越，拓展城市空间，发展商贸交通，完善社会治理，将现代文明融入以重商为旨要的经济社会。作者对历史表象的陈述，其着力之处正是在透视表象背后的文化象征含义上，这便使寻找上海的解读，不只是记忆中的历史陈述，更多的是文化象征的思考。

"地域故里"对上海老城厢海派风情的描述也是五光十色、多姿多彩的。近代上海的城市开放，是以西方文明对传统文明的冲击与融入为表征的。区区弹丸之地的南市老城厢，竟扎堆着文化旨趣迥异的建筑达 100 余座，如道教宫观（城隍庙）、耶稣教堂（天恩寺等）、佛教寺院（广福寺、青龙禅寺）、儒教孔庙（文帝庙）、伊斯兰教清真寺（小桃园清真寺）等等，这幅奇特的文化景观在世界现代都市的文化地图中也是少见的。本土民族的多元化建筑与西洋各具风格的建筑文化共处一地，不只显示了上海城市海纳百川、接纳多元文化的胸襟，更主要的是中西交融的文化氛围铸就着近代上海的海派文化精神，它所演绎的文化理念、生活方式、价值追求等等，是在儒、道、释为本义的中国传统文化中渗入了现代西方文化，在东吴士族后裔的重儒之气中融合着西洋崇尚科学与现代教育的理性、人与自然和谐的人本主义伦理、实利重商的经济意识，由此构成了上海文化的海派气质，这也是上海城市精神的血脉所在。正如熊月之先生在序文中所说的，"这里的文化底蕴极其丰富"，"开放、重商、开明、自治"，这几点与上海城市精神血脉相通，以至于"当代上海人行为方式上也有这些特点的印痕"。

《风情上海滩》用上海的历史映像为读者解读着上海的城市记忆；而翻过历史的一页，在"再造上海滩"一章里，则改用光、影彩色组合的摄影语言与文字书写交替的方式来陈述上海城市的未来。

　　南市老城厢的建筑规划圈，成了南上海城市现代化跨越的重要节点。随着世博会的来临、南北外滩的延伸、十六铺码头的消失，嘈杂的石库门、简陋的深门小院、半圆拱的过街楼、星星点点的"烟纸店"、破落的戏台茶楼，将代之以人性化的现代聚居区、现代化的中央商务区与娱乐中心，它将产生经济与社会资源的集聚效应。无疑地，新南市风采的构想，为读者寻找上海未来的梦设立了一个靓丽的文化坐标。

　　我十分赞同熊月之先生对上海老城厢的评价："南市是古代上海文脉的词典，近代上海的沧桑的年鉴，当代上海繁荣的日志。"《风情上海滩》的编撰者正是抓住上海老城的"魂"，言说着上海的历史与未来。

2005 年 2 月

直面中国之变

改革开放近四十年来,中国社会各方面都发生前所未有的变化,改革成果世界瞩目。素有职业敏感的西方媒体记者纷拥而至,"长枪短炮",摄像闪光,不亦乐乎,实录中国前后变化(除少数别有用心的记者,作不体面的勾当,且当别论)。

西方媒体记者的采访报道亦有长线与短线之分。短线即瞬时新闻,长线则深入一线,长期积累素材,厚积而薄发,用长篇连续报道或纪实文体作深度报道。纪实文学《寻路中国——从乡村到工厂的自驾之旅》(上海译文出版社出版)便是如此。

作者彼得·海斯勒(中文名何伟),毕业于牛津大学英语系,获文学硕士,故有扎实的文学书写功底。曾任《纽约客》驻北京记者,兼任《国家地理》杂志的特约撰稿人。擅长旅游文学写作,多次获美国最佳旅游写作奖。其代表作是中国纪实三部曲《江城》(2001)、《甲骨文》(2006)、《寻路中国》(2011)。

《寻路中国》是中国纪实三部曲之尾曲。作品叙述作者横跨中国万里行的所见所闻;讲述中国汽车工业发展催生乡村的巨变，道路交通的规模化孕育了现代城市；特写一个农民家庭的身份转变，弃农务工，继而经商，走进城市成为企业家，等等。作品多侧面刻画了中国改革的第一个十年，在社会、人文、历史与经济变化的真实风貌。

书名《寻路中国——从乡村到工厂的自驾之旅》，不仅是自驾途中"寻路"的常有之举，更是意及双关。寻路，寓意着观察、探索和思考。《寻路中国》便是其书写的三部曲。

《寻路中国》分"城墙"、"村庄"、"工厂"三章。"城墙"展现生活碎片的画面，空间跳跃，闪动式的节奏以及历史回忆的穿插，日常生活的轻松话题让读者有着真切的现场感。"村庄"的特写集中记录一个农民家庭的今昔；穷则思变，勇于投身改革大潮，从农村到城市，不同时期的生活截面记载、印证着中国大社会的十年巨变。"工厂"的关键词是汽车工业、现代化道路、浙江沿海、温州商人、城镇企业。这是作者文学报告的叙事逻辑，也是中国十年改革的经济发展之基本脉络。

《寻路中国》的基本主题是"穷则思变"。中国普通人是中国巨变的推动者。全书显示了作者对中国经济发展独特的观察力，讲述的故事，抒发的感悟，都灌注着书写的张力。

趁文思未竭，文笔未收，再说几句对作者的点评：

纪实文学用"自驾之旅"的时空顺序作为叙事始讫，作文如行云流水，所见所闻具有新闻报道的现场感。

文学叙事并非有闻必录，若形散神亦散，如是纪实既无章法也无思维逻辑。事无巨细，貌似保持场景气氛，增强真实性，实是淹没叙事主线，旁枝蔓节冲减纪实文学的魅力。此是纪实作品书写的常见通病。

全书紧扣"城墙"、"村庄"、"工厂"三个叙事关节，有序展示场景、人物、事件；相互穿插则有详有略，节奏感强，其阅读张力不亚于小说。

本书不回避中国社会变革过程中存在的价值、观念、信仰、义利的冲突和阵痛。作者虽是秉笔直书，但对新旧制度的更迭不作政治性的评判，只是在观察生活具象时侧重于"美"和"善"的挖掘和赞扬。

有鉴上述的特色，《寻路中国》获得国人和媒体界的认可和褒奖。该书自 2011 年版，已印制 19 次，累计印数达 27.4 万册。作品被《中华读书报》、《中国图书商报》、《光明日报》、凤凰网、搜狐网等媒体联合荐评为 2011 年度十大好书之一，其荣誉当之无愧。

2018 年 8 月

少林新传说

说起少林，国人均为之骄傲。少林既是中国佛教圣地，也是中国少林武功的发源地。

少林寺始建于公元 495 年北魏太和十九年，距今有 1700 年的历史，是孝文帝为安置印度高僧跋陀尊者而建。少林寺位于登封嵩山之五乳峰下，因坐落于嵩山腹地少宝山，茂密丛林，故得"少林寺"之名。

少林寺是世界著名的佛教寺院，是汉传佛教的禅宗祖庭，在中国佛教史上占有重要地位，被称誉为"天下第一名刹"。2010 年 8 月，联合国教科文组织因其是中国佛教禅宗祖庭和中国武功的发源地之一，便将之列为世界文化遗产。

现任方丈是第 33 代嗣祖沙门释永信。释先生承继前代方丈的衣钵，坚持"禅武并修，文化建寺"。由他主导创建、研究"少林学"已成为中国佛学的重要构成。据其介绍，"少林学"包括佛教与中国传统（儒、道诸家）生态思想，佛教信仰文化与中国传统文化，少林文化与碑刻，少林文化与禅宗，等等。释先生主持少林，坚守正信正行，深入藏经、调整纲纪、弘扬佛学禅宗，实是可圈可点。

但是，少林的佛教传承却被民间传说、小说影视流传的文化记忆所遮蔽了。民间有传说，少林十三僧棍救唐王（李世民），躲避枭雄王世充追杀有功，被封为"天下第一名刹"。尤其是李连杰主演的《少林寺》，家喻户晓，传遍海内外。留下的文化记忆仅是俗家子弟恪守寺规而拒绝纯情少女的爱恋，另一便是少林武僧威震天下。于是，少林仅仅成了天下武功第一的招牌。

坊间流传的文化记忆无须指责。毕竟是宣扬正义，信善，除暴安良，被作家们演义，挖掘现代元素，追求戏剧效果，已成为一种时尚的文化现象。作为一种世俗化的文化诠释，满足多元文化消费的需求，也是无可非议的。

然而，今有一书《少林很忙》（上海译文出版社出版）所写的新传说，且当别论了。

《少林很忙》的作者是美国人马修·波利，21岁赴中国嵩山旅游，被少林佛教之庄严、神秘的氛围所吸引。执意留下学武。充当二年俗家子弟，终于获得寺院信任，成为主持方丈释永信的弟子，也是少林寺第一位洋弟子。2007年在美国出版回忆录，后翻译成中文出版。

马修在自述中作了这样的表白：带着一个青少年的梦想在少林学功夫的生活经历和所见所闻，再现一个西方青年在中国古老的功夫历练中成熟成长过程，也讲述了西方青年眼中快速变化的中国。

于是，《少林很忙》便演绎了这样的传说——

少林寺在"文革"劫后重建，处在经济改革的大潮之际，禅宗佛教圣地成了一个世俗化的商业旅游景点，一个带着佛教色彩的经济社会。少林的武术产业使其成为东方的艾波卡特中心（迪士尼世界）。

少林寺传统佛教的禅释戒规、修身静心的精神被销蚀，弥漫着金钱、欲望的氛围，由神秘走向世俗。作者在叙述中加注评点：少林寺的世俗化证明了"拥有丰富文化、历史资源的贫穷国家，最简单的发展经济的途径，就是旅游"（作者语）。

作者笔下的少林佛教圣地的十年巨变仅是和尚生计，商贸繁荣，富贫分化；伴随而至的种种具象是，和尚的同性恋倾向，中国式的讨价还价；教练和尚善于计算，精于交易，偷着幽会谈恋爱；有的和尚充当皮条客，就连小和尚也适应了"价值观的转换"（作者语）。

马修用美国的普世价值标准观察、体验被神秘化的少林世界；秉持的世俗义利观将少林世界的价值观评判聚焦于：金钱、性、暴力，简单化地把少林归属于世俗经济社会的一部分。

马修对少林的新传说，犹如是哈哈镜里的影子，被放大而变形了。不知释先生是否读过洋弟子的《少林很忙》；否则要吃十全大补丸了。

2018 年 9 月

见证台北故宫

故宫的今昔，以及收藏的文物是反映中华民族的历史和命运的象征。因此，故宫在国人心目中的分量犹如泰山之重。

关于故宫的著述见诸书市颇多，但关联两地故宫（北京、台北）却寥寥无几。而直录健在两地故宫人的回忆更为稀缺。如今日本记者野岛刚采访两地故宫的实录而编著的《两个故宫的离合》《故宫物语》（上海译文出版社出版），值得一读。

两书作者以第三者记者角度记叙中国近现代产生故宫博物院的缘由，以及在改朝换代的战乱年代，故宫成为中华民族文化象征的历史。由于作者并非历史学者，记述难免粗疏，叙史语焉不详。现先补叙一笔：（按历史时间顺序）

1924 年 10 月，冯玉祥发动北京政变；摄政内阁总理黄郛主持内阁会议，通过《修正清室优待条件》，废清帝溥仪，令"清室移出宫禁"，迁出皇宫。

次年 9 月，北洋政府内阁计划成立故宫博物院，于同年 10 月 10 日双十国庆举行开幕大典，宣告正式成立。

1928 年 6 月，国民政府北伐成功，接收故宫博物院。公布

《故宫博物院组织法》，法定故宫直属于国民政府。

1931年，日本关东军发动"九一八"事变，侵占东北。故宫理事会决定择馆藏文物之菁华装箱，为南迁作准备。

1933年初，日军逼近榆关，故宫理事会决定南迁上海，文物共13427箱64包；随迁的包括文物陈列所、中央研究院、内政部、国子监等文物6194箱8包。

同年，中央博物院筹备处（即南京博物院）于南京成立。

1936年12月，南迁文物由上海转运南京。

1948年秋，解放战争局势逆转。故宫理事长翁文灏及理事朱家骅、王世杰等七人议定，文物迁台，择精品运台，包括中央图书馆所藏善本，中央研究院考古文物。

同年12月，故宫第一批文物320箱，由国民党海军派遣"中鼎轮"运抵台湾基隆港。

1949年1月，迁运第二批文物1336箱，由招商局"海沪轮"运台。

第三批故宫文物972箱，中央图书馆122箱，中央博物院筹备处（南京博物院）154箱，由海军"昆仑号"运输舰启运。

1959年12月，台湾国民党政府决议在台北双溪兴建"台北故宫博物院"，又称"中山博物院"。

1964年，几经周折开始奠建开工。

1965年8月，院馆落成，11月，以"故宫博物院台北新馆"之名落成揭幕。

至 2021 年 4 月 30 日统计，台北博物院收藏品共 69.8 万余件。其中，铜器 6241 件；绘画 6744 件；陶瓷器 2559 件，还有雕刻、印拓、法帖、玉器等等。

其中精品有：翠玉白菜、毛公鼎、散氏盘；宋明清绘画、书法珍品，有韩干《牧马图》、《唐人宫乐图》，苏轼《寒食帖》，黄公望《富春山居图》，唐寅《采莲图》，徐渭《花竹图》等。

笔者不厌其烦列数台北故宫前世今生的细目，是证实一点：北京、台北两地故宫是中华民族一脉相承的文物收藏、研究机构；两者的文化传承无法分割。正如大陆与台湾的血肉相连。这也是阅读《两个故宫的离合》、《故宫物语》两书的基本立足点。唯此才能纲举目张，理解故宫人的见闻、回忆和诠释、鉴赏藏品，其关键便是两字："见证"。

《两个故宫的离合》、《故宫物语》以介绍台北故宫博物院为主，二书各有侧重。

《故宫物语》分"话文物"、"谈故宫"、"访昔人"三辑。主要是叙述台北故宫收藏"翠玉白菜"、"富春山居图"等 36 件标志性馆藏的故事。作者采用史话体写作，选择一则历史掌故，一篇史料档案，一段名人回忆，讲述一个精品收藏的来龙去脉，其中夹着对文物的艺术鉴赏。千字文故事配以精选的藏品彩图，介绍美轮美奂标志性文物的艺术风采，可谓精致。

《两个故宫的离合》。作者采访北京、沈阳、台北等历任故宫院长及收藏界名宿，重点记述 20 世纪 60 年代新建台北故宫的背景，台湾政党轮流执政下，台北故宫被置于政治权力操控下呈现迥异的命运。

作者的叙述这段台北故宫历史的定位是：政治、权力、文化。作为资深政治新闻记者，凭借其经验，较有深度探讨两个故宫存在的原因与各自发展；尤其是解析台北故宫，可"描绘出政治权力与文化之深层共生结构的样貌"（作者序）。作者对民进党以"台独"政治意识形态施压，直接戕害台北故宫正常发展的状况分析，持客观和公平的立场，对民进党的政治压力和作秀进行直截了当的揭露和批评。

如 2000 年民进党执政。陈水扁下令"改造故宫"，抢"象征中华文化"的旗帜，以此否定国民党存在；进而改变"故宫定位"，以"四化"为目标，即"台湾化"、"多元化"、"亚洲化"、"国际化"重塑台北故宫。作者直言：民进党的定位实是"颠覆故宫＝中华"的概念，是与民进党根深蒂固追求"台湾独立"是一脉相承的。

二书的出版价值，不仅是客观描述两地故宫的历史变迁，还在于台北故宫之"政治与文化"相互依托，互为作用的主题聚焦获得了社会和读者的认同。

见证台北故宫的前世今生，见证台北故宫何去何从的选择；实质上便是见证台湾必将回归祖国的历史趋势。

2018 年 9 月

藏佛艺术的人文考量

　　《藏传佛教艺术发展史》(上、下)(上海书画出版社出版)自列选到出版是一场历经二十余年的马拉松。

　　约在 1996 年，我在上海三联书店任职，从中国社会科学院科研处要来的这个课题，列入选题计划。作者尚未成稿，除了专题论文还须补上数百张各藏佛寺的藏品，需打通文物各方的关节。前者还可等待，后者则无能为力。经一年犹豫，只得忍痛割爱，转让上海书画社当家的卢辅圣兄。卢兄在这方面是有得天独厚的人脉关系。于是，花落明主也在必然。2009 年，选题列入国家出版基金项目。书稿完成撰写、修改历时 10 年；出版立项 7 年；编辑、审校、印刷历经近 3 年。2010 年 12 月成正果而面世。前后 20 多年。

　　出版《藏传佛教艺术发展史》，上海书画社可谓呕心沥血，精心打造，力求从文本的整体设计、制作中提升著作的出版价值。编、审、校、装帧设计，组成单项目的专家团队，致力于整体设计完臻、文献注释编排规范，印制精美。虽说图片拍摄因条件所限，佛教艺术藏品的细部难以归真，但著作堪称为文化精品不为过。

如此倾力打造精品，其文献价值、艺术价值和观赏价值之高是不言而喻的。

《藏传佛教艺术发展史》是史论与图集并重。论述公元7—13世纪藏传佛教艺术（绘画、雕塑、建筑）的文化渊源、艺术风格；与汉文化的融会，以及随藏佛的传播而走向艺术完臻的历史。

作者撰写的是一部藏佛艺术史，章、目、行文叙史富有层次，简略而流通，摒弃经院式的概念书写；诠释藏佛文化历史兼容艺术品的鉴赏、考据和注释。此著填补了藏传佛教文化艺术发展史研究的出版空白。

藏传佛教艺术的文化渊源较为多元、复杂（涉及民族、民俗、宗教等），难以被单一的艺术史学和艺术哲学所涵盖，故而作者的论述将考古学、民俗学、藏学、佛学、建筑学、美学、文献学等专业知识融汇一体，全方位地解析藏传佛教艺术的文化渊源与流派，同时以艺术史为主线与经典个案的艺术审美解读相结合；对佛像造型以及佛教文化为主的绘画、建筑、雕像的艺术创作，在不同文化地域的表现形态均作了严密的梳理和论证。每章论述均有史论概述和细部论证，对重要的佛寺建筑、佛像壁画、雕塑的题记、铭文都有文献考证，更引人注目的，是兼容英、法、梵、日、韩的文献相互印证，其严谨表述彰显了深厚的学术功力。

作者的学术视野甚为开放，善于运用比较文化研究强化学术诠释的深度。诸如，佛教的双身造像的艺术审美便涉及金刚乘教与藏传佛教的文化比较；藏传佛教艺术中常见的神灵崇拜涉及印度文化，尤其是土著民俗的研究，这种跨文化研究在当下的艺术史文本中还是少见的。又如，藏传佛教艺术与汉文化的交流与融汇也颇见精到的学术研究。该著从绘画、建筑的文化涵义，并在南下及融入中原文化的流程中发挥其艺术风格的美学价值，这些观点都有独到之处。

作者主要论述西夏、元、明、清几个历史时期藏传佛教艺术的流变，作为艺术史的学术架构，不可否认留下不少历史空白，但并不影响该著的学术价值。

2010 年 5 月 13 日

交响乐的史传

"文革"后，文化艺术全面复苏，迎来文艺百花齐放的春天。文化部拨下巨资启动"抢救文化艺术遗产"的计划，对影响力大，历史悠久的艺术剧种，著名表演艺术家的经典剧目建立档案，原汁原味录制音像，积数十年之功，抢救文艺遗产成绩斐然。

然而，颇具全国乃至世界影响力的则是文化艺术院团，其承载着百年中国文化艺术的发展史，历史悠久，涉及的关联性广，专业性强。苦于专业人才欠缺，搜集历史文献档案困难而未能进入"抢救"之列。随着社会变革，城市的现代化改建，院团旧址不全或消逝，重要当事人纷纷谢世，而此留下许多遗憾。

幸喜上海三联书店出版的《音乐沟通世界》，为上海交响乐团 140 年历史立传，真是功德无量，为中国音乐史的编纂和研究添增了可资鉴的珍贵史料和实证案例。

上海交响乐团成立于 1879 年，前身为上海工部局公共乐队，曾获"远东最佳乐团"的荣誉。1956 年正式定名为上海交响乐团。为乐团撰史立传的二位作者是美籍音乐史家及指挥家，对中国自建交响乐团受西方古典音乐影响而发展的研究，在国际音乐界颇有影响力和话语权。令人瞩目的是，西方音乐史家对中国交响乐团立传，尽显研究之深度。叙述、介绍世界上曾影响中国的著名演奏团体、演奏曲目如数家珍，无一挂漏；与上海交响乐团的比较则细部入微，有依有据。撰史的书写完全摒弃概念化的教科书模式，而是融入文化内涵丰富的主题："透过音乐艺术了解中国，音乐沟通世界"。

解析其意，作者书写重心不局限于单纯介绍上海交响乐团创建及成长始末，而是拓展视阈，将上交乐团置于新文化思潮启蒙，中国社会文明的进步，允许吸纳、演奏西方古典音乐，传播世界音乐艺术的大背景之下，反映中国对西方音乐的理解和认同，以及互动。其次，音乐无国界，把上海交响乐团的艺术提升作为文化艺术交流，沟通世界的重要实证。

这一主题意味着作者介绍上海交响乐团（包括前身上海工部局公共乐队）历经晚清、民国、新中国各时期的筹建、变迁，改革发展的创业历史，都是通过近现代国内外音乐家对交响乐团的贡献和在海内外艺术交流中的影响来表达的。

为提升撰史的真实性和公允性，作者除了撷取乐团留存的部分档案，更多是直接采写当事人的口述回忆，中外报刊的新闻报道、音乐人的评论。写作虽是平铺直叙，注重资料整理的前后连贯，但由于一些著名人物、事件的背景具有较强的故事性，故而《音乐沟通世界》不是刻板、枯燥的院团史报告，而是一部生动、形象的中西交响乐的创作史、演奏史。

上海交响乐团经历多变的政治劫难，作为坚持用"音乐沟通世界"主题写作的作者始终不受制于西方媒体的政治抹黑和舆论宣传，对上海交响乐团的历史作客观、公正的评估和有尺度的书写。有几条史实的书写足以佐证。

书写抗日战争中交响乐团不沦为日军文化工具。

"1941年太平洋战争爆发后，日军占领上海英、法租界，开始插手乐团的管理。上海一些主要音乐人，如黄贻钧、李德伦、贺绿汀、丁善德、马思聪纷纷撤离上海，分赴延安、重庆，海外，整个乐团（包括音乐学院）仅留下少数外籍乐手为维持生计而演出。演出曲目除了开场一首日本乐曲，仍以西方古典音乐为主。乐队并未沦为日军侵华的文化工具。"（第四章）这一史实书写比较客观。

新中国初，上海交响乐团撤、留的争议。

新中国成立后，首次"全国文学艺术工作者代表大会"开展关于西方古典音乐在新中国地位的辩论。上海交响乐团面临"被迫解散"的危机，陈毅市长挽救了交响乐团，并着手改造，培养新乐手、新音乐、新观众……（第五章）该书不回避矛盾，并在尊重历史的前提下，强化主流意见的内容。

关于知识分子（音乐人）的改造。

大跃进年代。大批知识分子和干部，包括一批音乐人，派往农场、工厂，提高"政治觉悟水平"。……他们通常遭受了非常大的冲击，但下放的结果，作曲家们创作了一批新的交响曲和首鸣曲。代表作有《梁祝》、《十三陵水库》。同时促成了乐团走出音乐厅，走向大众化的音乐会，包括"上海音乐之春"。（第五章）书著对历史曲折和运动式的政治指向，不作粉饰，客观地书写还原了历史的真实。

关于"文革"。

交响乐《沙家浜》、《智取威虎山》、《红色娘子军》创作、演出的背景和过程，涉及江青、张春桥、于会泳等人。……交响乐团在"文革"的艰难时期为保存乐团而作艰苦努力（包括创作、演出）……（第六章）作者对江青等人插手《沙》《智》的创作过程只作客观介绍，不作政治上的评估，写作的尺度把握是恰到好处的。

《音乐沟通世界》的写作和出版，为中国艺术院团的入史立传提供了丰富经验和样板。这是值得赞许的。

2020 年 6 月 17 日

大师讲演的现场感

十多年前，被称之中国戏剧人才摇篮的上海戏剧学院，做了一件震动中外戏剧界的盛事：邀请各国世界级的戏剧大师、名导来沪开办"大师班"，为当今中国戏剧界的明星授业讲课。大师对大咖，阵营双超，亮点不少：

国际名导、戏剧大师来自俄罗斯、美国、英、法、德，以及文明古国的埃及、以色列、伊朗，几乎囊括世界造诣顶级、风格各异的名家；"大师班"授学演讲每年一届，持续九年之久。

聆听受教的 30 余学员大多是当代中国戏剧界的执导和艺术表演家，梅花奖、文华奖、"国家舞台艺术精品"的得主。

大师班讲座现场录制视像，又以《国际大师班》丛书推出美国、英国、法国、俄罗斯、大洋洲、北欧、南欧、美洲、文明古国等 9 卷，约 500 万字巨著，其体量不亚于一个小文库。

各卷著作按现场直录，包括大师演讲、师生对话，原汁原味呈现"现场主义"的出版模式。

这些亮点可用"空前绝后"四字喻之，并不为过。

笔者有幸得见《国际大师班·2018 文明古国卷》（上海文化出版社出版）。阅读之余，确有另一番滋味。

该卷收入以色列、土耳其、印度、埃及和伊朗五个具有悠久与古代文明传统的国家级导演大师讲演。卷内所辑均是原汁原味的戏剧导演艺术心得，具有极强的现场感，生动、形象、启示性强。

以色列首席资深名导哈南·思尼尔，以《当下表演创作》为题，对戏剧表演中的核心观念："自由与规则创造张力"作了深刻的启发性演讲。哈南从心理角度（即戏剧美学中的同理心概念）剖析角色表演在肢体、语言、戏剧技巧的潜力和发挥。哈南的演讲把戏剧理论权威俄国斯坦尼斯拉夫斯基的基础学说作了当代的诠释和延伸。这对国内戏剧艺术教育颇有思维冲击力。

以导演莎翁、莫里哀、果戈理戏剧闻名的土耳其戏剧大师伊士尔·卡萨布格鲁用"土耳其戏剧传统"作为实证，讲解世界戏剧界流行的命题："东西方戏剧的交融"，也是别开生面。土耳其地域横跨欧亚两洲，是东西方文化交汇之处。伊氏对东西方戏剧交融的心得更是独具灼见，对国人认知不同民族对东西方文化交融互补开启了新的视域。

埃及导演阿塞姆·纳加狄执导过 50 余部戏剧，20 余部电影、电视。其导演的艺术积累于戏剧与影视的综合实践。他的作品体现了阿拉伯戏剧风格（如阿拉伯皮影戏"影子幻想"），他演讲的《想象的角色——仲夏夜之梦》较多从剧本的台词和潜台词中分析演员如何在"想象"的意境里捕捉灵感的表演技巧。这虽与中国传统京昆戏剧艺术有相通之处，但埃及大师的讲授心得更有着表现主义的当代性意味。

《文明古国卷》以及丛书的其他各卷结集了众多国际艺术大师的演讲和互动交流（附有数字碟片），颇有出版创意和不可复制的特色。

读完《文明古国卷》，掩卷而思，竟得书之外的启示：

丛书聚焦于传统戏剧艺术生存及发展的瓶颈问题，即当代性如何与传统性融合和互补。

国际大师执导的都是传统的经典名剧，但诠释和演绎的则是当代性的表演，由此构建成新的戏剧文化形态。而中国戏剧表演（尤其是地方剧种）恪守传统，几乎处于边缘化。由此而论，丛书对促进、复苏中国传统戏剧艺术具有基础性学科建设的意义。

丛书的出版显示了上海国际文化大都市已具备构建国际戏剧文化交流中心及其辐射的功能。

"国际导演大师班"得到文化和旅游部、教育部及国际剧协的支持。自 2009 年起连续九年举办了授课教育与交流互动一体的学习平台。丛书作为文化载体其在国内外戏剧界的影响力、辐射力是值得期待的。

丛书毫无遮蔽地收录中外戏剧家的文化交流成果，尤其是不同国家、地域、民族以及信仰的导、演艺术家进行跨国、跨界交流的戏剧人文精神，较形象地印证了"人类命运共同体"思想的一个重要命题：文化艺术可以和谐地共存互融的。

2021 年 4 月 25 日

小说不是口述历史

　　长篇小说《战争与爱情》(上海三联书店出版)是历史学家唐德刚先生唯一创作作品,原书名《三天两夜》。作者以口述历史著作闻名,擅长近现代历史人物的传记书写。代表作是《李宗仁回忆录》、《张学良口述历史》及《晚清七十年》。长篇小说《战争与爱情》曾由广西师范大学出版社出版大陆版(2015年),此书为再版。

　　小说分上篇"往事知多少",下篇"昨夜梦魂中",70余万字。故事叙述中美两国关系正常化后,主人公林文孙回国的故乡行。小说以倒叙及主要人物的回忆讲述20世纪三四十年代(抗战年代),苏南梅溪镇及林家庄园众多悲欢离合的人生命运。小说集中描写叶维莹(小莹)与小屠户阿七的朦胧单恋,小莹与林文孙的爱恋,张叔伦对小莹的苦恋,小和尚与李兰的青梅竹马,老票与妓女阿秀的生死相依,林文孙与战地护士瑞莲的患难恋情;通过人物的情感世界的波折和生死别离的命运,来展示"一个历史片段",如同作者所言:"中国近大半世纪以来最风云变化,骚动不定的时代。"

小说记述故事是 40 年代的人事，但人物命运的归宿则延伸至当代，尤其是"文革"。作者将建国三十年的重大历史事件虚化，如"反右斗争"、"三年自然灾害"、"文革"。通过隐喻的书写方式完成人物归宿的叙事。如，儿时好友某某"五八年死在青海"（暗示反右），某某"下放农村三年自然灾害中死了"，儿子小宝"牺牲在珍宝岛"，妹夫在"红卫兵武斗时被人用鱼叉叉死"，农场场长文梅曾是"摘帽右派"，小莹（田军）"文革"中扣上"反革命分子"等等，均是一句概括而至。作者将时空虚化，对各个人物身份更迭，命运归宿的暗示，避免了失度的文学叙事。

唐德刚先生擅长口述历史书写，若将小说《战争与爱情》当作"口述历史"，实是一种误读。

小说先在美国《星岛日报》文艺刊上连载，大部分内容是随写即刊。中美恢复交往，在美的华人对中国大陆知之甚少，读者便把小说当作"历史"来读。副刊编辑李兰（序者）便有"既是长篇小说，又是口述历史"一说。作者在第 28 章"梦中有梦"一节，也把小莹的"莹莹自述"定义为"口述历史"。

"口述历史"有明确的界定。一是"纪实"，二是要有一定的历史长度和社会空间，三是纪实内容（即通过人的命运、人际关系，或重大事件）能记录特定历史时段中政治、经济社会变化的真实而丰富的历史内涵。

《战争与爱情》基本叙事是艺术虚构的，情节在一定逻辑下进行虚构、组合和丰富的细节设计。小说中的人物及其命运遭际仅仅是作为文学叙事中的一种类型或典型。如，作者列举的"莹莹自述"就是叙述小莹险遭地痞强暴、寡妇逼婚、妻妾相争、未嫁遭暴而三次自杀未遂的苦难经历。这一艺术形象旨在揭露半封建社会的黑暗、官吏腐败、民众愚昧的社会真实，并非是人物的真实人生，更不是历史实录。小说的审美内涵仅此而已。要作为"口述历史"，显然内涵不足。

小说的文学价值不宜评价过高。

小说描写十多对男女青年的爱情故事，其民族图存、抗战救亡是作为叙事的历史背景的。不同的爱情故事，其主旨是反封建，追求爱情至上与个性自由。这一主题在林与小莹的爱情故事中表现得尤为突出。

小说叙事中生活碎片式的审美意象与故事逻辑并不紧密，叙事跳跃，人物出场安排随意，情节展开缺乏完整性，叙事结构呈现一种片断式的。因此小说中大部分角色比较模糊。人物命运（除了对情爱的追求）与社会交集缺乏深度。这与长篇小说注重情节叙事的逻辑和人物形象之性格、情感世界的完整表达是有差距的。这与小说在报纸上连载刊登，"即写即刊"有莫大关系。

当然，作者在某些细节描写上也很有特色的。如林文孙儿子"小狗"刚出生便遭鬼子搜山扫荡。乡亲护犊，以及产妇绝望的心理描写；林与小莹，在告别宴会上，积四十年恋情却不能在公众前倾吐而强抑情感的神态描写，都是很精彩的。

小说可以写成历史小说，但毕竟是文学叙事，不能当作口述历史。

移民的梦魇

在某些人的眼里，美利坚是块圣地，自由、民主的天堂，富有而无暴力的安全岛。一流科技，一流教育，一流医疗，一流的社会福利。移民美利坚可以享受自由生活。用臆想和无知编织起来的美国梦，不过是幻觉中的气球，可望不可及。

真实的美利坚，移民不过是二、三等公民，充满着艰辛、困惑和缺乏安全感。尤其是亚裔移民常常被全社会浸渍着的种族歧视所挤压、肢解。当美国梦破碎时，替代的是持久不断的梦魇。移民美利坚的亚裔（越南）作家阮清的纪实文学《难民》（上海译文出版社出版）向读者展现了美利坚真实的亚裔移民社群。

《难民》记述八个越南家庭因躲避战乱而逃亡美国，历经艰辛终于移民的故事。不同家庭、不同社会身份，不同的生活诉求，但处于相同的社会环境，蒙受歧视而艰辛、无助等待命运安排的归宿。

西贡女教师在旧金山街头摆摊，代笔书信谋生。篇篇移民的家信，都满满的祈求和悲情。有倾诉亲人征战而亡的回忆；

有泗水千里，横渡太平洋，死而"复生"求助寻找移民美国的亲人。逝去的灵魂活在劫后余生的难民心里，而活着的难民却不属于移民的美利坚，除了记忆，与社会隔膜，一无所有。(《黑眸女人》)

来自西贡茶吧的打工仔谋生旧金山。打工仔有着越南难民共同的经历：遣送关岛难民营等待担保。打工仔的担保人是个男同性恋，一个香港富二代，名义上留学，实是泡妞、享受生活。后被断了经济来源，堕入社会底层，成了被包养的男宠，也是另一种身份的难民。打工仔最终也摆脱不了香港仔的宿命："没有将来""只有在自己眼里，显得有尊严"。(《另一个男人》)

颇有才华的热力学教授，在美利坚找不到专业工作，只是在社区靠教越南语安身。待步入老年，教授的记忆除了与爱妻年轻人的浪漫：玫瑰花、咖啡、小说，其他已"悄无声息"地失去。行为呆滞，精神恍惚，近似痴呆。教授时时浸沉在幻觉之中，却努力寻找自我，一个潜意识：追回逝去的浪漫，想要你爱我。(《我想要你爱我》)

其他各篇如《美国人》、《祖国》，均从不同角度展示由越南难民变身份的移民群体与后代新一代移民的生活和价值观念。

作家特意在纪实文学集用醒目的文字写了一句题字："致世界各地的所有难民"。这也是各篇的共同主题。小说没有对国家命运和政治意识形态的文学叙事，仅以叙述作为少数族裔的难民身份移民在美国谋生的各种境遇和人际纠葛。而作家自身的移民身份和文学视角则使难民的艰辛和复杂情感描绘更为真实、生动而有深度。

　　移民美利坚，无论是难民，还是镀金客、投资人，也许是个美梦；当梦醒时刻将寻找怎样的归宿？这也是读《难民》留下的一个思考。

2019 年 8 月 5 日

另类军人角色

　　《我的小名叫祸害》是部描写中国军人的长篇小说。由于主角（祸害）在不同的历史场景中频繁而被动地变换政治立场、意识相互对立的身份，在正义与非正义、人性与非人性共存的战争环境中演绎其具有充分自主能力的本色行为。这是呈现了作者非逻辑性的另类文学书写。而另类的军人角色造成的客观审美效果是主题不确定，军人形象模糊。在近期文学创作中是个不多见的个例。

　　现按照作者构思的叙事逻辑对长篇小说及代表不同政治立场的中国军人祸害作番解读。

　　小说叙事四川籍老兵"祸害"的一生遭际：全面抗战初，祸害抽壮丁被迫加入国军，随之南征北战，抗击日寇，九死一生。抗战结束，内战重启，祸害随军开赴东北前线。国军兵败、被俘成了解放军的"解放兵"。四野转战全国，祸害立功受奖。全国解放，受命参加志愿军，抗美援朝，在血战中被俘。50年代被遣送台湾，复编入台湾国军驻守金门岛，直到退役。最后，两岸破冰，祸害作为台湾老兵，回到故土。

小说的叙事主题是想通过祸害的一生，来演绎中国现代历史以及国家、民族、个人命运变化的足迹；而祸害的归宿则象征两岸中国人的共同心愿。

小说在战争及多次战役中的描述，有略有详，有整体渲染，也有细节描绘，场景、人物布局清晰；人物的人性化叙事；尤其是心理、情感的书写，显示了作者的文学叙事功力，以及对文学形象真实度的追求。

但是对角色的身份转变与把握、认同及其逻辑性存在偏执，其另类叙事有着明显的负面影响。

小说的角色定位、人生轨迹、情节设计以及主题演绎显示了作者另类的审美意识。

主要角色取名"祸害"，其正义题解是指引起灾难的人。若作引申义解释，可视作灾难、苦难。小说关键词：祸害、祸害，永久不败，是寓意角色灾难不断，却永远不屈服。引申义便是一种另类解读。小说中"祸害"一生坎坷，若作为社会底层的一般小人物，他的命运遭际能一定程度上折射社会、民族、历史的变化。但是，"祸害"的角色定位是"中国军人"。他的人生命运（包括隐喻的国家、民族）是随着身份的更迭（壮丁—国民党士兵—俘房—解放军战士—志愿军—战俘—台湾国军士兵）而呈现的。不同军人身份本身带着明确的政治依附和功利性，也直接表达作者（小说）的价值取向。如是另类文学叙事则面临着负面的风险。

军人"祸害"的审美解读与作者创作主旨相悖。

作者塑造祸害形象的定位是，为国家、民族利益视死如归的"中国军人"形象，身处不同历史环境、遭遇无数生死磨难，通过自身的执着和牺牲，追求战胜敌人，实现祖国强大。这是作者在小说内容简介表述的主题设计。

实际的审美效果是：不论身份的转变、更迭，祸害是一个没有政治信仰，没有精神支撑，没有民族气节，缺乏男儿血性，人性懦弱的小人物。

——抽壮丁被迫当兵，在无奈、对死亡充满恐惧的心态下开始了抗战的军旅生涯。中条山的血腥战场，为死里求生而激起拼命杀敌的勇气。国军兵败，祸害成了溃兵。失去部队的依赖和支撑，变得脆弱。国军溃兵骚扰百姓，强抢强占，置百姓于水火之中。祸害也不例外，且自我辩解是为"生存的需要"。饥饿和精神溃退，放纵了人性之恶。

——转战鄂西，归队途中被日寇抓了民夫。目睹鬼子的血腥屠杀，祸害"原来脆弱的精神在刹那间崩溃了"，在磨难中仅凭一种"求生的欲望"，一种人的本能支撑着。脆弱和怯懦的人性弱点与中国军人的坚强、有担当、血性的素质距离甚远。

——远赴印度抗战，祸害已是国军老兵，能冷静应对战争中各种突发事件。但血腥的战争常使其头脑出现空白，觉得自己完全"变成一台冰冷的战争机器，没有思想，没有感觉"。

——抗战胜利，祸害被推入内战，赴东北与共军博杀。祸害口头上说"别无选择",但长官的反共训话却使他"热血沸腾"。祸害在政治上懵懂,不懂战争的正义与非正义,自然不会对"内战"作出个人的正确选择(他的同伴中有不愿打内战而当逃兵的)。祸害坦言"自己的悲哀","既无信念,也怕死"。

——血战四平,国共两军对垒。祸害处于一种亢奋状态,为能效力国军王牌"新一军"而自傲,战场上"丝毫没有以往战前(即抗战)那种惊慌悲惧的感觉"。他的潜能被激发,表现出一种"疯狂",在四平一战中获得蒋军"宝鼎勋章"。在这里,祸害的形象是一台战争机器。

——东北战场溃败,祸害当了俘虏,有着一种"无以言状的惶惑"。在怀疑、犹豫中被动作出参加解放军的选择。解放天津战役,祸害沉着应战疯狂冲锋的国军,"没有丝毫犹豫",朝着国军士兵猛烈射击。祸害地英勇作战,荣立三等功。对此,他的体会是,"当时的行动肯定是出于一个老兵的本能"军人的自觉行为与老兵的本能区别在于懂得为谁而战,无畏来自信仰的精神支撑。祸害身上找不到这些基因。

……

在人生的总结中,祸害直言"我从没弄懂政治,也从没相信政治",他认为"这是我一生中不幸中的万幸"。正是如此,在以后的角色身份更迭中(志愿军—战俘—台湾国军士兵)中,其人性的怯懦暴露无遗。在美军战俘营里面对痛苦和屈辱,以"好死不如赖活"为由,苟且忍耐。选择遣送台湾变身为守金门岛台湾国军。应对国民党的审讯时作了"痛苦权衡";"拥护共产党还是国民党确实无所谓","为了保证自己能够活下去"。

小说中的祸害作为一个没有信仰（也没有军魂）、没有意志和精神支配的角色，无法表现作者对中国军人的主观审美创造，其效果则是相反。

朝鲜战场被俘及选择去台湾的情节设计，存在负面的政治影响。祸害的人生、命运经历到参加解放军，迎接全国解放已完成文学叙事的过程。为反映国军老兵回大陆、两岸期盼统一而设计"被俘"、"遣送"情节，其角色因身份地再次轮回（国民党士兵—共产党军人—台湾国军士兵），容易诱发政治取向的偏差。文学叙事也缺乏内在的逻辑性。遣送台湾的战俘与国民党溃败而撤退台湾的老兵有着本质差异，对共产党军人而言，变成国民党士兵为"反共"作"义士"，意味着政治背叛。

小说中祸害在战俘营及台湾所表现的人性怯懦掩盖了信仰的虚无，这既不是共产党军人的历史真实，也不是艺术的真实。

小说并不排斥书写平凡的小人物和角色的多重性格。可是当角色的身份在不同历史环境中持之对立的政治意识和立场，支配着相悖性格行为的文学书写，是存在质的不同和区别的。小说创作的审美取向和角色塑造缺乏思维逻辑必然性的支撑，必然会掉入自己设计的陷阱里。

2017 年 6 月 28 日

灰色官场生态

《七厅八处》是河南作家中短篇小说的汇集，包括六部作品《红酒》（2008 年），《暧昧》（2009 年），《灯泡》（2009 年），《空位》（2011 年），《天蝎》（2015 年），《皮婚》（2016 年）等。作品创作横跨不同时间，但文学叙事均是某省政府七厅的人事纠葛，因此可视作一个叙事系列，也较清晰地表达了作家的审美价值取向和小说集的主题表述。

出版界有同仁认为，"这些小说……写出了中年男性在职场压力和情感危机下的真实生活和微妙心理，也由此折射当下的都市白领世俗生活"。简而言之，小说集是一部职场小说汇集。

笔者认为此说存在错位的缺陷，审美评判不当。

职场的界定是有鲜明特征。应是指：非政府机构、非公务员，且以知识、智力和体力为生产要素创造劳动价值的从业者及其工作地域。《七厅八处》应该定位于：官场小说。

小说集的文学叙事是描写省级政府机关七厅中年男女官员的人生困惑、情感危机，面对生活现实的矛盾与无奈而作出世俗化的选择。

但六部作品的叠加审美效应则是读者对灰色官场生态、潜规则以及政府官员信仰、人生价值追求、真实精神世界的认知。

《红酒》以红酒为叙事切入口，描写省府七厅诸厅、处官员的人生追求和困惑。副厅长酷爱红酒，仅因部下对红酒知识的博闻而刻意栽培、提拔，将一名副处调研员提为实职副处。副厅虽无大贪大腐，但不乏贪杯谋小利，公差携妻同游，为女儿的酒宴签单报销。副处调研员简某生活不如意，妻子离婚，陷入人生低谷，在无聊中虚度年华，移情于感情游戏中寻找被妻抛弃的补偿。简某的暧昧人生，一边是玩世不恭，沉湎"始而即弃"的感情游戏；一边是充满着"对仕途晋升"的"真诚"和"迫切"。置身七厅的世俗官场，简某的晋升成了新贵，由此身价百倍，小说展开了七厅官场的立体画面。官太太们拉线牵媒；简某自身也将抽中华、喝洋酒视作"地位品味的标签"。为达晋升正处目标，不惜为厅长家宴买单，一瓶红酒八千元。在提拔正处的前夜，直言他信奉的官场哲学："行走官场，见人说人话，见鬼说鬼话，既有人又有鬼说胡话"。简约醉话揭出了七厅灰色的官场生态。

小说对官场生态的负面描写，显然是表达作者刻意"暴露"的意图。

《暧昧》。小说《暧昧》的点题是副处调研夏某如何行施娴熟的"暧昧"技巧，煽情女秘书徐某（有与厅长交情莫逆的背景），谋求晋职上位。小说围绕着夏、徐的"暧昧"展开一系列情节，全方位勾勒"暧昧高手"年轻官员的情感世界和心态。另一条情节线是夏某与另一副处调研孙某为争正处而"内斗"。夏与徐某保持"暧昧"关系伺机晋升正处，而徐某则以中止暧昧，确立婚姻关系为条件。正当夏某犹豫之际，故事发生戏剧性转折：正、副厅长明里和谐，暗地内斗的"暧昧"导致人事变局。副厅抓住夏的暧昧并非真爱徐的命门，翻盘将已名落孙山的孙副调推上正处长宝座。夏为最后一搏，允诺徐某婚姻试图翻身。正当发出婚约喜帖，不料徐某前夫回国要求复婚。小说在闹剧中收场。

七厅八处芸芸众生的人生沉浮，均是将权力作为人身依附。官场在温情脉脉的人际关系中让公共权力逐渐私化。这便是小说告诉读者的真相。

《灯泡》叙事七厅诸多官员中一位副科小穆的戏剧人生。小穆不受厅、处官员待见，被当作包袱任意抛掷。二十年混个副科，换五个处室。究其原因，小穆刚直不阿，坚持原则。七厅的潜规则是"商场交恶，莫过于断人财路；机关恩怨，莫过于毁人前途"。在堂而皇之地和稀泥背后，却是暗潮涌动。每当七厅研究人事安排时，则"匿名信"满天飞，"攻讦成风"。而黑嘴小穆撕开这层伪装，举报处长夫人评职称的论文造假；民主测评揭发副处长"虚报发票"，自然成了七厅的煞星。当小穆看懂了七厅官场的"游戏规则"，"漂白黑嘴，熄灭灯泡"后，便时来运转，借助七厅影响，顺利为下岗老婆搞定了一个肉摊。

小穆将岳父积二十年官场经验："行走官场，务必慎言"作为座右铭，变得谨小慎微、圆滑可亲。在九处与四处内斗中，小穆挺身而出，给上司九处长当了回枪使，结果，年终考核评上"优"，还顺顺当当"晋升科长"。小穆的戏剧人生并非荒诞，实是折射了七厅官场的负面生态。

其他如《空位》描写七厅里底层公务员为争一个物业科干部的"空位"，而牵出处长们的恩恩怨怨。争"空位"实是争的身份和官场背景。《皮婚》写的是公务员与女上司（处长）的婚外恋。

从上述审美解读，可以认知小说集既不是厚黑式的演绎，也不同于反腐小说。作品没有浓彩重笔塑造勤政廉洁的清官形象，只是选择以世俗化叙事暴露官场的另类腐败，以及消极、混沌、失去信仰支撑；坠入仕途名利、暧昧情感的官员众生相。作者寄理性于世俗化的嬉笑怒骂之中，其创作是严肃的。

应该承认，作家以旁观者的戏谑式笔触剖示了某些官场的负面现象，鞭挞了某些失却灵魂的官员；但客观上也传达诸多负面信息。

十九大以后的新出版导向应注重正面叙事，塑造共产党员初心为理想的各级官员及公务员形象。显然，这部小说集的审美效果是与之存在较大差距的。

《七厅八处》是官场小说系列的结集。作者对官场负面生态及潜规则的世俗化批判并没触及文学创作的底线。

但十九大后文化语境已发生变化，对官场小说（包括反腐小说）注重正面导向和正能量叙事。这应该是一种正向性的文学创作指南吧。

2017 年 12 月 8 日

演绎身份认同

人刚出生，父母取名，便意味着有了简单的身份：姓名。

无论世事变更，立不改姓，坐不改名。古人有字、称别号，但姓名始终如一（当然父母离异，母亲改嫁，改姓换名，又当别论，不过仍有曾用名，现用名之别）。

我国登记人口、姓名、居住地的户籍制度最早始于商朝，史有丁籍、黄籍、籍账之称。初始的户籍是作为征课赋税，调征劳役的依据。直到民国 1931 年出台《户籍法》，户籍便成了"身份"的登记制度。

社会变迁使身份登记有了社会性的认同。以农村为例。陕甘宁苏维埃搞土地革命，农村有了按阶级划分的身份认同：地主、富农、中农、贫农。成分划定了家庭的出身，也决定了后辈的身份认同。

"文革"后，农村的身份认同又发生一次大变革：农村人的身份只有"农民"。身份认同的变革表示了中国社会一个根本性变化：国内阶级斗争结束，阶级消亡。由阶级划定的身份认同一去不复返了。

在改革开放的新时代，对身份认同的属性又发生观念性变化。尽管政府尚未启动统一身份认同的制度改革，但坊间的约定俗成已有了说法。从文化、职业、地域、财富、生活方式等社会因素来认定社会人的身份，以农村而言，便有了乡镇企业家、农民、农民工、新城市人等等身份称号。这是计划经济向市场经济时代转型的结果。

小说《你的姓名》(上海文艺出版社出版)就是从一家二代农村人身份变更经历来演绎当代农民对角色转换、命运变化的人生思考。

全书分八章，叙事相对独立，依次讲述两代人的故事。

父亲，一个老实、木讷的老农民。经济大潮涌起，老农按捺不住走出农村家门，闯荡世界。恪守农村手艺一成不变，老农适应不了城市，只得返回农村，脱不掉农民的身份。

大女一家深圳打工八年，历经艰辛，终于打工致富，办起小工场，落户深圳，有了"新深圳人"的身份。随之住"洋楼"（高层楼房），雇佣保姆。

二女一家受姐夫的庇荫，进厂领到没有户籍的临居证，当了没有固定合同的农民工。上不及天（大姐一家的致富），下不入地（背朝天的农家生活）。

二代人的生活发生了根本的变化和差异。老农民、农民工、新城市人各有各的生存方式、生活习惯、生活场景，有各自的价值观念和追求目标。但是，看似平静，相互独立的人群，因为生活的突然变故（大女待产面临重症危险；二女家庭亲人病故）而发生命运的碰撞和冲突。

小说叙事对二代人的人生作白描式的叙述；没有对生活磨难作刻意的批评和声讨，常常在不经意的细节描写中刻画老农民的质朴，对二代家人温饱、幸福的祈祷；新城市人对现代生活的向往，在苦难中表现了血亲的真情。更重要的是，不同身份认同的农村人在不同生活轨道上行走，但世代农民传承的善良、道义精神始终维系着每个人。小说描写呈现了一种真实向善、崇善的人生透视。

2020 年 10 月 30 日

浦东风俗画

比较五六十年代和"文革"时期，现下的文学创作要宽容得多。多样化的书写风格，多元共存的审美意识，让文学之花靓丽绽放，满园一片春色。

五六十年代过度强调"文艺为政治服务"，以致文学作品趋于概念化，人物塑造、故事演绎成了政治口号的图解。"文革"的"三突出"，塑造人物唯"高大上"才是时代的形象，结果不接地气，文学陷入虚假、失真的泥潭。

长篇小说《东岸纪事》（华东师大出版社出版）的作者认同新的审美形态，选择描写平凡的小人物，演绎大社会的叙事结构，描绘人物灵魂、血肉毕现的真实生活，展示一幅浦东城乡风俗画，给读者一种社会归真复现的亲和感。

故事发生在 20 世纪 70 年代末上海浦东的天里镇，浦东改革开放的前夕。

小说以老浦东乡镇为背景，塑造了乔乔、葳葳、刀美娟、大光明等市井乡民群像，围绕乡里近邻的琐碎生活和市井小民私己利益一得一失引起的情仇纠纷，细枝蔓节、波澜不惊地展开爱恨交织的人际关系，乡民的浮世人生和生活百态。浦东改革开放率先在天里镇破土而出，乔乔们身不由己地被推入与传统乡土世俗观念决裂、蜕变的轨道。尽管乔乔、葳葳们承担着生活变故的种种不幸，但浦东改革开放的潮流促使他们摒弃狭隘的旧观念和一己得失，在阵痛中面对未来，改变自己命运，成为与时俱进的成功者，收获改革的硕果。

《东岸纪事》糅合了现代小说与中国古典小说的叙事技巧，记录了浦东乡镇变革前夕的地理变迁和现代化城镇建设中的风土乡情，在极具戏剧性的冲突和故事情节中刻画平凡人物的本色人性。阅读小说，可感受一种怀旧式的审美情趣。

《东岸纪事》的文学实践也提供了可资鉴的审美经验：

宏大叙事并非是文学作品主旋律主题的唯一标志。市井生活琐事、平凡人物呈现新旧信念替代，价值观念蜕变，也是具象化展现社会变革浪潮的审美途径。在个人、社会群体的生活磨炼和完成身份蜕变中能够感受时代的脉搏和节奏，这也是主旋律主题的一种表达。

小人物能否演绎大社会，关键是在展现社会变革时，能否与小人物的人生理念、心理变化的深度叙事保持同步。

小说的叙事结构保留了上海小说的海派的韵味，这是文学作品呈现"风俗画"风格和审美趣味的关键，同时也改变了上海文学创作凝固的书写模式。

2018 年 6 月 3 日

聚光灯下出版人

作家孙颙的新作《风眼》（上海文艺出版社出版）把出版人带入文学圣殿，置于聚光灯下，观照这一群体的命运、担当，以及隐微的心灵世界，叙述在社会转型中的人生轨迹。

以往文学作品也有关于出版人的书写，除了文学传记（如邹韬奋），他们一般都是过客，如此全方位的文学形象塑造还是第一次。文艺作品有过《编辑部的故事》，但严格意义上说是写记者、媒体人。

出版群体作为文学叙事的主体，不单是题材的行业选择，而是提出一个内涵深刻的命题：出版群体身份认同的转变和行业变革。

在传统出版业，出版从业者是边缘文化人。他的职业身份、职业意识是"为他人作嫁衣裳"。有人戏称"编辑匠"，"文字加工者"，如同铁匠、皮鞋匠。80年代初，国家对出版业启动职称改革。这意味着出版人的身份由边缘转化为文化传承、文化建设的担当者、守望者。传统出版业的改革是从出版群体的身份认同、角色转型破题，步入全面行业改革的轨道。

小说的整体构思便是直接把文学形象定位于新的身份：文化担当者、守望者。将情节线的铺展置于传统出版业的嬗变环境中，也就是作者的寓意，出版业是一个变革时代的"风眼"。

小说《风眼》研讨会的一个主题是，"《风眼》的文学性与出版改革"。文学性、出版改革看似两个经纬各异的议题，但在《风眼》里得到了统一。

《风眼》的文学性呈现在"二重意象"的文学叙事中。

第一重意象是情节叙事。出版社作为文化产业的生产者、传播者，它的文化担当必须与主流意识形态保持和谐和协调。伴随改革开放，面对多元价值观、政治文化思潮的碰撞、冲突，出版人的坚守需要历练和智慧，要直面现实。小说里围绕"市场经营常识丛书"及其出版风波所演绎的是能折射国家命运、社会转型的大故事。

第二重意象是角色叙事。出版社的初始改革，由行政转变为企业自主经营。出版人将完成出版家兼容经营者的角色转换。走向市场，学会经营已不是时髦口号，而是新的出版业态。出版群体告别九五单一生活方式，摒弃自视清高、自我封闭的思维，被动地在道义与利益之间博弈和抉择。有奋进，也有落伍者。

情节叙事是实，角色叙事是观念、心理状况、价值观念的抉择，是虚。小说将二重意象叙事相互交织，虚实互补，有详有略，演化成一幕幕真实而生动的悲喜剧。读者若是出版人都可以在小说的角色中找到自己的影子。

若进一步说，小说书写的核心事件及出版群体在文学叙事语境中的各现本相，其本意则是还原生活、还原历史的真实，观照 80 年代国家、社会在政治、文化、经济层面转型下的出版业改革和出版群体的嬗变。

小说叙事的意义，不限于二重意象的审美，而是小说留下的一些思考：

传统出版业的改革之路走向何方？

改革的瓶颈是短暂的，还是周期性的？

出版业的价值取向，是文化担当，还是重商、市场优先？

出版社的自主经营如何应对社会资本的渗透？出版新业态的要素是什么？是专业、品牌、创造力，还是避免空心化陷阱？

团队组合如何体现个人创造的价值？

文化人追求完美的惯性思维，是作为出版传统被继承，还是抛弃？等等。

小说写的是 80 年代的故事，但留下的思考，则贯穿今天和未来。出版业改革、出版群体的修炼，是一盘没下完的棋。有待新一代出版人的探索，也期待新的《风眼》问世和解读。

2019 年 7 月 22 日

佐证自负人格

周作人是中国现代散文家。五四运动时任北京大学等校教授，并从事新文学写作。新文学初期曾有过积极的文学主张，但先立后废，仅留下"闲适幽默"的"散文家"之名。抗战时期投敌任伪华北政务委员会教育总署督办。建国后从事翻译工作。《老虎桥杂诗》是其晚年之作。

《老虎桥杂诗》(上海三联书店出版)收入《周作人自编文集》，生前大部未发表。杂诗集依照作者手订目录及原稿顺序编排，同时将未收录的佚诗作为诗集附录。杂诗集主要内容是作者于20世纪40年代因汉奸罪审判、入狱时期所作的杂诗、序文及夹注、补记。编者依据诗集提及之事物、场景、手稿配以插图二十一幅。

《老虎桥杂诗》力求忠实于作者的创作原意，真实、全面反映其作品。杂诗集有不同版本。岳麓书社(1987年)出版《知堂杂诗抄》，其中有不少《老虎桥杂诗》未刊原稿，但入录作品多有删减。河北教育版(2002年)以岳麓版原稿整理，对杂诗编排作了调整。为保持旧体诗的文体统一，将非旧体诗及序文编为附录。北京十月文艺版（2013 年）的目录编排仅略作小改，将附录各篇分列。本版的编排完全按周作人手订《老虎桥杂诗》目录及原稿顺序编排，增补新发现的佚诗，使杂诗集更切近作者的意旨。

《老虎桥杂诗》写于 1946 年 7 月至 1948 年 3 月，为其入狱时期所作。作者自言："且作浮屠学闭关"，故诗作的书写内容为：追忆故地友朋（包括同牢狱友）；睹物怀旧，抒其人生之沧桑；数文史之典故，咏骚客名士，以叹暮年悠情；借喻童心嬉戏，时令节气，寄托淡泊人生；等等。杂诗集有半数近似打油诗，无多文学价值；但诗作未见投敌沦为汉奸入狱的深刻反省，也无为日寇奴化教育效力罪行的忏悔。这对研究周作人的晚年思想，尤其是刻意回避、粉饰汉奸经历的自负人格留下了佐证。

2018 年 5 月 13 日

美食家的文化偏执

美食无国界，品味有取向。

品美食的取向可分三等：上者品文化，寻根溯源，传统的、民间的、习俗的；中者品烹饪，生、拌、煮、炒、煎、烤、炖，技法技巧，食料搭配；下者品味道，川、湘、京、鲁、淮、苏、浙、粤等菜系，满足舌尖味蕾的享受。

真正的美食家是三者兼备，且有心得总结。而高手心得往往来自个人独特的体验，并渗之哲理性思考。《鱼翅与花椒》（上海译文出版社出版）的著者扶霞·邓洛普可算得上一个。

英国女作家扶霞·邓洛普就读剑桥大学英国语言文学，后求学伦敦大学亚非学院，获汉学硕士学位。为了解中国传统文化及民族学，便于20世纪90年代远渡重洋进四川大学进修少数民族史。出于自幼对烹饪情有独钟，尤其是中国美食，在攻读民族学的同时，兼修四川烹饪高等专科学校。据扶霞的自我介绍，通晓中国文化，专研川湘民族风俗，熟练操作川湘菜肴烹饪，又且出版过《四川烹饪》《湘菜谱》，还四次获得詹姆斯·比尔德（被英美媒体誉之为"烹饪餐饮界的奥斯卡"）烹饪写作大奖。可谓是兼三品合一的美食家。

《鱼翅与花椒》于 2008 年在英国出版。十年后，上海译文出版社推出中文版。这是作者在中国各地品尝、学习美食烹饪经历的纪实文学。以描写成都美食为主，兼顾川湘地域菜肴，同时，以中西烹饪文化比较的视角，记述对中国美食的文化思考；也顺手记录了 20 世纪 90 年代成都本土的社会人文场景。

纪实文学要写出舌尖上中国美食的韵味，确实要从中国历史、文化、社会的不同层面，探究与饮食烹饪相关的民间风俗及川湘地域特有的食文化。扶霞在这方面显示了文学、历史、文化的综合素养。书中先考察内涵丰富的民俗文化，再牵出四川特色美食钟水饺、赖汤圆、担担面。娓娓道来美食的来历、历史掌故，独特风味；美食在社会群体中的美誉度和持久性。中国厨师普遍偏爱食料调味品，扶霞便夸夸而谈，比较中西烹饪理念的差异；民间嗜好草根菜肴，作者又切入菜肴在中国祭祀仪式和风俗中重要性的话题。显然，《鱼翅与花椒》的审美体验已超出了常见的菜谱，成了一部追踪"舌尖上寻路中国"的文学作品。

正由于该书不同于食谱，作者旨在透过中华厨艺对中国社会形态、生活方式、民风俗习进行审视和纪实。这便涉及审美观和价值取向。作者摆脱不了西方意识形态的人文观对文学书写的影响。故而，作者对中国社会、人文层面的价值评判的描述存在偏执和不妥。

对中国当下社会和政治现象表述的偏执:

其中有,对雷锋及雷锋精神的贬义;对共产主义信仰和宣传的调侃;对中国当下政治意识的误解;对毛泽东的西方式批评,等等。尽管编译者在文字上作了净化处理,但作者意识形态的价值取向仍是清晰的。

对中国文化传统、人文环境和语境认知的偏执:扶霞在书中写道:90年代中国,"国外新闻很难看到,官方媒体(中国的)的新闻都是审查过的";留学生凡"触及令人不舒服的话题",老师们便会"焦躁不安","努力把话题引向安全的陈词滥调";在"社交和文化上","中国也是挑战重重"……显然,西方人对中国政治生态和人文环境是按西方标准衡量,且有着特殊的敏感和偏见。

在对中国食文化的考量时,时时穿插一些差强人意的话语和比较。当具体描写中国烹饪中"活剥"动物的场景时,就牵出掌厨主妇慈善、温馨的母性作对照;中国人的温文尔雅与"活吃猴脑"的饮食"残忍"作比较;餐桌上兴奋热情与面对食材活体"屠杀"的淡定;厨艺的"血腥"与中国人崇尚儒家的君子风度;等等。扶霞刻意地比照叙事,便将中国文化精神从饮食传统中剥离和曲解了。

更为质疑的,扶霞以中国人"民以食为天"的传统,引申出中华民族轻视科学文明的结论。这种毫无逻辑性的指责已是滑向无知、傲慢和偏见了。

上述所列举的，不少涉及作者持西方意识形态的政治判断批评中国社会。现仅取有关食文化的某些偏执认知作一抗辩。

"生食猴脑"。中国早已有法律明令禁止，违者刑法伺候。扶霞此说，只是留存于民间的一种记忆。生食猴脑是非人性的生活环境与不文明生活恶习形成的倒错行为。若把这种非人性的倒错视作汉民族普世性的食文化，无疑是认知偏执而下的武断。

关于"杀生祭祀"。这是数千年来的中国礼仪传统，逢年过节，献"三牲"（牛、羊、猪或鸡鸭）或祭祖、或敬神。敬神，祈求风调雨顺，体恤苍生；祭祖求的是家和万事兴。可以说，中国的祭祀文化核心是仁爱、礼义。随着时间推延，后人对祭祀供品选择不再一成不变，有时以蔬果替代三牲。关键是虔诚与否。作者对中国祭祀文化似懂非懂，认知难免陷入误区而难以自拔。

对中国文化传统的偏见，一旦形成根深蒂固的价值观念和判断，就会走向极端化的偏执，其结果必定是武断。

2019 年 6 月 4 日

素食哲学

最近一期《食天下》辟八个版面摆了一桌素食宴。菜肴来自龙华寺，功德林。除色、香、味，还讲究造型及意境。若将素宴移步至寺院或中式客厅，焚香就餐，更有一种佛家的趣味了。

满以为，时下流行的时尚美食是红酒、烧烤、咖啡、甜食，殊不知食风早已转向。如今食素风悄然流行沪上。上海人的眼球从鲍翅海鲜，牛排烧烤，移向野菜蔬果，食素已成老饕们的新嗜好。

食素虽受启于儒家孝道，但盛传世间则自于佛家僧人的倡导。自佛学传入东土，融入中华文化，食素便成了僧人的一种生活方式，内含着一种信念，一种人生自我修为的规训。

佛家称食素为斋。僧人唐玄奘西出长安，"遇礼化饭，逢处求斋"。斋者，素食也。大凡有一定的规训，即所谓斋戒。唐代少林高僧觉远和尚制定寺规戒律，其中有一条"饮酒食肉，为佛门三大戒，宜敬谨遵守，不可违犯。盖以酒能夺志，肉可昏神"。这些戒约虽对少林僧人所设，也潜移默化规约着少林俗家弟子。影视剧中有少林武僧大啖狗肉，纯属虚构搞噱头。佛家以食素为戒，旨在戒其嗜欲，一示对佛祖的虔诚，二防堕落世俗的物欲，饱暖思淫欲。食素则是僧人必修的人生规训。

因佛家信仰的流传，佛家僧人以食素规训自我的生活方式也被民间俗家所接纳。乡间、市井，在祭礼或典礼前，均效仿清心洁身，焚香燃烛，奉斋食素，不沾荤腥，以示对佛祖的敬崇。世代相传，便成为一种民间的饮食文化习俗。奉斋食素意在向善积德，弃恶扬善的自觉。如此，食素便多了一份人生的信念，一份文化传统的承传。

现代人食素已没有宗教信仰的念想和人生修为的追求，较多是健康唯上所致。据说，食素的好处多多，如，益寿延年，降低胆固醇，减少患癌症机会，轻体重，瘦身减肥，无寄生虫的危害，减少肾肝脏负担，合乎生态原理等等，显然这是现代人表达一种科学理性的自觉。以食素抵御营养过剩的现代文明病，科学理性替代宗教信念，无疑是社会文明的进步。

随着食素、言素成为新食尚，素食涵义的外延也日趋广泛。野菜蔬果，五谷杂粮，绿色食品均成素食之上选，餐桌上的珍品。面对禽流感，环境污染，素食者对饮食安全与健康保护的自觉，改观了传统的饮食取向和品评美食的价值观念。由此可言，食素时尚正在悄悄地蕴酿着饮食和生活方式的革命。

2009 年 3 月 20 日

沪上文史经典

文史类图书是上海几代出版人构建的文化高地，在全国有着独特的优势和地位。上海市政协文史委、上海市版协联合举办沪上文史出版优秀作品的评选。从沪上29家出版社申报240种图书中评选出40本（套）优秀图书。这次评选推出的40部精品，无论是史学价值，还是文献价值，都有较高的知名度和影响力。

40部精品的一些成功经验值得总结和光大。

精于谋划，长线布局，制造经典。

文史研究及资料整理集成，要出精品力作，不能急于求成。不少精品图书从选题立意、布局、运作；领衔学者的选择，学术团队的组建；研究成果从蕴酿到成熟，进入出版生产环节都需要精细化的谋划。

上海人民社的《中国文化史丛书》的规划起始于20世纪70年代末，80年代初。著名文化思想史学者庞朴、朱维铮教授等十数位学者组成编委，数次集聚商讨，筹划立项。作为开放性丛书，专题研究广及典章制度、经史学术、宗教伦理、器物工具等，初始设计选题不下百余种，几经遴选补充，到出版仅有二三十种。丛书的立意，是开创专题文化史的实证研究与人文思想考量相结合的学术路径；所选作者均为中青年后起之秀。不少后进作者如今已成为著名学者。《中国文化史丛书》的成功在于：制造经典，开创文化史与史学史研究的新学术；著名学者组成编委亲力亲为，探索了大型学术丛书自规划、设计、运作，遴选作者此全流程的新模式；出精品，同时培育了一代领军学者。

《中国断代史系列》则是出版社精心谋划的经典产品。其创意是在已有史学巨著《中国通史》的基础上，作新的构想和布局。其突破点是以断代的朝别史对中国历史作全方位解读。选择作者均是当下近数十年功力专治一朝断代史的权威学者。《断代史系列》被中国史学界称之权威性的扛鼎之作。丛书的成功，证实一点：文史研究没有终结之说，只要精于谋划，仍可以建成新的高地。

不拘泥于以史论史，片面追求文史资料的求全。

文史研究及文献整理出版，其价值在于对历史文脉的去伪存真，梳理阐释的开放性思维和人文思考，注重凸显研究、整理的史鉴价值。

诸如，《中国近代文学大系》。这是一部集成式文献编纂的文化工程。入选文献、作品不少是湮没于报章杂志，原作原件（包括未刊稿）散落于个人藏家手中，几经变迁，人是物非；大量的甄别、遴选工作需要整理者、出版者的去伪存真，并从历史、时代、风格的文脉主线遴选代表性作家作品，建立一个能真实反映中国近代文学的纸上博物馆。同样，跨省搜集资料的史志《昆剧志》；记录中国近代政治、经济社会变局的重要文献《盛宣怀档案资料选辑》也是如此。

开拓视野，拓宽出版空间。

文史研究和文史资料整理，不局限于古籍整理、典籍考据、研究。需要文化传承与文化建设并重，文史研究须融入当代意识，不断拓宽文史研究的出版空间。

不少精品图书已将当代社会变革和改革开放的史实纳入文史研究和文献整理的视野中，历史意识和当代意识的互补，将文史研究延伸到当代政治、经济、外交等领域；以历史视角梳理当代中国改革变迁的历史轨迹；以实证研究、口述历史、田野调查等文本形式，凸显文史研究的当代性。《大上海都市计划》《档案，揭案外交风云》等都是值得借鉴的经验。

上海文史研究出版有优势、有潜力，但发展也面临着瓶颈的困惑。

一是研究机构、出版单位各自为政；缺乏整体、长远的规划。

现下的出版单位主要依靠个体的人脉关系获得局部信息，策划选题立项。这样的运作，往往是短期、急功近利；而且缺乏整体性、碎片化；也容易失陷于专业学术的比较。

上海文史研究有了新的定位：海派文化、江南文化、红色文化。在某种意义上这是上海自近代开埠到现当代的历史文脉。文史出版不应是急就章，需要精心规划和布局。最近沪上出版社正在打造江南文化学术系列、破题之作值得赞赏，但毕竟是起步，纲目还有待厘清，因此，出版、研究单位要建立沟通及协调机制，这样有利于谋划布局。

二是资金匮乏。文史研究，尤其是集成式文献资料整理、出版，需要大量投入；现仅靠国家出版基金、宣传部文化基金的少量补贴，只是杯水车薪。当下出版业疲态，难以承接，往往导致大量文史资源的外流。上海人民社大型文献集成的《全宋文》外流江苏就是一例，上海文史出版要发展，需要扩大新的资金源，拟尝试热衷文化事业的上市公司介入。

三是专业人才有断层之忧。精品中占 50% 以上都是庞大的文化工程，自规划、立项、研究、出版将经历十多年乃至二三十年高端人才的努力。如今，专业人才大多已退休，后继乏人。专业人才培养已是当务之急。

鉴于以上情况，需要建立长效机制、精心谋划，长线布局，积累人才，交流学术，表彰推广。故而建议：由市政协文史委牵头，联络、出版、高校、社科、文艺各界乃至工商界，成立上海文史研究基金会，设立文史研究出版基金，统筹此项工作。

2019.2.15

触摸历史

　　近读新编"五四"史料《触摸历史》，实为陈平原先生的史家品格所折服。陈先生在阐释"五四"历史主流时，也记录了"另类"史实，这是史料读物所少见的。

　　试举两例。一是北洋政府总统徐世昌"偃武修文"的治国策略，为学运提供了"蓬松的政治环境"。一是军阀吴佩孚通电呼吁释放学生的行动。在一般的史书或传记里，徐、吴是典型的反派角色或刽子手。但在"五四"学潮中却有良知的表现：

　　徐世昌作为前清翰林出身的文治总统，对学生和知识界的态度比较温和。实际上，新文化运动和"五四"运动之所以能够蓬勃地展开，也有赖于徐世昌"偃武修文"的治国策略所营造的"蓬松"的政治环境。

　　时任北洋第三师师长吴佩孚，得知学生被捕，即致电徐世昌，公开予以支持。电文曰："大好河山，任人宰割，稍有人心，谁无义愤。彼莘莘学子，激于爱国热忱而奔走呼号，前赴后继，以草冲钟，以卵击石，其心可悯，其志可嘉，其情更有可原。况天下兴亡，匹夫有责，而失地亡国，尤属军人之辜。吾国数百万军人，厚糜饷糈，竟坐视强迫执行，不能作外交后盾，以丧失领土。是军人无以对国家，而政府亦无以对人民也。"

编撰者的意图并非要否定"五四"反面人物的历史定论，而是对历史人物在特定环境中的真实思想、行为作客观记录和阐释。惟这种尊重真实原则的编史，才使读者认识"五四"时代各色人物的真实面孔和历史的多元侧面。"另类"史实的补充，使主流史实显得更为丰富和完整。

纂志编史，是民族文化积累的重要构成，目的是为后人留下一份可鉴的中华民族文化遗产。历史，不是一个平面，也不是直无回曲的长流；应是凹凸、正反、曲直、断续兼之，精英枭雄、芸芸众生容之，每个角色在特定的社会、文化环境里有其定位和善恶、真伪之表现，由此构成了多元、曲折、丰富且变幻莫测的完整的大千世界。编纂史志的最高境界就是呈现历史的真实。尽管编纂者不可避免历史观和价值观的局限，但他对史料的甄别、钩稽、取舍似应以还历史原来面貌为基本出发点。严谨的史学家应以秉笔直书的独立品格致力于呈现真实的历史。

遗憾的是，中国的历史常被一些史家及文学家随意打扮或戏说，使历史蒙上一层层朦胧的面纱。且不说"四人帮""评法批儒"借古喻今，明目张胆地篡改历史，世俗文化戏说乾隆、慈禧之类的商业作品，就是时下走红、有口皆碑的历史正剧

《雍正王朝》也有胡编乱造，搅乱历史之嫌。写史（包括历史题材的文艺创作）不应过度阐释、粉饰、戏说。历史不是橡皮泥，可任人塑捏。编史、写史也要打假。

我赞同这样的观点：历史是一个民族文化的载体，丧失了历史真实也就是失落了文化的承传。陈先生编撰的《触摸历史》应该是今日学人、文人编史写史的榜样。

2000 年 1 月

史学言说：追问、反思

  按中国历史的传统划分，中古期是魏晋南北朝到（隋）唐宋（辽、金）。新世纪始，学界关于中国研究更趋向于断代的细分化和课题的专业化，其学术取向是将中国学或中国研究引向深层次。作为学术平台的集、辑刊在此前提下也尽力于构建个性化的学术社群。

  《中国古代史研究·何谓制度专号》（中西书局出版）便是在这方面已显示影响的平台。集刊界定平台的个性化：

  一是青年学者联谊会刊，着意域内外的学术交流，培养新生代学人；

  二是学术方向介于通史与断代史之间，不同于"通史"之简约表述，也不拘泥断代史专题考量的始迄与终结；注意史学之专科或分支作深度探微和思考，勾冗诸朝史脉的关联和演革逻辑。

  此卷集刊以主题性专号出版。主编尝试"专号"的编辑体制，通过定向性主题策划进行组稿、按单元主题汇辑。

  本卷专号的主题为"何谓制度？"此是以复旦大学历史系

主办"何谓制度？中古制度文化新研"的学术研讨会为基础，设定的编辑方向。

专号主题的设定，为辑刊预置了重点和难点。

重点，制度史研究历来是中国中古史研究的核心命题之一，论文的舍取必须切入制度研究的重点领域。

难点：现当代中古史之制度研究已涌现一批学术大家，如钱穆、严耕望、邓小南等。前辈学者不仅著作丰硕，而且学术理论影响甚巨，如邓小南的"活的制度史"；阎步克的"制度史观"已成为经典学说。再则，近年有关中古制度史研究已是与时俱进呈现多元、活跃的新格局，如，对制度运作的动态考量，对制度化的政治生态起源的讨论，制度与反制度的互证；等等，后学者均是难以逾越的。现下，青年学人的论文写作常见陷于复述的俗套。辑刊的难度显而易见了。

如何突破？本卷专号所置定的设问性主题："何谓制度？"突出两个关键词：反思，追问，意在倡导一种中古制度研究进行新探索、新思考的学术氛围。

本卷收文十八篇，主题性研究涉及皇权官制、政治制度、区政地理、制度文献、修史编纂、碑刻文化、宗教制度等诸多具体论题。主编在引言中归纳为六个单元：1."官制研究再出发"；2."出土简牍与制度史"；3."透视制度文献"；4."图书的生成与分类"；5."石刻文化比较"；6."制度史的射程"；等。

诸文选题各异，论述视角多元，但学术指归即有趋同性的共识：不拘泥传统制度研究范式：制度即"官制"，作繁琐的"官制式研究"；而是将"制度"作为中古代存在的一种文化现象；诸文从中古史不同专业切入，就诸朝"制度"的文化形态、起源、演革及历史影响进行追问和反思。如是策划，收入本卷的一些主要命题论文均有不少新史见。同时，诸文汇集及自由讨论也形成了一种青年学人锐进、富于探索的氛围。

诸如，《西汉"君相委托制度"说剩义：兼论刺史的奏事对象》一文便是对前辈史学家"君相委托制"说进行追问。文章的立意不是辨正驳义，而是对"丞相是西汉时期朝政的核心"的史学定论进行再思考；通过汉武帝设立"刺史"官职的反复论证，提出皇帝设刺史是意在监督丞相治理郡国的制度设定。作者的"兼说"与有关"皇帝制度叙述"的定论并非对立，而是作了新的补充和完善。论文无疑对制度史研究提供了一例新的史实。

日本青年学者《汉代中央官制的再编与官僚制》则是将中古史的制度考量引入现代文化语境，以"政治空间"与"人际关系"的矢量来解读魏晋南北朝官僚制度对西汉官制改革定位的影响。论文诠释的意义在于传统史学术语的改造，语义的解读更贴近制度衍生的政治生态之涵义。

《张家山汉简〈秩律〉政区地理研究的回顾与展望》是"出土简牍与制度史"单元中较有分量的一篇。论文诠释"张家山汉简"中秦汉时期政区地理有关的郡县二级行政建制，将周振鹤的"地域控制政策"和"国家政治地理结构"的理论运用于中古史的制度变革研究。从而实验性地将历史地理学界的"政区地理"说成为中古制度史研究的新的思考路径。

本卷出版的意义，不在于青年学人治学的成熟和文本书写的谋略，而是注重后学者摒弃学究气，能否张扬探索的锐气，给传统史学界吹入新风。

在肯定本卷的出版导向的同时，也应注意一个倾向。

中古史研究需要史学理念文化观念的多元和开放。但引进当代的政治文化语境，也须准确、规范其语义，否则有望文生义，牵强附会之虞。

诸如，"校书修史"体制的研究。这涉及对传统史料的重审和扬弃。"校书修史"的一个重要概念是"重提历史编纂"，其含义不仅是单纯的文献整理，还包含"史学史"研究之义。"校书"与"修史"互为因果。而主编简单以现代图书分类概念列为"图书的生成与分类"单元，便让人摸不着头脑了。此外，单元"制度史的射程"。其何谓"射程"？也不得其解。笔者在此也作番"追问"了。

2020 年 8 月 18 日

走出治史小格局

海洋文明研究是海洋学研究的重要分支。

海洋学创立于 19 世纪欧洲学界，侧重于海洋地理、水文气象、海洋地质地貌、海洋生物、海洋环保等海洋科学发展研究。学术界将传统海洋学定性为物理海洋研究。20 世纪 50 年代融入人文学科，因国际性的海洋合作引发了对西方海洋文明史的考量。

中国海洋文明研究起步于 20 世纪末 21 世纪初，其学术关切的基础是中国传统史学，其成果以散见于各高校的专题论文为主。自十卷本"中国海洋文明专题研究丛书"的出版，始引起学术界的关注。但这套丛书主要以文献资料搜集、整理为主，兼及整理者的散论；其议题定位于明清时期的海洋文化：海图、海港、海商、海上贸易、海上管理等。因此，中国的海洋文明研究尚处于初始阶段，远未形成体系性的学科研究。

中国海洋文明呈现了海陆一体的结构。这种复杂性规约了海洋文明研究的多层次、文化多元化的特征。这需跨学科、多学科的综合研究。这也决定了中国海洋文明研究应是一门综合性人文研究的新学科，富有探索性。

当下，中国把"21世纪海上丝绸之路"以及海洋战略纳入中国梦，这又为海洋文明研究注入新的内涵。由此，建立大学科格局且具当代性的海洋人文研究的学术场已成为必然。

鉴于上述考量，《海洋文明研究》（中西书局出版）辑刊作为一个学术平台应给予支持和扶植。以"海洋文明研究"为主旨的辑刊（现已出版4辑），具有较大的学术空间，也被赋以明晰的学术指向性。

可惜，现有辑刊出版尚未见到出版者、编者诉诸于文字的总体策划和学术路径的思考和描述。

辑刊基本上是专题史学论文的汇集，部分文章与海洋文明研究主旨的关联度不大，或脱离海洋文明的学理论析，就事叙史。

《海洋文明研究》第四辑入编的论文有相当篇章颇有灼见，在史学领域的专题研究中也有所创见。治学严谨，论证逻辑清晰。

例如，《论明代文官军事统御制度与海防文学的兴起》，从明代抗倭海防文学兴起为切入口，论述明代文官军事统御制度变革与文人身份集体性转变之间互为因果的关系。从这一特定视角叙述强化海防意识是一种优化社会形态的重要动力，立论有新意，解析逻辑递进而有层次。

《商人、盟主与倭寇》，对明代集跨国贸易巨贾、海上私人武装盟主与倭寇强人于一身的特殊人物王直及其历史影响的研究。其学术逻辑的归结是论证明代中国处于大航海时代（15—16世纪），海外贸易时时陷于挫折和不确定的困境，由此梳理出明清中国海外贸易兴衰的历史轨迹。论文的突破点，是将王直的三重角色作为不同历史、经济环境及视角下考量的切入口。

《政治、权力与中国海关：清朝中兴与罗伯特·赫德的晋升》，是对近代晚清史研究的一个较新论题。关键词是政治、权力、赫德、海关。后者正是晚清政治经济制度近代化过程中的重要节点。中西方政治文化的中介人物赫德，处理清王朝中央政府、英公使多方权力关系，进行政治斡旋，结成政治同盟，促成了晚清海关逐步向近代化嬗变。这为晚清海关史研究提供了新的佐证。

其他论文还有《早期海图：英国社会的海洋互助及观念发展思考》《法国殖民扩张前后的中越海上联系》等都是颇有灼见和新意的研究成果。

但须指出，也有不少文章论题尚可，但与海洋文明研究的关联不清晰，论述缺乏逻辑联系，影响了辑刊的整体价值。诸如，《近代上海渔业用水研究》《太平天国时期英军在太湖平原的地图测绘》《暴君与侵略：西方传教士赛斯佩蒂斯与壬辰战争》《近代城市电车史略》《万家灯火：民国时期上海的小家庭》等，类似文章不在个例。

"海洋文明研究"是一个广谱性、开放性，多学科与史学研究共存的学术平台。无论是广义的、狭义的，学术表述的思维方式，均是采取文化多元、传统史学与人文学科交集的交流模式。

就辑刊（1—4 辑）而言：较拘泥于传统史学的专题研究模式（史科收集、梳理、考证、归纳、推论）；若有史论，也常呈现感言式散论，难以形成学理诠释、论证的系统性；由于拘泥于细部专题的考量，难免使论题陷于碎片的困境；由于学术格局不大，难以将当下性的学术思考纳入海洋文明研究的范畴。

学科的综合、多元集成是当代研究的大趋势。尤其是"海洋文明"颇显当代性的学术领域。

出版者策划不到位是导致辑刊出版质量难以优化、提升的重要原因。这在出版界具有普遍性。至今为数不少的学术或专题辑刊难以成为品牌产品，归寂于自然终结，或成为必然态势。

史学平台要有大格局，莫拘泥于专科的小格局。

2020 年 1 月 5 日

中国学的新平台

国学研究的期刊、辑刊并不少见，但跨学科、中西比较的中国学研究，又且有影响的学术平台仍属不多。《学灯》可算令人耳目一新的平台。

《学灯》辑刊系网刊改版而成。原由国学网主办，每年4辑，始于2007年，终于2013年。后由大陆、港台、日欧美学者组成编委会，由上海古籍出版社出版，2016、2017年先后出版二辑。

改版《学灯》的定位，学术取向及编辑风格都得以继承。其要义可概括如下：

开放性的《学灯》，拟建成不同学术思想交流的平台。发表老、中、青三代学人研究中华学术之新成果。文章遴选偏重史学理论与哲学的学术关联，融文化、哲学、历史于一体的思想文化史研究，考古文化的当代释读，中国学研究与西哲的比较等。

现选《学灯》（第三辑）而读之。

本辑分"历史哲学研究"、"天文与政治研究"、"庄子要义研究"等专栏，另有佚文、书评书话数篇。

"历史哲学研究"列为本辑头条，所刊登的文章均有其独特视角和见解。

德国哲学家狄尔泰的早期是新康德主义者，执着于历史哲学，致力于"历史理性的批判"及"历史相对主义"的研究。以后转向生命哲学，把哲学的核心命题定位于"生命"，唯有认同生命即文化历史才真正认识理解世界。狄尔泰的学术贡献主要是前者历史哲学，《狄尔泰的"前"历史理性批判》将文章定格在狄尔泰早期历史哲学的梳理和解构。重点是论述狄尔泰从历史认识论及描述心理学角度如何融通历史学与哲学的联系，改造历史哲学的纯思辨表述，创立批判性的历史哲学，推进西方古典哲学的发展。文章对早期狄尔泰作了公允而客观的评说。

历史哲学研究和逻辑推演离不开"历史证据"的考辨和应用。而中西学者对历史哲学的概念、定义、原理的诠释及评估时时出现歧义，其一个重要原因是被忽视的中西语词诠释的差异。《历史证据：在普通用语与学科术语之间》一文，通过中西语词的异同，沟通语文学与哲学的联系，并从史学理论的视角，运用当代历史语义学的方法论，对历史学科的核心概念"历史证据"进行跨学科研究。论题虽小，却意义至深。

客观主义是历史哲学中的一种认识论。这不是指唯物客观主义，仅是区别于主观相对主义。然而，唯有将客观主义与历史叙事的真实性相关联才有其价值。《重申客观主义：历史叙事的关联性与真实性》从历史解释与历史综合，文本修辞与历史真实性，历史表现与合理性等三个层面论证客观主义哲学的叙事价值。

诸论文择题的明显差异呈现了不同层面的历史叙事与哲学思辨，但对历史哲学研究都趋同于一个核心议题：历史学的奠基性理论研究。这个奠基性工作便是历史学的哲学基础。

《学灯》所辑论文颇有新意，也见深度，其编辑之策划仍有可资鉴的经验：

收入《学灯》(3)的论文看似论题分散，但经编辑整合，辑刊能汇集于相同的主题：关注"古代文本"(包括中、西的)。辑刊提供的视角将古代文本的解读置于历史的视角下，以深化对文本的哲学理解。历史叙事与哲学思想的考量相结合，既是一种方法论，也是跨学科的比较研究。这也是《学灯》的基本特色和学术定位。

《学灯》从网刊转为辑刊，其风格依然为继。其特色可视亦可效仿。笔者悟到几条：

具有一定特色的辑刊从初始到成熟需要有一个较长的培育期。《学灯》由网刊转版前，已经历七、八年的运作，逐步形成清晰的风格和学术取向的基本定位。

网刊已在学界产生相当影响，从国内到海外已集聚相关专业的学术群体（机构、个人）参与，为书版辑刊打下扎实基础。

主编强化主体意识，通过专栏设置（由著名学者主持，且聚焦明晰主题）与论文多元性有机融合，形成各辑特色。

精心撰写弁言、专栏导语，为论文组合起到穿针引线，廓清论题，专栏逻辑的导读作用、弁言、导语言简意赅，短则数百字，长则二、三千字。不矫情、客观评点，褒贬共存。

2020 年 5 月 18 日

国学传承与包容

　　《传统中国研究集刊》(上海社科院出版社出版)集刊编纂始自上古三代，历经汉唐宋元，降至明清诸朝。专业学科广及政治、经济、军事、外交、思想、文化、民俗、宗教等领域。论文遴选注重传统文化思想解析的深度，传世文献的新考证、新诠释，祈求在局部或专题范畴内演绎传统中国的历史传承。

　　集刊定位于传统中国研究，此与约定俗成的"国学"有着异同。集刊更注重传承、包容、开放三者互融。

　　"国学"是颇有争议的概念。此说起于民初。列强侵华、殖民割地，民族危亡。流亡于日本的民国志士开始使用日本人提出的"国学"名词，表述中国古代的学术文化。经章太炎、梁启超等人的诠释，"国学"不仅指学术的概念，还彰显着民族性和民族精神。故而，"国学"的内核是指国家、民族、历史文化的根本精神价值。

　　随着社会、历史的变革、演进，尤其是中西文明的交流、渗透，对传统中国的认知，存在着文明观的差异，时代性及民族性的差异。原有"国学"内涵的古典学、古代语言文字、学术思想已不是汉民族的专利；而是呈现多元文化的包容和开放。由此，国学不是狭隘的汉民族学术文化，也不只是上层的精英传统，"传统中国"应涵盖民间民俗文化、物质与非物质文化遗产，中外地域文明的交融，外来文化传入及中国本土化。对中国研究的宽泛和包容，已超出传统"国学"的范畴。

由此，集刊以"传统中国"的新解来构建编纂定位和遴选原则便有了当代的意义。

浏览集刊已出版各辑，基本上体现了这一出版构想。诸如，《敦煌遗书问题》《以海洋史的角度看近代东亚海域间的交流》（即中外文化交流）（第六辑）；《东方摩尼教的传播特色》（中国人的国族观）、《论建筑声学与古琴美学》（美学）（第六辑）；《先秦竹书与万世之经》（文献考据）（九、十合辑）；《"西游补"的作者及明清版本》（古典文学）（第七辑）；《日用俗字方言词考释》（中国俗文化）（第七辑）；《古代中国医药及养生术里的婆罗教影响》（古代医药）（十二、十三合辑），等等。

《传统中国研究》（第 22 辑）收文十五篇。就论文对中国思想文化传统和史学典籍研究的学术含量而言，参差不齐，良莠俱存。其中质量较高，颇具灼见和书写深度的是：《族谱学对江南文化研究的意义》、《今本〈尚书·说命〉非伪书新证》、《朱子礼学的清代流向》、《佛教譬喻的分类及其对中国文学史中譬喻修辞的影响》四篇。

《族谱学》一文不止步于对家谱、宗谱、族谱的文献搜集整理、纠错或补遗考据、家风垂范后进和道德修为传承的研究，而是以全祖望《重修全氏族谱》增补、修订家族由北方南迁纪事牵涉江南诗社、心学、家学、遗民及南宋末年浙江四明文风的史料为例，探讨族谱具有研究中国学术史、社会史、文化史、政治史、风俗史提供第一手文献资料的功能，为族谱学研究注入了新的内容。

《今本〈尚书·说命〉》选择中国文化思想史上争纷近千年的旧案：宋代学者质疑东晋梅赜进献的《古文尚书》是伪书。宋元明清历代学人纷纷加入辨正，尤其是清代经学家阎若璩《古文尚书疏证》从《说命》的多处错误中判定其伪书的论断，拉开了清代乾嘉学派以考据、训诂为本的汉学思潮序幕。近现代史学家白寿彝、顾颉刚主编的史著也不回避旧案考辨。

论文涉题重大，作者对历史定论不盲从。从汉语史、古文献学、古文语言学与文化史论、文体论等方面作全方位的缜密研究，予以辨正；并提出新说，东晋梅赜所献《古文尚书》实是魏晋人"孔安国传"。其研究成果是否获得学界认同，还有待检验，但论文的书写意义在于：文献研究不应满足于文献资料的发现、整理、考辨的传统思维，应从文化思想诸专业领域作跨学科的综合考量。这对动态研究传统中国有着积极的作用。

《朱子礼学》一文解读朱子礼学对清代礼学的影响。这有关中国文化思想史传承的课题。

清代历朝将朱子学说奉为官学，且成为国家的意识形态，这已被史学界所认同。本论文的书写重点则是同中求异，通过清代儒学家对宋代朱子礼学的争议，论证一个新的观点：清代礼学对朱子礼学的思想传承有着明显的指向性：一是从遵从礼学的思想权威，到回归儒学诸家学术的一家之言；二是朱子礼学在清代的传承主要是人的生活礼仪和修养自身的影响。论文从清代礼学与宋代礼学的传承关系，论证了中国文化精神传统是在传承中不断演变的规律。

收入集刊其他文章则存在明显的不足，或是学术含量不高，或是立论失当，或是书写粗疏。

《"中国最大之爱国诗人"与松江文人——江南文化史不可忽视的一叶》评价宋元之际江南诗人、画家郑思肖对松江文人的影响，兼论郑在江南文化史上的重要地位。实际上，郑的绘画成就远高于诗歌创作。宋代诗词文化达到艺术之高峰，却未见郑的诗词在江南广泛流传，至今仅发现一首词《十六字令》。难以印证其对江南文化的影响。湖畔诗社的汪静之捧之"中国最大的爱国诗人"的评语不实（两宋诗人辛弃疾、陆游又何以评价？）。论文却以汪之言说作为立论的重要依据，实是有失分寸。

《沈荃简谱》。谱主系清代顺治朝探花，官至礼部侍郎。在康熙朝因书法闻名，伴驾作书；虽留有诗文著述，但未列入政治、思想学术的影响人物。做年谱简谱是破格了。年谱虽简，也应尽实记录有关重要的人、事和能观照谱主的主要活动。如，出生、祖籍、迁居，父辈直系简介，入学启蒙，个人品行、科举入仕、官宦升迁，治学交友，著述影响等等，但《沈荃简谱》较多《清史稿》《江南通志》《松江府志》、谱主著述《一砚斋诗集》中的诗作、书法、碑文及官职。资料来源偏狭，记录单一。

集刊、辑刊作为不定期出版物已逐渐被普遍认可。

集（辑）刊有明显的共同点：读者小众，范围偏狭，刊期过长（每年1—2辑，大多是年刊），每辑内容不够稳定。因连续性不强，集（辑）刊的整体形象极易被消解。

对某些集刊各期作整体考量，拟可显现编纂者的出版主旨；若单期考量则难以显示其特色和学术影响。可见，上海已出版的集（辑）刊缺乏权威性的影响力。有些集刊都有自诩"国内外影响"的广告词，不过是同仁之间善意奉承居多。这些倾向颇具普遍性，反映在出版人方面也存在明显缺失。

2020 年 7 月 18 日

考古视阈与文化中国

文物考古与学界密不可分，前者是因，后者是果。

长沙马王堆汉墓发掘引起学界的轰动。马王堆汉墓完美发掘堪称考古界的奇迹。其中保存一具完好女尸（长江国丞相之妻），棺椁、绘织品、帛书、帛画、漆器、中草药等遗物达3千余件。单以帛画而言，千余件帛画珍品以历史与艺术交融的形式展现了西汉时代属国丞相家族的人生与生活画卷。汉墓被评为世界十大古墓稀世珍宝之一。西方人称之为"东方庞贝城"，并不为过。马王堆汉墓的发掘为研究汉代初期的墓葬制度、手工业工艺以及中原历史、文化艺术和社会生活等方面提供了重要资料。可以说，马王堆汉墓的考古已成为研究早期文化中国的重要入口。由此，以文物考古为依托的学术平台《早期中国研究》便脱颖而出。

然而，学术平台"谁主沉浮"?《早期中国研究》横跨考古界与学界，两者有各自的领域和指向。学界脱离文物实证，研究早期文化中国便成了无本之木；考古视阈停留在文物考古的细部考辨则会失去研究的大格局。《早期中国研究》由北京联合大学考古研究所主编，第一、二辑由文物出版社出版。二辑均是考古研究中心的学术会议的论文汇集。各路神仙交文会友，各弹各调（这也是论文汇集的通病），主编者无奈照单全收。《早期中国研究》陷入了困境。

近年，上海古籍出版社接盘，学术平台随之调整，清晰定位。强调考古与学界互动互补，确定论文组合及筛选机制，入选论文须聚焦于考古视阈下早期文化中国，包括早期中国考古学的文化分期与谱系（此本身就是"文化中国"的构成内容）；考古的文化地域格局及历史演化；关注考古在早期中国的文明起源、文化内涵、特质、发展的意义与价值；凸显考古的人文研究，延伸多学科的互融互补。新版《早期中国研究》（第4辑，上海古籍出版社）的学科特色得以强化，且形成"研究文化中国"的考古专题之新格局：有别于单一考古研究，呈现主题性（考古学视阈下的早期中国研究）又且多学科（历史、人类、民族、社会、语言、地理）集聚研究的互补，尽力显现早期文化中国的生态多样性与历史演进的复杂性。这也是在众多中国学研究著述中凸显的个性。

《早期中国研究》第四辑收入论文所涉时间跨度大、空间广。如，中国现代人起源研究的考古学简论；器物考古对早期中原兵器文化在战争中意义的考量；从社会学视角对西周青铜器铭文记载的"王年制度"文化的探讨。此外，还收入东西方古文明的比较研究：《汉帝国与希腊化世界的交往》《苏美尔文

明与中原文明的比较探索》，其主旨是讨论世界文明体系中的
"中国（中原）模式"。虽然，论文题材不拘泥某域，但主线仍
然清晰，即考古视阀下的早期文化中国的研究。

　　早期中国研究的核心问题是中国文化圈（以中原文化为核
心）的讨论。对此，学界分歧颇多。改版的《早期中国研究》
对"中国文化圈研究"并非作纯考古史、思想文化史的经院式
考辨，而是将"研究"思维引向早期中国形成、演变、发展的
环境、制度及其动因的考量，以及对近代文化中国的影响，以
及世界文明体系中"中国模式"的论证。可是，致力于探索性
的学术平台，便将传统文化"疑古"的论证有了新的启示意义。

2021 年 6 月 8 日

自省的仕途诉求

古代中国的士大夫是官僚制度秩序的基础。唐代士大夫一直是学界热议的课题，讨论的范围涉及官制史、思想史、文学史领域，而唐史研究则以士人群体的影响力更为显著。为此《为士之道——中唐人士的自省风气》（中西书局出版）引起学界的热切关注。

传统史学将"为士之道"讨论往往拘泥于士人群体对儒学传统的承继，即"以德行为主"，"以社稷苍生为己任"，所谓"内圣""外王"之道。

本书突破了旧学之框架，将唐代士群体置于隋唐政治生态的话语之中，在安史之乱，朝政更迭，官僚集团党争，中唐盛世不再的困境下，考察选士制度的道德失落以及士风恶化现象的根因。对中唐士大夫考量的视野扩展到国家制度变动与士风的关系，聚焦唐代士人群体如何在自省和救赎中重构"为士之道"；继而诉求"为政之道"，实践士大夫的救世、治世的职能。这一学术路径得到著名史学家许倬云的赞许，称之作者选择了充满"睿智的选题"。

书著史辨的逻辑较为严谨，书写脉络也较为清晰。

全书的基本论述逻辑是，从政治体制下的行动者（即中唐士大夫）视角考察：国家政治制度变动下皇帝与官僚群体的互动；隋唐两代君臣关系的变化；唐代士大夫对士风恶化的自省反思。

具体书写也是由表及里，逐次渐进的。

先融入地域社会史的"乡里"概念，解析"士人—乡里"关系。"乡里"有其多重概念，一指唐代士人群体实存的社会空间；二指地域的广袤构成帝国世界，具有国家整体结构组成的象征意义。"士人—乡里"关系便衍生为中唐政治体制下士人群体的命题（第一章）。

以士人群体自身风气为主线，检讨国家制度变动下士人处境变化及应变之道。作者诠释的重点并非个人自身修为，而是中唐官僚体制秩序下士人重新认知社会秩序的基本价值观，反省在该秩序中士大夫的位置和职能。（第二章）

士人"为政之道"的诉求。中唐士大夫在诗文中常抒发对仕途失意的"惭愧意识"；个中自流露自省中的政治诉求。这种双重反思均聚结于"面向乡里"（即国家的指代），关切地方治理的责任；思考守个人之志，重塑士大夫的救世职责。（第六章）

书著增补三篇附文，是作者考量古代中国国家形态的专题论文（"古代国家权力的形成"，"国家政治体系的组织与制度建构"，"国家政治体系的成型"），与全书有着密切关联。三篇论文为书著框架的建立、逻辑诠释作了深度的补充说明。

有关中唐时代士大夫的省思与政治诉求研究的难度不小。

近代以降，国内涉及唐代士人群体研究的著作并不少见，但大多是散见于单篇或各家综合文集之中，论文命题较多是具体的史事史例。如余英时《中国知识阶层史论》，林毓生《思想与人物》，陈寅恪《唐代政治史述论稿》，傅璇琮《论唐代进士的出身及唐代科举取士中寒士与子弟之争》等等。90 年代日本学界则有唐代士人的研究热，但不少是持"士人与社会"二元论观点，诠释士人群体对儒家"内圣""外王"的理解。本书著作为五十万言的专著确实少见。

然而，作者选择中唐人士反省"为士之道"课题研究是一个颇具难度的路径。需要对制度变迁与政治生态的关联，不同制度形成的背景及演变趋势作比较考察，力求构成符合古代中国史特质的制度史叙事。本书作者兼具通史及专史知识，基本达到了预期的目标。

2020 年 11 月 4 日

多极世界中盛唐

大唐盛世外交国策的关键词是，多极、开放、自主。

《多极亚洲的唐朝》（上海文化出版社出版）一书对唐代外交史作了现代性诠释。

作者王贞平，普林斯顿大学博士，执教新加坡南洋理工大学，主攻唐代外交制度史。《多极亚洲中的唐代中国》先于2013年出版英文版。2016年，在南京大学做"多极亚洲中的唐帝国"讲座。著述在讲座基础上作增补而成。整体架构是以当代国际政治关系学的学理及文化语境考量中古时期唐代外交制度史，为唐史研究别开了生面。

大唐"贞观之治"之所以开创王朝盛世，其中一个重要原因是外交上最大的赢家。

作者论史叙事主线是，按历史时序叙述唐帝国与周边各政权的外交互动；大唐中央政权的外交决策与地方关系；以及不同朝代的外交策略变化。著作的史论推演是印证唐代外交史的一个构想：唐帝国开放而多元的盛世，是与周边多极化民族、政权的自主性共存互为因果。

考量《多极亚洲中的唐朝》的叙史逻辑，作者是通过大量史实、史籍考据，在论证唐王朝及亚洲（限于东亚核心地区）邻国外交关系之传统史学模式的基础上，融入现代国际政治关系学的文化语境，对外交关系、策略作定性诠释，赋以新的历史涵义。

全书论述集中于以下基本观点：

唐王朝与邻国外交呈现"多极化"是反映了中古亚洲国际关系的多极性与相关性。

否定邻国向唐王朝遣使进贡，建立"君臣关系"乃是"霸权"的历史定论；考证"朝贡"仅是名义上"君臣关系"；而"朝贡关系"恰恰维系了亚洲诸国"多极化"的国际环境。

唐帝国面对亚洲多极政治势力开展灵活外交策略（中央政权与地方官府"双重管理体系"及"合宜性"策略），注重"软实力"的互存互补，以维系"不战不和"多极化状态。

在学术界（包括历史学、政治学）对"多极"的涵义和范畴均有不同理解和诠释，尤其是历史学界很难有准确的界定。作者将"多极性"的诠释定位于"一种国际环境"，特指数个国家为扩大势力范围而构成的互相竞争关系；竞争则包括暂时结盟与自主为政。

作者力求重新界定对古代中国对外关系的认识，以新的理论视阈解读中古时代唐王朝外交历史，以"多极"、"软实力"、"双重管理"、"合宜性"等概念诠释唐代中国与周边邻国的地缘政治、外交、军事关系。这在中古史学著作中并不多见。

论著在当代政治学、国际关系学的语境中诠释中古中国外交史、制度史的命题，确有新意。但也留下不少值得推敲的问题。诠释史学观点时较多篇幅引用、讲解国际关系的多极理论，管理学中经营理念，而理论资源来自为数不多的著述，一是显得政治学、管理学的学养力不从心而局促；二是诠释历史的缝隙过多。

这也反映了，传统学术与当代学术的融合，跨学科的新史学研究尚处于实验性的探索阶段，有待于史学界的进一步提升。

2020 年 9 月 19 日

牛李党争新说

"牛李党争"与唐代政治史

《牛僧孺及其时代》(上海古籍出版社出版)的核心话题是"牛李党争"。此系唐王朝政治史上的一个重要历史事件。

"牛李党争",发生在唐代中后期。以牛僧孺(文宗朝宰相)为领袖的官僚集团与李德裕(武宗朝宰相)为首的李党之间的争斗。党争从唐宪宗到宣宗朝,长达40余年。李党于武宗朝权倾天下,牛党被罢黜;至宣宗朝,李党被贬,赶出朝廷,牛党苟延残喘而告终。"牛李党争"的结果,则是加速大唐王朝走向了衰亡。

"牛李党争"揭示了一个历史真实:初唐时期,唐太宗开创中国封建社会开明的政治风气,由此出现"贞观之治"的盛景:凡天下大政方针须"导之使谏",统治集团呈现浓重的"民主"气氛。但延之中晚唐,毫无节制的"民主"处于失控状态,诱发重臣朋党争斗。长期不息的明争暗斗,消解和破坏了大唐赖以统治的政治生态和秩序。

唐代的"牛李党争",明代的"东林党"均是研究中国古代政治史上的重要事件。朋党政治与封建王朝政治生态、秩序的构建有着密切关联;这是值得研究的历史现象。

"牛李党争"的研究

"牛李党争"是在个人恩怨的表象下(牛僧孺因科考试卷中抨击宰相李吉甫,导致其下台,其子李德裕与牛结成政敌),暗淌着朋党双方对唐朝藩镇割据制度,科举取士与士族官僚世袭的政治对立。而这一政治争斗因为皇位更迭,同时交替着牛、李两朋党权臣的执事角色轮换,而呈现多变的复杂性。

宋以降,后史记事较多矛盾,隐设歪曲,以致历代评点聚讼纷纭。当代学界也较多各抒己见,常见相左评论。这便成为历代学人疑难论断的历史悬案之一。

当代史学界对唐史中牛僧孺的研究,主要归结于"党争"的政治利益冲突又且持否定和批评意见居多,虽有学人试图为牛僧孺正名,但因缺乏对牛僧孺的全面认知,故而得不到学界主流的认可。

由于牛、李党争时间跨度长,对朝野影响大、动荡剧烈,并涉及中后期唐王朝政治生态由盛而衰之研究,便成为海内外学人难以舍却的课题。

著述《牛僧孺及其时代》一说

　　著作回避对"牛李党争"众家之说与历代史评的复制和解读，也不刻意作翻案文章，而是致力于通过对牛僧孺的生平、诗文作品、思想、性格的系统研究，试图分析牛僧孺与晚唐时代及其政治环境的关系，人与社会的互动轨迹，为"牛李党争"事件与中晚期唐朝政治制度嬗变、王朝兴衰的关联研究拓开一个新的视域。

　　论著考查历代文献收集的牛僧孺诗文著述（新旧唐书的经籍志、艺文志；元史、明史中的艺文志，别集），既涉及文献整理、考辨与阐释，也有在历代学人评说的互为印证中认知、评估牛僧孺其人、其文、其事的全貌，推断"牛李党争"对晚唐政治生态的影响。这不失为一条颇有新意的学术路径。

　　作者的专业素养是中文和新闻专业博士。因研究文学史（唐代古文运动）的心得和兴趣投注于唐代文献研究。虽说乏见历史专业的学识积累，但文学史注重人（作品、思想）与时代关联的研究思维以及文献学的基础则为本著的立论、诠释选择了与传统史学不一样的路径。这值得赞许。

　　鉴于以上概述，本书的特点和不足显而易见。1.以论人（牛僧孺）叙史，为解惑"牛李党争"的史学难题提供了新的视角。2.采用文史学理的结合，通过文学与史实的综合分析，从牛僧孺诗文、策文作品的诠释，评估中把握其在中晚期唐代政治、社会激荡与唐代古文运动中形成的思想定位和政治性格，以及在党争政治活动中个人行为取向的关系。由此将特定时代下的牛僧孺形象有了区别于传统史学定论的表述。3. 著述基于扎实的文献史料的考辨，论说以史实为据。

4.（不足）著述文本采以碎片化书写，即截取牛僧孺生平中若干片断作细部描述（此是沿袭文学研究的书写传统）。如牛僧孺出生江西永新的考证（第一章）；牛僧孺与柳宗元的交往、文学观的异同（第三章）；牛僧孺策论逻辑不严与政治信念迷惘之因果关系的论证（第四章）；科举考试牛僧孺贤良策文酿成"牛李"世仇的考辨（第五章）；"牛李党争"双峙对立格局之始末（第六章）等。对牛僧孺思想作系统评议仅是在第二章作略述。碎片化书写的长处是把片断叙事作了深入的文献引证和分析，但欠缺的是史事叙述过度跳跃，片断之间的逻辑关联不清晰，难以达到完整勾勒人物与时代的互动比照，"牛李党争"事件的本质及其必然性的书写目的。这显然是作者历史学识不足的缺陷。

有关历史选题的一点启示

研究中国史的选题如何判断其出版价值？如何追求史学著作的精品化，避免平庸化的陷阱？这是出版人至为关切的问题。

多年来，上海出版界有关中国史（广及政治、经济、社会、文化、思想等分支专业史）、中国学（海外著述）的出版素有半壁江山之称。中国史学渊源悠久，文化底蕴深厚，故而史学类选题历来是上海出版的重要领域。由于考古文物的不断发掘，中外文化的学术交流，检索工具的升级，新史学观念及跨文化研究方法的引入，史学研究呈现繁荣景象。当下，学人对史学课题研究已趋向于分支化、细节化、碎片化。若从出版内容而言，则是忧喜参半，屡见题材重复，或貌似新论、新术语实是旧说复读；而过度的细节化、碎片化书写也难以走出平庸的困境。

本著的书写拟可作为一种有益的实验，提供一点启示。其印象可概括几条：

所选的历史事件、细节应是牵涉一个时代政治（或经济、社会）形态、制度、思想观念的嬗变，影响中国历史社会行程的；

应是学界关切的，未有定论或颇具争议的，对当代史学研究能产生影响的课题；

能为解惑史学课题提供新的视域，新的诠释逻辑和方法的选题。

文本书写不能拘泥于文献史料碎片（片断）的考辨和阐释，须兼顾叙史逻辑的前后贯通，辩证处理好整体与细部，历史表象与真相的书写度。

2020 年 6 月 14 日

逻辑推演的历史

专题史的考量

《伪齐政权研究》（以下简称"伪齐"，上海古籍出版社）系"南宋及南宋都城临安研究系列"丛书之一。丛书位于专题史研究。

"专题史研究"是常见的史学书写模式。杭州（临安）曾是南宋之都。就宋史而言，对南宋王朝及偏都临安作专题研究则是应有之义。靖康之变，北宋亡。宋高宗南逃临安立国南宋，直至被元蒙剿灭，南宋朝长达150余年。传统史学研究对南宋一段历史评价颇差，结论是："国力至弱，君臣腐败，无所作为，偏安一隅"。此一定论，致使宋史研究偏向褒北贬南，常以北宋的政治变革、经济繁荣及文化社会作系统考量。

宋史研究的偏科，直至宋史研究权威邓广铭先生的灼见才得以纠正。邓言："两宋朝内的物质文明和精神文明所达到的高度，在中国整个封建社会历史时期之内，可以说是空前的。"南宋虽偏安，即能立朝长达150余年，足见其政权稳定，还且不说经济繁荣，南宋的民俗风情和谐，宗教思想、程朱理学对传统中国影响颇深。南宋政权的屹立为史学界拓出新的研究空间，南宋及临安作为专题史研究也便应运而生。

杭州社科院在主持编撰 50 卷《南宋史研究丛书》的基础上，深入一些宋史研究的空白领域立项作专题研究。《伪齐》便是南宋史研究的一个新专题。

《伪齐》专题的史学意义

《伪齐》是作者的博士论文，打磨五年修改而成。书著选择的专题乃是宋史研究的空白。有关"伪齐政权"的概念仅在几位著名学者的论著中少有提及，并无专述。而"伪齐政权"作为金、宋史研究却有着不可或缺及替代的意义，是解惑南宋偏安立朝竟能长达百余年的史学难题之一的入门钥匙。

"伪齐政权"产生于女真金国灭北宋，止戈于中原之际。历年征战，金国面临艰难的政治选择：如何治理中原及汉民？有限的军事实力已无力攻城掠地，如何应对两朝的对峙？由此，以宋臣降金组成的傀儡政权走上了历史舞台。先是"伪楚"（仅一月即溃），后是"伪齐"，历经八年而废。

"伪齐政权"的存在显示了金、南宋两朝在政治、军事上的博弈与妥协。因此，研究"伪齐政权"便成了金、南宋史的重复关节。《伪齐》的书写不局限对二朝中伪齐存在史实的史料钩冗、搜集和梳证；而是通过伪齐的存、废及其政权治理的影响的解构，来论证二朝的国策更替、国力盛衰以及相互对峙、博弈、南北分治的特殊历史形态。这便有了叙史、论史的价值。

伪齐政权的现代解构

金王朝扶植傀儡皇帝，建立伪政权，是历代封建王朝未有之举。伪齐不仅具备完整的行政区划，军事、经济、社会治理权，并在金、南宋两朝共存起着平衡、牵制政局对峙的作用。作者敏锐发现这一特殊政体和史学价值进行全面梳理、考量和解构。

作者在大量典籍、笔记、别集的点滴史料中作拼图式的梳理，由此作出系统的史叙描述。这在宋史研究领域尚为少见。

全书五章。前二章叙述金国灭宋入侵中原，国策更变，止戈息战以及宗室派系博弈与权力斗争，促成"伪齐"政权的建立；就"伪齐"立国，划定隔离大金、南宋军事区的疆域、行政区划、人口统计，附庸大金所立的"国策"、伪政权官制、军事力量，筹划农耕经济政策等等。后三章是解析"伪齐"政权与大金朝（政权从属）、南宋（政治、军事的敌对）关系；"伪齐"与大金宗室派系的依存、分裂、演变乃至被废的复杂政治格局；"伪齐"的政治牵制，军事对峙却促进南宋内部政治凝聚力，催化南宋政治经济、文化的发展。

作者将伪齐政权产生、存在的必然性与历史特殊性及其对金、南宋政体的牵制和博弈作了明晰定格，其历史书写逻辑清晰而严谨。史叙已超出了传统史学研究偏重考据、梳证，立论而少述的书写模式，而呈现了史实印证与思维逻辑推论共存的新模式。

由此，作者解构"伪齐政权"及其历史影响，其史识有不少亮点，颇有启迪性。

一是，作者立论："伪齐政权"的存在牵制大金、南宋二朝对峙，形成在博弈中平衡的政治格局。

大金入侵止步于中原，南宋得以休生养息，建朝立业。二者之间夹着"伪齐政权"，相对形成不战不和，暂战暂和的对峙局面。这是《伪齐》解构的基本定位。灭北宋后，大金诸宗室碍于军力难继，又且忙于分割战果，便止步中原。在大金内部变宗室共治为皇权专制过程中暂且缓和与南宋的军事征战。"伪齐政权"则是大金采取的一种政治、军事上的缓冲策略。这一定位和解构符合史实。

二是，"伪齐政权"对南宋的不战不和，消弭了南宋朝廷内部主战派与主和派的矛盾，默认和接受与大金南北分治的政治现实。同时，赢得休生养息的机遇，增强南宋政权的凝聚力。

三是，对"伪齐政权"不作简单的"伪"之定性（南宋士人认作汉奸政权）。书著列举"伪齐"治理中原，推行行之有效的治理理念、管理制度，使战乱的中原得以恢复秩序；尤其是治理重民生，对南宋的社会和谐、民族融合、农耕发展产生积极影响。《伪齐》中论证也是比较充分可信。

四是，金、宋史上的"伪齐政权"在中国封建王朝具有不可重复性。异民族入侵中原除大金（女真）、还有元（蒙）、清（满），后几朝均未见另立傀儡政权。"伪齐政权"只是金、宋史上独特的政治形态。《伪齐》通过金、元、清三朝的政权的历史比较、解析，确证异族侵中原建"伪政权"是不可复制的，其立论、逻辑推演颇有说服力。

《伪齐》的逻辑推演有其史实为依据和支撑，应该说，作者为当下研究宋、金史提供了新的认知和实践。

应该指出，有关"伪齐政权"研究的史料相当有限，已有定论的宋史研究少有"伪齐"的史事实录；作者也较多采用了第二、三手资料（如朝野杂记、文人笔记、趣闻之类，以及今人相近的著述）。而作者的学术素养则是理科为重，先后获数学学士、物理硕士，就职物理学讲师。仅在攻读博士学位才改攻历史学。故而，作者扬长避短，充分利用理科的数理逻辑功底，选择逻辑推演的书写模式便有了必然性。

2021 年 9 月 17 日

学术指归：宗教

　　古典文明史的研究始于 18 世纪中叶的西方学界。国内尚无专门机构作全方位而系统的研究。中国人民大学的古典学院仅在本世纪开始在教学上有所涉及。古典文明史目前还处在通史编纂和教学的框架设计。若作真正意义上的专科研究还须史学界对"文明史"的概念形成共识。

　　当下，"文明"的概念复杂多元，又且有着道德和意识形态的意涵，显现着特定的思想取向。而"文明史"研究又容易与其他学科（如思想文化史、政治史、宗教史、民俗史、艺术史等）相交集；难以作选择性区别，并形成独立性专门学科。在治学范式上，尚未形成有影响力且自成体系的方法论。

　　古典学中的文明史研究较多是以经验性的单课题为主，而欧亚古典学的文明史研究应是一个集地域、民族、历史文化、经济社会、宗教信仰等文明要素相综合的学术场。若有成熟的研究成果应得益于诸元素学术资源的整合和思考。放在这一背景下，评估《九州四海——文明史研究论集》（上海古籍出版社出版）便有了公允而合理的依据。

《九州四海》辑文十六篇，均选自《中山大学学报》"文明与宗教"专栏。入书论文的宗教学论题多达12篇。按专业细分有：宗教史、宗教文献、宗教传播、教理教义、仪轨制度、宗教遗址考古等。专题性强，学术书写大多数是讨论中国古代及西域的宗教现象、信仰、传播、制度化及其历史变迁。就"文明—宗教"的视阈而言，是宗教研究汲纳了古典文明的某些资源（如古代语言文字、丝绸之路、西域民风民俗）。不少论文是有创见和深度的。但要指出的是，诸论文均为宗教学的单课题研究，并非学术意义上的文明史研究了。

《回归语文学——对佛教史研究方法的一点思考》的作者是从事西藏历史、藏传佛教和汉藏佛学的比较研究。

文章批评当下藏传佛教、汉藏佛学研究存在一知半解、粗疏失范的倾向，强调佛教史研究必须兼具佛学及历史学的学养，佛教史研究要具备正确、可靠的学术基础，其唯一方法是"正确解读文本的语文学"。作者的基本论点是，佛教史研究必须回归语文学。这既是实践的心得，也是他对研究方法的新的思考。

《新教教士与19世纪汉语圣经诠释的开端》的作者长期从事希伯来圣经诠释、犹太思想史，以及圣经传播史研究。

19世纪西方新教教士来华翻译圣经、传播新教教义，被史学界认定为西学东渐的典型史例。论文的切入点是圣经如何被译成深浅不一的文言或官话文本，进而论证圣经在翻译、诠释、传播过程中，希伯来文化与基督教文化、儒家文化形成一种差异性的宗教文化对话。由此，论文将新教传播的西学东渐理解作了进一步深化。

《中亚语言与文字中的摩尼教文献》。摩尼教被称誉为"世界的宗教"。作者（伊朗学家，中亚宗教史学家）通过对中亚语言文字遗存摩尼教文献的考据，实证摩尼教多元的传播方式（在西亚、中亚、东亚等地域诸多民族中传播），以及摩尼教的教义系统对不同文化的适应能力。论文可对宗教史学研究产生相当的影响。

综合上述论文的研究可给予这样的小结：《九州四海》的作者基本上是宗教学、宗教史学者；学术书写的方向是，汲纳文明生态的文献资源深入和提升宗教学的研究，而并非从宗教专科的学术积累研究古代文明史的渊源。这一定位则是《中山大学学报》沿袭数年的传统，若作为欧亚古典学丛书综述"文明史研究"则有名不符实之嫌。

《九州四海》的编辑出版引出了一些值得讨论的思考：

《九州四海》纳入"欧亚古典学研究丛书"比较突兀。由中国人民大学古典学学院对编辑定位，选题原则有较明确规范：将中国古典学与西方古典学融合成一个宽阔的学术平台；打通文、史哲学科界限，建立以国学为基础，融合以西域诸民族历史、文化、语言的研究。显然，《九州四海》不在原定构想之内。图书出版是由本书主编（上海外国语大学教授、中山大学学报）向丛书主编推荐而"被接纳"。某种意义上说，是"嵌套式"的品种,《九州四海》的辑稿重心与丛书原旨有着明显落差。

《九州四海》的副题是"文明史研究论集"。论文的学术定位也应是欧亚大陆古文明史研究。但《九州四海》的基本内容是宗教学,虽属"文明"的范畴,但书著的学术指归是宗教学的新研究领域。若以"文明史"命名容易产生歧义。

类似情况在出版界屡见不鲜,且成为一种倾向。时下,出版社均以"丛书"策划作为重要的选题组合方式。这应该给予肯定,有些品牌的美誉度就得益于丛书,如,"汉译世界学术名著"丛书,"海外中国研究"丛书,"中华现代学术名著"丛书等。但丛书规划应有明晰的规范、定位和架构设计。现在不少丛书出现庞杂、错位、名不符实的现象。功夫花在精心设计"高大上"的丛书名,选题却缺乏严格筛选,嵌套式或挂名的人情化、泛化已成常态。各色丛书层出不穷,但经得起历史积淀,能衍生数十成百种的品牌甚少。兴许这便是一个倾向性的原因吧。

2020 年 8 月 23 日

回回与元代宗教

了解中外文明交流史，宗教是不可缺少的。

中原大唐便有了佛教的传入。回回人来中原行商、旅行瞻仰大唐盛世，可惜来者稀少，影响力不大。明代学者据这一现象，断言：伊斯兰教入传中华始于唐朝。现今尚无史料文献支撑这一判断。其实，回回来华与宗教传播是两码事。较可靠记载，伊斯兰教传入华夏约在宋元之间，而蒙元时代得到显著发展。《元史》开始有所记载，包括对清真寺（称之"回回寺"）、伊斯兰教神职人员（称"答失蛮"）、伊斯兰教（称"胡教"）以及一些宗教礼仪活动的记载。《元典章》更有针对回回生活习俗的一些规定，如禁止回回"抹杀羊做速纳"。故而，对伊斯兰教及其文明的研究开始应聚焦于蒙元时代。

如今在全球化思潮下，不同文明体系之间的对话与沟通显得迫切而重要，因此学者重现伊斯兰教东渡入华的历史研究。《元代伊斯兰教研究》（上海古籍出版社出版）便是应势而作。

有关伊斯兰教入华传播与中华文明之关系研究，近现代国内学界有不少大家之作，如白寿彝《中国回教小史》《中国伊斯兰史存稿》，及其主编的《中国回回民族史》；傅统先《中国回教史》，叶奕良主编《伊朗学在中国》，但专题研究"元代伊斯兰教中国化"的专题不多见。本世纪以来，以"元代伊斯兰教研究"的命题论文均是散见于部分高校的学刊，如《元代伊斯兰教的发展状况》，《元代中国伊斯兰教派试探》等等。相比之下，本书《元代伊斯兰教研究》确是专著的成果之作。

研究的切入口如何选择？如何不落入重复已有著述的套路？该书作者经数年的蕴酿，将切入口定位于：元代是完成伊斯兰教中国化的时代。并凭借出生于蒙古族，求学西北，熟谙伊斯兰宗教、西北民族史的优势，借鉴伊斯兰宗教学者的研究，融合西北民族史学及元代史学知识，论证伊斯兰教与蒙古文化，以及儒家（即元代称"汉法"）传统、道、佛、基督教等宗教文化的冲突与融入关系中如何完成中国化的过程。这一学术路径与思维框架确实脱颖而出。

笔者读之，作者的书写颇有新意之处：

学术史的出新。民国以降，史学界有关伊斯兰教入华传播的著述较多沿袭明代回回学者的陈说，称入华时间早在唐代（即七世纪，此时伊斯兰教刚创建）。当代少数学者根据史料考据界定大唐至宋，主要是商贸交往；但伊斯兰教入华并与中国本土文化的融合是元代。本书基本议题抓住学术史新突破的关键，将学术预设逻辑不复述传统观点，而置于新学术观点的求索和论证。

切入点的深度。伊斯兰教传入华夏，其影响力涉及诸多领域，包括社会发展、政治结构、经济形态、文化习俗、伦理道德、生活方式，等等。著述以东西文化交流为抓手，着重聚焦于意识形态和文化体系的影响，如一，伊斯兰教入华的教义传播；二，伊斯兰教与华夏儒（即"汉法"）、佛、释、道文化传统的调适与融合；通过异域意识形态和文化传统的冲突、融入及中国化等宏观层面展开论证；同时运用作者对伊斯兰教义和波斯文等语言知识；对一些重要史料、史实进行阐释。著述完成的成果是具有挑战性的研究，也是值得深化且有学术前瞻性方向。

方法论的突破。元代的伊斯兰教中国化是有别于其他文化地域和文明的宗教特点，即以儒释伊，以伊释儒，也就是汉文化与伊斯兰文化双向调适的过程。伊斯兰教附会、结合儒家汉文化；儒家思想的宽容保留了伊斯兰教信仰的独立性。著述的论证突出研究的融合性导向。

另则，近现代中国伊斯兰教研究著述在不同程度上存在回回与伊斯兰教两者隔裂分述的倾向。而研究的聚焦点又侧重伊斯兰教与元代政治的关系，忽略不同文明的多元文化冲突和融合。将两者结合的综合研究则是作者选择的主攻方向。

伊斯兰教既是一种宗教信仰，也是一个完整的意识形态体系和文明传统。"伊斯兰教研究"这一命题将广涉诸多范围，诸如，教义与宗教信仰，穆斯林及其思想启蒙；文化理念及精神，伦理道德观、和平理念、极端主义的社会思想根源，华夏文明与回族穆斯林，等等。

　　而该书议题仅取其中一隅。故而书名"伊斯兰教研究"疑似过于空泛。

2020 年 11 月 28 日

国际法与晚清

　　两次鸦片战争后，晚清政府被迫接受西方列强主导的国际法。十九世纪中叶，美国传教士、外交官丁韪良翻译《国际法原理》(惠顿著)，后以《万国公法》之名出版，并被清政府采纳。史学界将之视作西方思潮东渐引发晚清中国思想文化界观念嬗变的一个重要事件。它昭示着西方司法典章渗入近代中国政治、外交、文化的传统思维，逐渐消解中国传统"天下观"的过程。

　　《从万国公法到公法外交：晚清国际法的传入、诠释和应用》(以下简称"公法"，由上海古籍出版社出版)钩冗国际法的翻译及其近现代繁多注本、研究著述的出版和传播(第一章)；介绍晚清知识达人纷杂群说的解读与诠释(第一章)；叙述晚清政府启动国际法教育(第二章)；梳理晚清知识精英对"万国公法"的辩论(第三章)；晚清政府涉外事件应用国际法而频遭挫折的教训，激发有识之士呼吁重置华夏司法外交秩序(第四至六章)。

　　围绕"万国公法"的传入、诠释和应用，厘清了晚清中国被迫接纳西方国际法主导世界秩序的历史；近代知识精英面对西方强权的压迫，始萌责疑延续千年的传统"天下观"，由此，近代中国思想文化界进入蜕变的历史阵痛期。《公法》显示了它的学术意义：对晚清社会已萌生政治、外交、思想文化制度的认知，对近代世界秩序模式的历史考量。

作者的历史叙事和命题思考也有可取之处。书写不单是国际法在晚清政府认可下的翻译和传播，作"书籍史"研究，而是侧重考量近代知识分子面对弱国外交的反省，引申、印证近代思想界的一场地震，即万古不变的"天下观"如何被西方列强的"世界秩序"击碎的这一思考有新意，也有史识。

其次，通过晚清文献资料的考证，借鉴现当代史学研究成果，聚焦于知识精英解读"万国公法"时，由误判、辨析、纠错，终而提出策略应对，如何为晚清政府逐步进入"以资典学而开治法"；从"万国公法"的知识复制到被迫"纳入外交"政策的历史过程。

若按当下的眼光作评判。近代知识精英颇为得意的"以资典学而开治法，终而接纳"西方法律文明"国际法，实是"弱国外交"的一个必然选择。

《公法》一书有先天不足之局限，也有出版宣传过度之嫌。

作者的专业背景是中文系，香港大学中文系博士。后研修历史，主攻中国近代史。《公法》是其博士论文《晚清国际法的传入、诠释与应用》增补修改而成。论文底本是在历史文献、著述整理基础上，诠释、论证而成的史述著作（文化传播研究的路径）；而未提升为史论（思想文化史论），以构建新知、新论为标的的专著。

当代有关西方国际法的传入、应用与晚清中国关系的著述、论文不在少数。如《国际法输入与晚清中国》（济南出版社），《晚清中国对国际法的应用》（复旦学报），《"世界秩序观"的变化与"万国公法"和"中国意识"》（四川人民出版社）等等，其专业研究均有所建树。

"万国公法"输入晚清中国，在政治、思想文化层面存在许多深层次问题需要考量：

如"万国公法"是近代世界秩序的竞技法则，还是西方列强殖民侵略的意识形态？

是西方文明展现外交平等和启蒙理性的人类公理，还是西方霸权的陷阱？

"公法外交"是晚清政治、外交的新政，还是近代的中国意识蜕变？等等。

这些问题的探讨是"万国公法与晚清中国"课题回避不了的。而这一研究与诠释，需要法学、文化思想史学的专业学理素养。这是作者难以承受之重。故而，《万国》选择书籍史——文化传播的专业路径，其立意可取，但书著的局限也是很明显的。

时下，新书出版常有过度宣传之虞，包括某些序文书写。轻则掩瑕，重则误导。《公法》一书也难以免俗。

书著封底的宣传词云："这是一部关于中国在十九、二十世纪之交国际法传入与应用的杰出的原创性研究著作"（香港大学中文学院副教授、冯锦荣）。

"从任何角度而言，林博士本书中的讨论都是充分与全面的……毫无疑问是一本具有相当高研究水准的著作"（序二）。

给学界新人以奖掖和提携乃是光大学术之本义，但任意冠以"杰出"、"原创性"、"全面"的光环，实有庸俗之味了。

2020 年 3 月 16 日

新史观的社会学说

　　吕思勉先生的《大同释义——中国社会变迁史》是《吕思勉全集》(26卷)的一种，被列入"时光塔"丛书由上海交通大学出版社出版。在解读此部著作之前，须对吕先生的史学观和治学贡献作一了解，这也有助于阅读的理解。

　　吕思勉先生是中国近代史学家，国学大师。海内外学界将先生与钱穆、陈垣、陈寅恪并称为"现代中国四大史学家"。

　　吕思勉先生的史学启蒙受迪于康有为、梁启超学说。被梁启超的"史界革命"的雄辩宏论所折服，对梁氏"新史学"的方法论更为向往。之后，读严复的译作《天演论》，在梁氏"新史学"基础上接受进化史观。其成名的代表作《白话中国史》就此轰动史学界而成为史学新星。

　　作为国学大师，吕先生一生通读二十四史数遍，堪称史界第一人，故其国学底蕴之深厚远超常人。融通国学使吕先生的史学研究跃入新境界，自成一家史学观。其一个重要贡献，便是将人文社会科学知识融入历史研究，尤其是社会学。

　　五四运动后，各种社会思潮激荡，冲击固有的文化传统和国学体系，史学研究亟须方法论的更新。吕先生思虑已久的史学观脱颖而出，从治学观念到史学著述贯注了一个全新的观念："从社会学的角度来研究历史。"吕先生的史学观十分明晰："史学是说明社会之所以然的"，"各种社会科学是史事的根基，而尤其是社会学。"史学研究的前提是"观察"，而"综合的观察就是社会学"。史论、史说、史识的前提是对其他人文社会科学的通晓而学有心得，如政治学、法律学、经济学、哲学。

《大同释义》系统阐述的古代中国大同思想，就是吕思勉先生融合人文社会科学体现其"历史哲学观"的重要著作。书著用孔子的大同学说诠释中国古代社会的历史演变；在融入和吸纳西方社会科学的研究成果的基础上诠释大同学说对近现代社会变革的价值和意义，其独特史识为研究中国近现代社会变迁史提供一条重要学术路径。

《大同释义》初名《中国社会变迁史》，用文言、白话两次撰写。文言稿以《孔子大同释义》发表于《文化建设》月刊（1935 年 10、11 期）；白话稿写于 1933—1934 年，收入《中国文化思想史九种》（上海古籍 2009 年版）。本著将文言、白话两稿分二编整理成集，并附录作者亲著《吕思勉自述》（1952 年写），为读者全面了解作者诠释中国古代社会思想的独特史识提供珍贵资料。此书乃是较完整的版本。

作者在本书中的学术贡献，主要体现在：

"大同"是"社会治化"（即变革、发展）的"最高之境"。

而大同思想首创于孔子，是其"阐明而光大之"。

孔子的"大同"说，分为大同、小康、乱世三个阶段，代表着中国古代社会变迁的三个时期，即先古农耕社会；炎黄古代社会的"小康"之治；禹、汤、文、武、周数代渐入"乱世"。作者的诠释把孔子关于"大同"之理念与古代社会变迁现象，按严密的史学逻辑形成相因关系。这一见识是作者对中国古代史研究的一个贡献。

孔子的"大同"说不是空想。作者的诠释融入了欧洲学术文化"社会学的学说"，吸纳西学之"社会进化的程序"，论证孔子"大同"的构想在中国古代社会已存在的史实；同时进而诠释此学说对社会变革发挥作用的可行性。如作者所言："卓然独立，不为环境所转移"；"治天下"，"从改革制度"做起；"改革之而达于理想的境界"。本著对古代社会变迁史的研究已纳入对社会思想史的范畴。

吕思勉先生对古代中国"大同"说的解构，独到而有创见，言简意赅系统概述了"大同"说在中国思想文化史上的演化过程；同时针对20世纪30年代流传社会思潮的正义性与非正义性进行评判，提出有远见而符合历史潮流的新"大同"说。

读《大同释义》可充分理解吕思勉先生是如何将历史眼光投注于社会生活，融入哲学思辨，撰写新史观视野下的社会学说。

诠释文化江南

　　研究、传承红色文化、海派文化、江南文化已成为上海学人及出版人甚为关切的课题，相关的研究成果陆续面世。相比之下，江南文化起步稍为滞后，专著出版不多，散篇论文主要见诸于学术辑刊或高校学报。

　　江南文化的研究范围较为广泛，涉及长三角地域传承的思想文化、文学艺术、经济社会形态、文化生活等等。江南文化已作为一种重要的传统思想资源，成为表达"江南认同"的重要媒介。因此，建构江南文化的学科研究，除借鉴经济学、历史学、社会学方法，还需要美学思考，梳理江南文化的历史文脉，阐述江南文化的特色及规律，对江南文化进行当代性诠释。

　　《斯文繁露——清代江南艺文家族研究》(上海科学技术文献出版社)便是秉承这一宗旨参与江南文化的当代性研究。

　　《斯文繁露》分上下两篇。上篇阐述清代中晚期江南艺文家族概貌；下篇对清代江南艺文家族作个案研究。全书侧重于考察江南艺文家族置身的社会生态与历史语境；解读清代中晚期文化家族的世系图表及重要族人的小传，还原清代江南艺文家族的众生群像和文化传承。由此，从表及里，通过艺文家族与历史社会关联的考量，相关家学传统、文献（含家谱、族谱）的考辨与论证，深度诠释文化江南的历史文脉。

《斯文繁露》诠释的关键词可归纳为：艺文、艺文家族、文化江南。

中国历代对"艺文"作过三种定义：一是泛指典籍、图书，统称"艺文志"；二是指文学或诗文；三是指文学、艺术之合称。书著则取史学界的共识，定位于文学艺术。文学以诗文为主，艺术特指绘画、书法，兼及篆刻、艺术鉴赏和收藏。江南文化以"艺文"为主要内涵和表达方式，是因其风格流变及文化传承均有深厚的家族传统。江南家学常以诗文艺术的家传熏陶得以张扬和传承。由此，文学艺术构成了家族、江南文化、历史文脉传承的关键词。研究江南文化，此乃是不可或缺的命题之义。

艺文家族，是《朝文繁露》特定指向的家族研究。

家族研究是治史的一个传统课题。中国的家族文化是古代宗法社会的产物，故有关家族文化的考量已成为中国社会形态系统研究的一门重要专科。学界往往对具有社会影响的文化世家进行系统考察，研究其独特的家族文化（如，世家的文学修为、艺术造诣、创作成就、家学教育模式等）作为某段历史时期文化繁荣和文化传承的见证。如《清代松江府望族与文学研究》（上海古籍社，2006），《海宁查氏家族文化研究》（浙江大学出版社），《苏州文化世家与清代文学》（齐鲁书社，2008）等，可见家族文化研究有其特定的社会认知价值。

但是，系统化、现代性的家族研究与历史文脉的探索则还属起步阶段。有关专著论述甚少。因此，《斯文繁露》虽是考查江南艺文家族，但其要义则是从家族的艺文传统，来探讨江南历史文脉的渊源、流变和特征。其学术价值和出版意义显而易见了。

《斯文繁露》虽是诠释清代家族文化，但在学理思考和表达上仍有不少亮点，有的论述有着清晰的现代性思考。诸如：

书著对江南文脉的思考提出"艺文家族"命题，作为家族研究的新史学概念，致使江南文化研究更贴近于江南地域的文化本质特征。

此概念的界定并非是空中楼阁，是基于史学界的共识："江南文化本质是文化江南"（周振鹤）的基础上作逻辑推演和学理延伸。作者对"文化江南"的诠释聚焦于"江南地域必须认同文化的同一性"。书著列举的艺文家族均取自苏、松、常、杭、嘉、镇、湖、仓八府，把不同府县地域视作一个"完整的文化生态与经济同质的共同体"。由此，作者则以这一史学观念和逻辑，将书著的诠释定位于"艺文江南"。

将清代江南"艺文家族"的考量作为探讨江南历史文脉的切入口，这使文化江南历史原生态的诠释具有较强的实证性和直观性。

《斯文繁露》对"艺文家族"的取舍有其特定的要求，江南艺文家族要能体现文化江南的历史传统；艺文家族的界定必须是兼有两代以上，且诗文、艺术造诣和影响力能著称于世的成员。故而，书著下篇的个案研究颇具典型性。作者撷取苏州府吴县的潘氏世家。自康熙到乾隆三十四年，潘氏家族已历经五代，子嗣延绵二百余年。族人屡屡登科进仕，有官至乾隆朝大学士者。门第显赫，尤其是潘氏家族诗人集群，诗文作品誉盖江南；兼纳画坛影响，独树"京江画派"，其画学灼见及"托古改制"的画风影响苏杭地区的画坛，继之"引领江南画坛的整体变局"。潘氏世家的文化传承及社会影响完美地体现了江南地域文化认同的一体性。书著的充分诠释证实了作者的基本立论。

学术思考和书写的探索，以"考论结合"为其新路径。

"艺文家族"研究可资鉴的成果甚微，需要作者甄别大量文献资料和诗文书画的鉴赏（包括江南艺文世家的家谱、诗文别集、题诗画跋、笔记，以及代表族人的年谱等）。在辨伪的前提下还原清代江南地域的文化景观和美学实践，诠释文化江南的历史文脉。著述的书写过程可谓艰辛和难得。

《斯文繁露》对考证、推演文化江南的历史文脉，也可以视作对学界倡议"建构文学家族学"研究的一个呼应。

2021 年 11 月 20 日

江南社会的文化包容

江南文化是长三角地区社会变迁的重要历史文脉，也是最具活力的地域文化；时下已成为当代长三角地区一体化发展的文化基础。

为推动江南文化研究，树立"上海文化"品牌，沪上历史、文化、社会学学者推出一批研究江南文化的成果。《明清之际的江南社会与士人生活》（上海书店出版社）便是其中兼融理论与实证书写的专题著作。

自唐宋以来，江南已建成初具规模的中国经济及文化中心。明代经济的"资本主义萌芽"率先在江南地域呈现初始形态。至明末清初，江南地域在国家与社会运作中处于中枢地位，其影响力已辐射到中原乃至整个中国。由此，江南区域研究成为学界关注的领域。20 世纪 50 年代始，学界的视野还只停留在明以降"资本主义萌芽"的讨论，有影响的著作如《明代江南市民经济初探》（1957），《明清时代江南市镇研究》（1987）、《明清时期江南城市史研究》（1999）等。至本世纪初，江南区域研究已形成社会史、政治史、经济史、文化史多重学科交集的态势。江南社会的学术探索从传统走向了现代，单科学术趋向综合研究；尤其是在"江南文化研究"层面形成社会、历史、文化"多元结构"视域的江南社会研究。出版也始渐丰富。仅沪上出版机构便有《明清以来江南社会与文化论集》（上海社科院出版社 2004），《明代后期的江南社会与社会生活》（上海社科院出版社 2006），《变化中的明清江南社会与文化》（复旦大学出版社 2016），《江南史研究与问题意识》（复旦大学出版社 2016）等。

《明清之际的江南社会与士人生活》（以下简称《士人生活》一书则聚焦于明清之际江南的士人群体。这一群体包括官宦、乡绅、知识达人等社群。他们对江南社会认知历史传统、文化精神的达观，对政治秩序、经济制度变迁的应变；对文化生活的消费与追求，最能体现江南文化的内涵与特质；即是：开放包容，择善守正；务实创新，崇文重教；尚德重义，守望相助。《士人生活》的历史叙事采取全景式的描述，自宏观而细部，由静态而及动景（历史的、社会的）；叙人事而融合风俗地理；全方位勾勒江南士人群体在历史变迁中的文化诉求。

全书八章，"导论"作理论脉络的梳理，其余数章均有独立的主题，似是"散章"集成。

"士人生活：明清之际的社会变动"（第一章）。作者叙述如是的江南社会：

明清之际改朝换代，政治动荡。江南文人士大夫的生活世界随着王朝更替、社会变迁而呈现多元形态。作为江南社会重心的士人群体，他们的生活经历、社会体验都形塑了江南社会不同层面的文化形态。由于士人群体中不同身份的官宦士人、文人秀才、乃至乡绅，处在不同的个体生活环境，对生活期许而有各异的表达。官宦士人则举业仕途，趋利避害；文人秀才因政治突变而弃科考，"好古文词"，习诗文结友；乡绅则在商业浪潮中纵身于江南的繁华，在享受和消费中另觅立业之途。王朝更迭，政治秩序的断裂，或许对江南士人有所冲击，但生活的延续、江南地域的文化记忆和积淀，乃使士人群体迅速适应新秩序，自信而包容地归入新朝，延续江南社群特有的生活轨迹。

"儇巧繁华：明代杭州的城市社会与生活文化"（第二章）。写的是江南重镇杭州在商业化催生下的城市文化生活。自南宋建都于杭以来，已成为江南的经济、文化娱乐消费中心。但作者的重点和视阈是叙述、评议江南士人群体如何从田园式的水乡生活转向对奢华、骄逸都市繁华风气的认同。

其他几章或是叙事聚居"士大夫之乡"松江府的江南士人如何承接前代赓续的社会责任和道德义务，却又挣扎在经济繁荣、消费过度，被奢侈、安逸的欲望驯服的两难选择（第三章"晚明的松江府：士人生活与社会变化"）。江南名宿仕途失意归隐于江南田园，却念念不忘营造官宦、乡绅一体权势；而经历商业化浪潮熏陶的新知识达人则已视明末社会如晚夕，在玩世不恭中对现存江南社会投以冷嘲和讥讽（第四章"从国家到地方：袁黄的宦途与乡居生活"）。如此等等。

明清的江南士人虽有不同的生活经历和社会身份与体验，却在相似或差异的生活轨迹和文化诉求中，表达了江南社会由此呈现的多元人文关怀。

通阅《士人生活》一书，作者对江南社会风貌、士人群体文化情怀的叙事，集中诠释了以下的学术意义：

江南社会在经济、文化上的影响力、生活形态和文化追求，对中国其他地区（尤其是中原地区）有着潜移默化的渗透力和影响力；

经历史积淀的江南社会已形成崇文尚读、崇教兴学、趋新辞旧为地域特色的文化型社会。明清江南社会彰显文化精神趋新、价值取向务实、生活内涵多元的文化特质，值得当代人的考量和借鉴；

江南士人，尤其是知识精英对社会变革（政治的、经济的）的适应性、应变能力，善于在新旧交替过程中创造精神价值，这就印证了江南社会对传统和创新兼蓄的文化包容性。

这些可视作该书提供的启示。

江南社会与士人生活实是丰富多彩的社会文化图景，极具形式感和视觉冲击力，而学术研究常常受制于历史时空的隔阂及体验的滞后而难以复真。但学术研究毕竟有两种选择：

一是叙事书写的基调可以是思辨和论证性的，但史述完全可以作感性表达，给读者以历史场景的真实感；另一是引用大量文献、包括文人笔记、诗文及文学作品、学著，作为理论书写的铺垫和依据；虽有才高八斗之丰，却毕竟有掉书袋之弊。学术研究落下概念、抽象、枯燥的旧套。学术远离大众，研究成了象牙塔中的灯光，高而不可及。可惜，作者选择了后者。

对江南文化的认知，事关长三角本土文化的历史文脉知识之普及，学术研究应有适应大众化之必要。

2021 年 9 月 17 日

风俗：综合文化的载体

风俗，是一种综合文化的载体，也是一个民族、一定地域的物质文化和精神文化的体现。凡研究中国文化者，是不能忽视中国民风习俗的探源和研究的。

自古以来，专题研究中国风俗的著述甚少，除了地方史志有所记载外，大多散见在古今笔记、摭谈随笔和游记之中，即使有为数不多的风俗著作，如范祖述的《杭俗遗风》，顾禄的《清嘉录》，也注重于民风习俗的实录，但尚未将风俗视作一种综合文化载体而加以全面考证和深入研究。原因有两条：一是风俗研究被贬为末流，不登学术殿堂，学人不愿屈尊治学；二是资料难觅，古无专书，无从考证。鉴于此，中国风俗的文化研究便留下了诸多空白。

中国风俗研究，实是一门大学问。风俗，作为民族的或地域的一种生活方式，既是人类社会发展的产物，又是客观反映了一个民族或一定地域社会物质生产的发展，社会生活的风貌，以及文化传统积淀和人类的文化心理素质。它从道德、艺术、宗教、观念等方面显示着：人们的心理崇拜和信仰的传承；人们在祭祀、婚丧、社交祈祷仪式及生产消费、娱乐等传承活动中所表达的各种文化心理；人们以神话、传说、谚语、歌谣等语言手段和传承性艺术所流传的思想、观念和愿望。因此，风俗研究可以说是探寻民族、地域的物质与精神生活中具有传承性的，并为公众约守的文化现象及其表现形态的重要环节。这一点却常为文化学者所忽视。

青年学者刘克宗、孙仪编著的《江南风俗》在风俗研究上迈出了可贵的一步。这部新著没有停留在古人对民风习俗的资料搜集上，而是通过详尽描述生产贸易、消费生活、人生礼仪、岁时节日、文化娱乐、民间信仰与民风习俗，对风俗的文化内涵进行了梳理和归纳，进而对江南地域的社会、民间风俗的形成、历史演变的轨迹作了清晰的勾勒，对浸透于江南风俗的物质生产活动、社会生活方式、社会文化心理的历史传承，以及近现代文明的冲击和影响均作了深入的剖析与理论的阐释。《江南风俗》(江苏人民出版社) 不失为一部实证性地研究民俗文化的著作。

就以生产贸易风俗为例。在一些地方史志和近世风俗著述中很少有这方面的记述和研究。《江南风俗》却在这里显示了作者的学识功力。生产贸易风俗的形成及衍变乃是生产力不断发展的产物。江南地域的农耕，"朝聚夕散"的集市，以及逐渐形成的城镇促成了纷繁多姿的江南地域生产贸易风俗的民间约定。诸如江南的农事、节气、农谚、耕耘的方式和禁忌构成了江南农事习俗，它展现了江南水乡农业生产的基本风貌。江南手工业习俗中拜师祭祖的生产习俗，源远流长，已成为一种文化传统，而江南丝织工艺的发展与龙的图腾崇拜同时浸渗于江南民间的社会文化心理之中。作者并非对江南农俗、手工业习俗的种种文化现象作简单的描述，而是立足于生产力发展对民间地域风俗的演变，社会文明对民风习俗的渗透和影响作综合性考察，探寻出江南经济变迁、生产力发展以及传统文化积淀下的民间风俗形成的原因和演变的表现形态，去揭示风俗在历史演进中江南人的文化素质、思想观念的嬗变历程。

《江南风俗》通过历史唯物主义的实证研究，充分阐述了颇有价值的观点：风俗是历史发展的产物，也是社会文明的一种文化标志。它以特定的自然地理环境和文化、经济环境为基础，并随之发生衍变。这一学术见解有助于我们了解风俗的约定和历史的嬗变，有助于当代人对历史积淀中民风习俗的扬弃，既清醒认识旧习旧俗的负面影响，又积极实施移风易俗的精神文明建设，为倡导新风俗、新风尚去努力改造经济、文化环境。

1993 年 12 月

日本人的日本史

　　二十一世纪之前，日本没有本土学者撰写的"日本通史"。只有美国学者马里乌斯·詹森集多国学者撰写六卷本《剑桥日本史》；倒是中国学者周一良先生主编"中日文化交流史大系"，其中有日本古代"和文"系统文献（包括日本古代的宣命体，中世纪的武士文书，近代的侯文等）的记述。但这些都是旁观者的书写。作为"当事人"的日本史学家却在本世纪前，尚无一部公认的日本史问世。这不能不说是文化弱国的一个弊症。

　　究其原因，是二战后日本战败的"亡国"悲情之压力，但归根结底是，日本史学家至今恪守"天皇中心史观"。而这种观念无法客观、真实、公正地书写日本历史。

　　这个僵局直到本世纪初，由日本著名出版机构讲谈社打破，出版 26 卷本"讲谈社·日本的历史"。

　　日本人写日本历史自然引起国际学界和出版界的关注。新经典文化股份公司（天津）购买版权，策划中文版。

　　经五年打磨，推出 10 卷本"讲谈社·日本的历史"，交文汇出版社出版。

"讲谈社·日本的历史"（中文版）自第一卷《王权的诞生：弥生时代—古坟时代》至第十卷《维新的构想与开展：明治时代》，时间跨近两千年。本文阅评的则是日本史系列第二卷《从大王到天皇：古坟时代—飞鸟时代》。

日本历史是国际史学界颇为关注的热门课题之一。尤其是日本与周边国家（如中国、朝鲜半岛诸国）的历史交集，成为研究东亚史的重要环节。"剑桥日本史"只是在西方史学理论框架下梳理的日本史脉，对当代日本史学家的日本史书写仅作为比较与参照。

日本史学传统注重严谨治学，擅长深耕而非求博通，这便形成日本通史的框架按时代叙事，以政治、社会、思想文化为诸主线的专题史论之书写特色。

《从大王到天皇》简明概述了公元4世纪至7世纪的日本古代历史。著者裁剪蔓枝，深挖细部，从繁文献及考古实物中仅精选倭王权的据点古坟（王墓坟地）的圆坟与终结；第一代"治天下"幼武大王；圣德太子借助渡来人改革农耕社会；乙巳政变促生新的王位继承方式，推行大化改革等重要历史事件，梳理其内在的史脉为其断代史书写的路径。

而第二卷的历史结论，则是在上述历史事件基础上展现一个逻辑表述：日本（古坟时代的倭国）在东亚邻国的思想文化碰撞和融会中，逐步厘清国家意识，构筑中央集权的统治体制；

由此叙述了日本列岛"大王"完成了从"治天下大王"到"现在之神""天皇"转变的激荡历史。

本卷书著将日本古代国家的形成置于东亚地域动态演化的框架中，还原了"天皇"诞生是伴随着日本政治社会激荡的历史真实。这在通史的框架下倭大王治权演化的专题书写摒弃了日本史学界恪守一个世纪的所谓"天皇中心史观"，对现有日本历史教科书作了一次有力度的争辩。这也是中国学者认可的史著价值所在。

本卷是中文版"讲谈社·日本的历史"之一种，演释古代日本约四百余年断代史，策划者不满足于传统的编辑模式：笼而统之撰写丛书"总序"。因各卷侧重不一，主题有别。常见大型丛书均有"总序"置首页。但类似的"总序"往往大而无当，套话连篇，读者不得要领，只不过是请"大神"名宿压阵而言。

此丛书则一书一专题序文。浙江大学教授王勇的"横看成岭侧成峰——日本人书写的日本历史"，是一篇颇有见解的导读文章，深入浅出，通俗易懂，分析评判得当，值得一读。

当代中日关系较为敏感，尤其是历史观以及两国在历史认知上呈现分歧与异同共存的复杂状态。又且当代日本史学界的右翼激进分子占位于主流，故而作者书写日本古代受东亚各国思想文化影响而改革演进的史事时，详述朝鲜半岛诸国，有意淡化或回避古代中国思想文化的输入及其影响力。现择例而证：

本卷附录年表记载：倭国从公元313年至671年（元武天皇二年），与中国交集的史事广涉东晋、南北朝，续至隋唐。几代倭王先后7次遣使中国大陆，建立"中国大陆交通线"；公元538年大乘佛教由中国传入日本；公元607年中日互派外交使者，赓续至唐代。然而在本卷的专题论述中很少有详细叙述和论说。

如，关于倭王国与中国大陆交通线的历史。

中国大陆交通线先于倭国二个世纪，勾联朝鲜半岛百济、高句丽、新罗诸国，输入儒家思想文化和物资，促进其农耕社会的演进，其重要性可见一斑。

本书仅在第一章"列岛：半岛和大陆——东亚世界中的倭国"里一句"确立中国大陆交通线"虚表而过。在"倭王加入和脱离册封体制"一节中，"中国大陆交通线"仅是倭王讨赐封的外交通道而已。

第一章在详细叙述了百济、新罗等（朝鲜半岛诸国）向倭王权输送先进文化、农耕技术和人才，促使倭国通过农耕技术革新走向社会变革和进步。尤其输送的人才中有"成为倭国太子的儒学老师"。然而回避了百济等国的支援实质来自古代中国。

"治天下"是倭国从"大王"走向"天皇"极权统治的重要

政治转折，其政治理念、国家意识不折不扣是中国"皇帝主宰天下"的儒家思想。中国的儒家文化通过百济、新罗的渠道输入倭国，对日本的政治生态和历史演化影响至深。但日本通史仍是刻意回避，只留下倭王受赐南宋朝"册封"官制的记载。

如此而见，对"讲谈社·日本的历史"的史学认知还应该有所保留。

2021 年 6 月 5 日

复述不能代替思考

　　30 年代，现代作家刘半农曾十分欣赏一首题为《痛爱北京》的诗。诗云：三年不见伊，便自信能把伊忘了。/ 今天蓦地相逢，这久冷的心又发狂了。/ 我终夜不成眠，萦想着伊的愁，病，衰老。/ 刚闭上了一双倦眼，又只见伊庄严曼妙。/ 我喜欢醒来，眼里真噙着两滴欢喜的泪，我忍不住笑出声来，你总是这样叫人牵记。

　　这是诗人对古老北京城的爱。因为北京城历经风雨和时代变迁，这种爱充满着华夏子女的赤子情，一种焦灼感，一种惋惜，但更多是一种缅怀眷恋的情感。

　　美国学者菲茨杰拉德比较世界各大名城市时下过这样的评语："世界上只有两个城市：巴黎和北京"。此非妄断。巴黎城是西方文明的一颗明珠；而北京，则是东方文明的一个象征。

　　古老的北京城究竟给国人、给世界留下些什么？这个世纪之问牵引着众多社会文化学者们的思考。《京华梦寻：北京城市形象变迁研究》（中西书局出版）也是其中之一。

　　考量北京城市形象须涉及建筑、地理、社会、文化、城市建设规划等专业学科。据统计，近十年间，有关单篇论文多达 6 千余篇。较有影响被广泛引用的，如《近代北京城市空间形态演变研究（1900—1949）》、《新中国成立后北京城市形态与功能演变》等。单部著作也不稀缺。华东理工大学出版社于 2015 年推出：《元代及元代以前北京城市形态与功能演变》、《民国北京（北平）城市形态与功能演变研究》等。上述研究或运用传统的历史地理多学科交叉的研究方法对北京的地理位置及城市文化进行"考量"（地理学、文化学）；或是从城市建筑的现代民居由开放式的院落（四合院）变为封闭格局的公寓、别墅，考察北京城市民居形态变迁引发的社区人际关系（建筑学、社会学）；或是就北京城市管理和体制的历史沿革，思考北京城市功能的变迁（管理学、社会学、经济学），等等。

由此可见，对北京城市形象变迁的研究已呈现多学科交集、融汇的趋势；通过传统性与当代性的文化传承与变革，来揭示京都城市历史变迁的文化成因。

比照现有的北京城市形象变迁的研究，《京华寻梦》显得单薄，也缺乏有灼见的论述。总的印象：作者拘泥于文史资料的舍取，对已有定论观点的复述，而缺乏有深度的独立思考和专业书写。凭阅读之感悟，拟考有信，事有据；思却不透、不深；叙有文采，述少逻辑；思考得成色不足。

先说诸论。

大凡专著都很注重"诸论"的写作。此是全书的总纲提要，也是作者书写路径与见解的概括。有深度的绪论能简约而精到地概述本书课题的背景，作者的独立思考。为此作者都不轻易忽视"诸论"的书写。

《京华梦寻》的诸论近三万字，基本上是复述已有定论的西方城市学理论和概念，如城市形象的分类，城市文化的定义，城市文化的表征及分类等等；以及城市研究的"符号学"理论。除此之外，便是详细介绍国内学者研究"北京城市史"的著作、观点和资料牵引。绪论书写只是提供一份详尽的资料档案，而远离对本书写作的主旨。

说篇章。

全书分三篇："帝制时代的北京城市形象""民国时期的北京城市形象""1949 至 1978 年之间的北京城市形象"。全书内容是叙述不同历史时期的城市规划，以及地标性建筑。其书写又以相当篇幅详细描述城市历史背景和人、事趣闻。

如"民国时期的北京城市规划"一章。作者对"北洋政府时期的近代都市规划"以叙为主介绍其始末。先叙 1912 年始，北京政府成为北京城的执政。后分述袁世凯时期及军阀时期，时经十七年。作者在介绍北洋政府改造"北京城"，提出"近代都市规划"，则先详述袁世凯的出身、显赫家史，科考落第，投笔从戎，偶得李鸿章赏识而青云直上，直至武昌起义，皇帝梦碎，人生谢幕，其中还夹杂他人之史事趣闻。至于袁世凯等北洋集团在忙于内战争地盘之际如何会重视"京都市政规则"的

历史、政治、文化成因却并无涉及。而这恰恰是北京城市变迁历史研究的价值所在。（类似的历史叙事，各篇章均有）

又如国民政府时期的"文化都市计划"。作者的史叙只是比较抗战前后北平"文化都市计划"出台背景，多次文案的修改过程，规划布局的变更，以及参与规划的文化名人（蒋梦麟、蔡元培等）的功绩。

从文本书写的定义上理解，作者仍然停留在历史的"复述"层面上（当然，有作者对文史资料收集的成绩），尚未进入历时性推动都市规划产生、变更的政治、文化层面之动因的思考。研究不拒绝"复述"，但不主张"复述"替代思考。

再说，思维方法。

作者较为着力的是运用西方城市研究的"符号学"理论来诠释北京城市形象。出版者也引以为书著的新特色。

其实，"符号学"的本义是分"符号的形体"（如城市形象），"符号的内容"（城市形象隐含的文化内涵）二部分。把城市形象标志物视作"物质文化符号"，随后赋以某种象征意义而成为"意象"的内容解读和分析。严格地说，这仅是一种方法论：符号、意象解构。虽是一种当代性的逻辑推演，但离开专业学科的范畴（如社会、政治、心理学等等），"符号学"还是无法准确给出学术意义上的价值评判。

作为文艺学学历背景的作者，其书写最后的归宿就是依赖古、现代文学作品对历代北京城市形象的描述和给后人留下的

"文学记忆"，将此作为研究实证的"文化符号"。

如，作为北京地标形象的"北京公园"。作者作为一个"文化符号"便从公园的定义、起源，北京、上海、纽约公园的异同说起，直至不同朝代对北京公园的改造。至于"意象"解读之后，北京历时性变迁与社会、政治、文化变异的关系却无从谈起。其他，天安门、长安街，也是如此。

符号学可以通过"意象"（标志性城市形象）作主观解读，但未必能对城市形象的历时性变迁作人文思考和评判。

《京华梦寻》也并非一无是处。作者对北京城市形象的文学记忆和解读还是很有文采的，使枯燥的课题有了可读的感性和趣味，这与书名正题"京华梦寻"相符。但过度的"复述"又与副题的书写有了距离。

以过度复述替代深度的思考是时下写作普遍存在的现象。这是瑕疵，不宜提倡。

2021 年 4 月 25 日

似年鉴　非年鉴

上海地方志办公室及上海图书馆召开《上海年鉴1852》座谈会，评估"年鉴"样稿。出席者不少是史界学者，济济一堂。官方色彩的评估会，自然是一片颂歌声。评定的结论是在周振鹤先生发现《上海年鉴》版本之前，更全面、更早，更有价值，堪称上海开埠以来首部"上海年鉴"。

笔者不才，以出版人角度发言，先概括一句话，此"年鉴"本，似年鉴，即非年鉴。说似"年鉴"，此书确有重要史料价值，其编纂引入早期西方年鉴类的编撰框架。说非"年鉴"，确认是一部"行业年鉴"，并非综合性的"上海年鉴"。此说一出口便引来一片骚动。

现将本人发言整理如下，供读者匡正。

"上海年鉴1852"是英国人创办的北华捷报社编撰出版。内容丰富，也颇见特色。

除上海开埠通商口岸的有关历史文献，还有上海气象观测、气象记录，水文潮水记录；内运、商贸计算表，保险行业，上海城区地图等。其他还有中国及地方民风民俗，历史年表附录。

内容编纂的逻辑，还是很明晰的，主线是上海开埠以来有关航运、商情及通商口岸、贸易的官方文献。有关上海概况、地图、交通、气象、天文、水文资料，均与航运商贸有关，为之延伸的文献、资料。

本书原汁原味显示19世纪中叶西方人编纂年鉴文本的范式。译者说明很全面、到位，把这部"年鉴"的文本特征、编纂方式勾勒出来了。

一是脱胎于西方传统的历书编纂模式，二是编纂体例承继西方宗教对历书编纂的传统。译者对"年鉴"入选的几篇文献作了历史考证和解读，也有助于"年鉴"编纂模式的佐证。

译著本"年鉴"为中国近代年鉴的文本研究提供了实证依据。

然而，年鉴出版的意义和当下价值评估，还是要回到人文历史范畴中考量。

北华版"年鉴"编纂的专业性强，有权威性。

北华捷报社编印此"年鉴"，在遴选文献、资料方面具有相当的专业基础。

北华捷报创刊1850年（道光三十年），创办人是英国商人（专司拍卖行）在上海创办，主要刊载广告、行情和船期等商业信息，兼及中外新闻、英国驻沪外交、商务机关文告，被商界视为"英国官报"。1862年改版改名为《字林西报》，加强社会、时政、经济的报道和评论，但仍出版子报《每日航运与商业新闻》，北华新捷社虽是一家媒体、也可说是有权威发布的专业信息机构。

"年鉴"中文献具有官方发布的权威性，资料信息来自报社第一手采集的真实性，编纂筛选、整理颇显其专业水准。

"年鉴"对考量上海乃至中国近代经济萌生期的原生态具有重要的历史价值。

大清自康、乾朝始就立政对外贸易。康熙朝先设广州、澳门、厦门、宁波，乾隆朝又增设定海。尤其是乾隆朝通过加强关贸管制，企图将广州打造对外贸易的集散地（即现代说法"贸易中心"）。可惜嘉庆朝闭关锁国，道光朝鸦片战争失败。1843年上海被指定"通商五口岸"之一，开放自由贸易，上海开埠就此开始。

由于上海独特的地理位置和优势，贸易中心由广州移向上海。而上海以沙船业为核心的航运产业的形成、商贸的繁荣，成为中国近代经济萌生期的重要特征之一。

1852年（即"年鉴"记录的本年），是上海开埠第一个十年。至此，上海的沙船业已为经济支柱。

近代中国航运中心初具规模，这意味着，中国近代经济的萌生始于上海开埠的航运业，终于同治中兴的制造业（包括上海江南制造局的兴建）。研究中国近代经济原生态及上海开埠的经济史，其航运、通商、贸易是重要的入门钥匙。这也是该"年鉴"的价值所在。

但，这部"年鉴"的定位有待商榷。

个人认为，这部"年鉴"应该归类于"行业年鉴"。其航运、商贸、行情发布的行业性质明晰、突出。原书名若意译也可译成《1852 年上海航运手册与商务指南》。这与编纂者的专业局限和媒体关注面有关。

若作为综合类的《上海年鉴》其范围还应该更宽泛些。上海开埠十年，在政治、经济、外交事务社会层面出现重大"变局"。

1. 经济层面。19 世纪 50 年代，上海航运业发展到一个高峰，与此同时租界划分，地产业兴起、市政建设、金融保险入埠已呈现一种殖民色彩的繁荣。

1845—1849 年英、法、美租界设立。

1845 年公布《上海土地章程》，由此，圈地、土地出租，伴随市政建设；金融、保险外资入埠。由此，中国近代的产业经济由此而起。

2. 上海开埠，催生大清地方行政官员遴选制度的变革。

上海主政道台，自 1730—1840 年任命 50 名；开埠任命 30 名，平均 2 年一任。之前，以满蒙军功派任，汉官是科举入仕，之后近半数道台为地方商绅、洋务买办、知识精英经捐纳或保荐异途入仕，而上海道台的职能已不限于地方行政，更多是外交事务和活动。

北华新捷为适用上海政、经的变局，直至 1862 年才改版

"字林西报"。这也是"年鉴"编纂的专业所局限。

由此可见,"年鉴"编辑出版还有提升空间,弥补"行业年鉴"的局限。建议:书名定位更明确些《上海年鉴1852:航运商贸卷》;增撰"序",充分表达该年鉴的人文历史价值,尤其是对研究上海开埠的地域史、中国近代经济的文献价值;在不失原著、突出主旨的前提下,对错位的文稿作编排调整。

2019 年 3 月 19 日

学术辑刊需要经营

辑刊已成为出版人关注而倾心的产品。

辑刊是介于期刊与一般图书之间的文本形式，既有期刊内容的多元性、专业的延续性，又有单一图书生产周期的弹性。兼顾两者优势，遂成出版业的热门。

从深层次考量，出版者与辑刊编撰者已构成供给侧与需求侧的关系。辑刊编撰者（一般指学术机构、民营工作室）具有资金优势和人力资源，希望出版社提供灵活性强的出版载体。而出版者得益更多：编辑成本低、新手也可操作，经济收益有保障，社会效益考核可加专业分。

20世纪末21世纪初，有关部门一度收缩辑刊产品的出版，所谓禁止"以书代刊"，其主旨是希冀管控出版质量。然而，出版还得回归"规律"，禁门重开后，辑刊出版呈现更迅猛势头。仅上海出版界，每年申报辑刊选题就多达几十种，有的社列选品种高达十余种。辑刊品种五花八门，有半年辑、季辑、不定期辑，还有蓝皮书、白皮书之类的年辑；专业门类涉及政治、经济、历史、文化、自然科学及文学艺术，几乎是全覆盖。

辑刊品种众多，泡沫也不少，质量良莠不齐，有的名不副实，辑刊成了一种包装，内容生产缺乏经营意识，是当下比较普遍的现象。

辑刊出版需要用心经营。搭建专业平台，打造上海品牌，就是经营之道。

辑刊是一种待开发的出版资源。其要素之一是辑刊名。说白了，辑名其实是一个定位，对辑刊的核心内容和外延有明确的指向性。有的辑刊欠慎思，如《海洋文明研究》（已出版5辑）。海洋文明研究是海洋学的主要分支和开放性多学科与传统史学共存的学术平台，作为一门综合性人文研究的新学科，具有较大的学术空间。但实际上，辑刊的学术关切仅聚焦于传统的中国史学，拘泥于传统的研究模式（史料收集、梳理、考证、推论）；若有史见也只是感言式散论，难以形成系统性的史识，造成海洋文明研究学术格局小、部分文章与海洋文明史主旨关联度不大的缺陷。究其原因，固然与作者群局限于中国古近代史学专业，缺乏跨学科的专业资源有关，但主编者对海洋文明研究缺乏总体思考和描述，出版社仅做"二传手"，没有参与统筹协调和智力替补，也不能说没有关系。

辑刊应作个性化的经营，形成自身的文本特色。辑刊的优势在于连续性和专业性，比单品种图书具有更多的文化内涵和策划弹性。但前提是要有个性化文本。所谓个性化文本，不单指每辑作品组合的个性特色，更在于编撰模式、策划组合的指向呈现个性化。如有关传统中国国学研究的辑刊、集刊现在不少，单上海出版的便有《传统中国研究集刊》《中国古代史研究》《中国文化研究集刊》《经学文献研究集刊》《语言研究集刊》等十余种。如何在同类集刊中形成文本特色？同为中西书局的《中国中古史研究》（已出版 7 辑）作了有价值的探索。首先，主编者对辑刊有明晰的界定：作为青年学者的联谊会刊，着意域内外的学术交流，培养新生代学人；学术方向介于通史与断代史之间，不同于"通史"之简约表述；注意史学专科或分支作深度探微或思考。这个界定便使之与大部分同类国学研究辑刊划清开来。其次，精心策划组合每辑的主题和整体指向，以"专号"的编辑模式做主题性专辑出版。如第七辑以"何谓制度"命名，通过定向性主题策划进行组稿，按单元主题汇集，既保留了辑刊论文的多元性，又凸显了主要论文的主题性。再次，认真做细部设计。对主要论文预置学术重点和难点，避免青年学人陷入论文常见的复述前人俗套，意在倡导一种史学新探索、新思考的氛围。辑刊专业面虽窄，但文本营造规避了国学研究辑刊常有的弊端，给人以清新之感。如此经营之道，持之以恒，辑刊打造高端品牌也就水到渠成了。

辑刊打造的品牌是需要培育的。在初始列选辑刊选题时，应充分进行论证（当下出版社几乎不重视这个环节，入选条件以资金多少为准），包括辑刊的文化含量和专业延续的持久性，主持者的影响力与筹划整合能力，更重要的是预估辑刊的培育期和成熟度，并非所有辑刊都是优质资源。草率行事，其结果是黯淡的。

在这方面，《学灯》辑刊（已出版 3 辑）的做法值得借鉴。"学灯"是 20 世纪二三十年代上海《时事新报》的副刊，曾得到鲁迅的全力支持，至今还有时被人提起。2007 年，国学网主办定期网刊《学灯》，经多年培育，逐渐成为影响国学界的网刊平台之一。2016 年起转为不定期纸质辑刊，由著名学者领衔。《学灯》辑刊的导向是搭建不同学术思想交流的平台，偏重史学理论与哲学的学术关联，开展融文化、哲学、历史于一体的文化思想史研究。有关国学研究的图书、期刊并不少见，但侧重跨学科、中西比较的国学研究且有影响的平台还不多，《学灯》是其中之一，其品牌影响力就得益于长达数年的网刊培育。

现行集刊出版存在一种极端现象，刊期不稳定，有的两年一辑；有的虽固定，但仅每年一辑，诸如蓝皮书、白皮书之类。作为出版经营者，不能忽视每种样式的辑刊资源，只要经营得当，同样能发挥其应有的影响力。以上海教育出版社《中国教育政策蓝皮书》为例（至今已出版 3 辑）。国内出版的同类蓝皮书有《中国教育蓝皮书》《中国教育行业蓝皮书》《中国教育发展蓝皮书》《中国教育培训行业蓝皮书》《中国教育装备蓝皮书》等十余种。相比之下，《中国教育政策蓝皮书》是一部有潜质的年辑刊。蓝皮书的核心主题是"政策"，现行教育政策不单是专业话题，也是公众话题，其文本价值不限于学术性，也有社会性。

蓝皮书是教育部政策法规司委托研究项目，由华东师范大学国家教育宏观政策研究院与华东师范大学教育治理研究院组织编撰，对现行政策的解读和评估具有官方文本色彩。更重要的是，蓝皮书涉及一些政策实施的难点、教育生态改革的痛点和社会各界关切的热点。为确保对政策研究表述和评估的严肃性、科学性，辑刊编者不局限自身教研资源，还特聘专事教育政策与法律研究的机构提供学术支持和咨询，避免政策解读的失度。

打造辑刊品牌，释放文化学术平台的积累效应，带动一般图书出版，是出版业面对的新课题，需要出版人精心经营，投入并发挥自身的创造性和智慧。当前要提倡经营关口前移，在选题列项阶段就进入评估预测并参与筹划。尽管筹划总体上应该由编撰方主导，但出版人仍有参与的空间，和编撰者形成互补关系。出版社数十年积累的出版资源和人力资源，可以弥补辑刊编撰者的某些不足，提升辑刊的知名度和影响力，产生"叠加效应"。当然，这种参与是建筑在相互理解和尊重基础上的，出版者要把握好参与的"度"。

经营辑刊要有"苦其心志，劳其筋骨"的思想准备，出版家是在苦心经营中产生的。

2021 年 1 月 18 日

现代意味的学术自述

　　李欧梵先生将学术自述取名为《徘徊在现代与传统之间》，读之细品，觉得不落俗套，颇有点现代意味。

　　学者自述其求索学术文化的心灵历程，往往异别于作家的创作回忆录。他摒弃生活的体验和感悟，而执着于理性的思想梳理；不拘泥对某作品的写作甘苦作过程性叙述，却用心总结学术文化探索的研究初衷和纵横比较，反省某些学术理念的得失。作家回忆录常常是自我角色的显现和张扬；学者自述却较多是对文化的历史积淀。就这点而言，学人自述可以折射出一个时代的学术研究中历史文化或思想文化演进的某些轨迹。李欧梵在学术文化两级（现代与传统）中徘徊和求索的自述，正反映了当代学人对现代文化与传统文化思考的心灵历程。

　　李欧梵是颇有影响的海外华人学者，在中国现代文学和文化思想史领域颇有建树。尤其是中西贯通，不拘一格的"狐狸型"学术风格在哈佛华人学者中独树一帜。《徘徊在现代与传统之间》以较多篇幅对其学术风格的定型作了全景式的表述。李先生自称是"狐狸型的人"，不是"刺猬型的人"。刺猬型的人是要做大官、做大事，"研究学问，就要做大学者，大教授"，对学问"只相信一个系统"。狐狸型却不同，"不愿意做一代大师"，"不相信任何系统"，他"可以扮演几个不同的角色"，做学问"比较注重小的，轻的"，"以小窥大"，追求"一种经过重新构筑的东西"。李欧梵自认是属于"狐狸型"的。他认为，"人的思想模式是因人而异的"，他一生追求的是"发挥狐狸型的才智"，可惜，"中国知识分子想做刺猬的人太多了"。李先生的自述并非自谦，也非圆滑，而是其治学、求道的思考和心得。笔者的理解，李欧梵的"狐狸型"风格蕴含了这样的内涵：一是学术生涯的传奇色彩，二是多元文化视点和比较文化思维，三是中国传统文化研究的文化边缘意识。

李欧梵的学术生涯是有趣的，也是耐味的。《徘徊在现代与传统之间》披露了这样的经历：少年时代的梦，是艺术、音乐，想当童子军、指挥家，曾经也有过表演和发挥潜天才的机会，但因升学的戏剧性，使其人生"数易其稿"。准学术场（大学）中绝对偶然的专业选择，先是读外文，后学国际关系，最后被挤进"西式巴士"阅读中国传统文化。哈佛教席缺位的临时机遇，促成了其学术生涯的起步。他学国际关系，却在哈佛执教中国近代史，在印第安纳教中国元代杂剧。由此，李欧梵从中国近代史转向中国现代文学及上海文化思想史研究。这与承袭国学导师启蒙、诠释、考证、注解、辨伪起步的国内学子，显然是承受决然各异的文化熏陶。文化环境的指向决定了他在中国文化研究中的边缘角色，而文化边缘意识却造就了他有别于传统，颇有现代文化意识的学术风格。也就是，20世纪西方学界的现代主义新学理激活了他的学术思维，促成了文化批评的思维坐标和价值概念的构筑；西学与国学的文化互补，开拓了其文化比较的思维空间。他的中国现代文学研究及论鲁迅的著述对国内学界有较大冲击力，尤为当代青年学术文化界所推崇。

李欧梵在现代与传统之间的求索，不只反映了当代学人如何在中西文化碰撞中寻求文化融汇、重构的结合点的心灵历程，还意味着他们已摆掉传统的思维定势，去更新、构建开放的学术理念和思维方式。这一点，在读李欧梵自述时可获得强烈的感受。传统的学术思维模式往往驱动着学人倾心于建立理论体系，似乎学术的终极目标是"宗师"、"大师"的学说，或者终身诠释"大师"，注解"学说"，做学术的附庸。李欧梵是反其道而行之。他追求的是"在两个文化之间"，"用一种杂的学问来为我的研究找一个坐标"，他把"这种风格归结为狐狸型的"。"狐狸型"的学术思维方式是开放的、比较的，融含着东西学文化思维的优势。如今，我们正面临着经济全球化的挑战，中西文化由冲突、排斥转向相互参照和融汇已是必然趋势。尽管东西方的文化理念、价值指向存在着差异，但作为人类文明，中西文化的优秀成果应该是人类共享的。中国传统文化虽有丰富的历史文化内涵，却不能掩盖传统思维方式和思维定势的局限。长期恪守这一传统，是难以承接经济全球化所带来的西方文化冲击。李欧梵等海外华人学者在现代与传统之间先走了一步，而狐狸型这一富含现代意味的学术风格是值得当代学人仿效的。

李欧梵的学术自述，采以口述实录的对话文体，也是别具一格的。国内对学人的传记较注重于生平考证及著作评述，而文学性传记又过度追求细节和阅读的艺术趣味。前者虽是严谨，但不乏琐细、庞杂之弊，加之评传者自身的学术素养和偏见，常常失之牵强附会；后者难免磨抹历史的真实，流于平庸和虚假。口述实录却有助于自我剖析与真情流露，对话文体又可避免时空的约束，虽思维跳跃，但能导引学术思想灼见的闪现。这种阅读的趣味不在于故事的传奇性和细节的艺术感染，而较多是话语的幽默，思想的启迪。《徘徊在现代与传统之间》犹如师生对话，天马行空，侃侃而谈，似同家常，从容不迫。其话语既渗透着中国传统文化的深刻理解，又溢满着西方文化的自由意味和机智。

李欧梵的学术自述值得一读。

2000 年 2 月 2 日

藏学的思考

　　藏学，又称西藏学，是研究中国藏族历史、宗教、文化、经济、社会等各个领域的综合性学科。

　　西藏研究最早始于 17 世纪欧洲。西方探险者、传教士涉足我国的西藏地区，以直观记录与主观想象的考察报告、游记描述历史地理、寺庙建筑、宗教仪式、风土人情及藏民生活。18、19 世纪，英国殖民者的入侵及扩张，一些传教士、外交官员掠夺了大量文献，进而对西藏的历史、社会、政治制度、宗教文化作考察和研究。进入 20 世纪，美国哈佛大学、哥伦比亚大学，意大利那不勒斯东方大学，日本大谷大学等均成立藏学研究机构。"西藏热"已不再局限于猎奇探险行走、宗教神秘，记录风俗禁忌、社会掠影，而是注重喇嘛王朝历史、政教合一制度、教派渊源、农牧经济、寺院教育、藏族文脉的文献整理和实证研究。因殖民主义的推动，"西藏问题"又被国际化。因此，藏学成为国际学界的显学。

　　我国学界对西藏研究起步于 20 世纪 50 年代西藏和平解放之后。最早的西藏研究著作是《西藏佛教史》（1929 年），民国时期少见有价值的著述。50 年代初，有关藏学研究仅是少数高校民族系的边缘专业。至 20 世纪 80 年代，中国藏学研究中心成立，藏学研究才得以正规化。现下，国内已有 50 余家藏学研究机构，有关藏学的文献、典籍、著述十分丰富，仅次于汉学研究。

目前，中国藏学研究呈现两个方向：一是由西藏延伸至川、青、甘、滇等整个藏民族的社会历史和文化；二是藏学不限于经院式研究，而是多元开放（对外交流），并走进大众视野（知识普及）。《西方藏学名著与名家提要》（上海三联书店出版）一书则可纳入后一方向的出版读物。

西方藏学著作有着强烈的意识形态导向，受西方殖民主义及现代政治自由主义的渗透，西方藏学著述的"西藏观"有着明显的倾向性和政治价值评估取向。因此，中国藏学研究与西方的文化交流远不及"敦煌学"（具有相似的学术历史渊源）简单。"敦煌学"可进行平等的学术交流，"西藏学"更多的是"对话"和"话语权"的争夺。

中国藏学研究的话语权并不处于主导地位。有资料统计：德国主流媒体《世界报》有关"西藏问题"的负面报道高达 51.9%，正面报道只有 1%；来自中国媒体的信息被采纳率仅 2%，而且中国"西藏观"的信息仅作为数据统计使用。可见，国际藏学界的研究信息是由西方媒体掌握着解释权。

近现代以来西方殖民主义的扩张，推动和强化"西藏问题"

的"国际化"趋势。由于不少西方藏学者对"西藏问题"的偏见和意识形态化,他们的所谓"研究",往往被"藏独者"利用,作为其企图分裂祖国、图谋"藏独"的"依据"。

因上述突出问题,有关"西藏问题"著述的引进、推介应持审慎态度,必须处理好"开放"与"甄别","借鉴"与"批则","包容"与"扬弃"的关系。

《西方藏学名著与名家提要》。此书收入著述提要及作者评述 18 篇,简介 8 篇;读者定位于文史爱好者。

作为简明提要式解读文本的普及性读物,让藏学研究进入大众领域,借助通俗的诠释让读者了解西方藏学研究的历史和现状,西方"西藏观"形成的背景,基本立场和观点,以及中国与西方藏学的不同文化价值观意识形态的差异与分歧,这有助于一般文史读者正确理解中国的"西藏观",对抵制"藏独"也是一种必要的知识启蒙(本书的长篇序文就是一篇深入浅出的导读。但个别评介性的表述似可商榷)。从这个意义上看,出版《西方藏学名著与名家提要》是值得肯定的。

然而,该"提要"的入编也存在不足。入编的著述比较局限。选者从西方称之颇具影响的 60 本书中,选取 18 部成书。从提要内容而言,明显受到编者专业经历及其关注兴趣的局限(编者分别是新闻学博士,记者;宗教学博士,从事党校教育)。所选著作偏重于政治历史(《喇嘛王国的覆灭》《现代西藏的诞生》等 3 部),宗教(《西藏的神灵和鬼怪》《土著僧净记》《苯教与西藏神话的起源》等 4 部)，社会纪实、游记 (《百万农奴站起来》《德西迪利西藏纪行》等 7 部)。西方藏学较有影响的著作还有哲学、经济、教育、文化艺术、社会学、文献整理等的专题性研究，现有的 "提要" 难以概览全貌。

书名称 "藏学名著" 有误导之虞。西方藏学著述 "影响力" 大多是媒体追捧出来的。著述中的 "西藏观" 涉及诸多敏感问题，又与中国藏学的主流学术存在着冲突。若不加区别皆冠以 "名著"，会对缺乏学术和政治价值评估判断力的一般读者造成误导。事实上，收入本书的某些著述在中国藏学界是有争议和批评的。

如一，《喇嘛王朝的覆灭》是全景式叙述 1913—1951 年西藏重大历史事件和人物的著作。该书被西方媒体称之为 "西藏近代史著作难以企及" 的巨著。但著述中的一些观点，如：1951 年前，西藏是一个 "事实上独立的喇嘛王国"，作者 "不承认历史上西藏是中国的一部分"，和平解放是 "中共武装侵略西藏" 等，表明作者在叙述西藏历史时所持有的错误政治观念以及强烈偏见的情感色彩。

如二，《现代西藏的诞生》。此书被西方媒体宣传为 "反映当代西藏问题研究最主要和影响" 的著作。其主要内容是整理大量美国官方文件档案，揭露印度政府和中央情报局支持十四世达赖喇嘛叛逃，策动少数藏民武装暴乱。但也不能否认，作者对西藏历史政治以及我国中央政府对西藏的政策持质疑和批评的立场。如书中有"中共通过强制手段推行政策","造成藏族同胞在感情上疏远国家的危险"之类的表述，等等。

由《西方藏学名著与名家提要》引申对当下出版业普遍存在的某些偏失现象：

自 20 世纪八九十年代始，上海出版界大量引进西方读物（包括学术、通俗的），原因有四：一、对外开放，鼓励文化交流；二、国内原创性出版资源不足，市场"票房率"不高；三、从业人员专业素养下降，依赖书商合作及引进（其中走捷径以港台版转译占相当比例）；四、引进版权的取舍偏信于西方媒体的宣传和排行榜。

以上诸原因造成出版界唯"拿来主义"的盲目性，对外来的文化输入缺乏必要的甄别、选择和批判性吸纳。大量引进西方自由主义政治、哲学、社会理论著作，西方偏执的意识形态政治思潮一度对中国学界、知识界产生了不良的影响。西方所谓畅销书（通俗读物）浸透着西方价值观，以西方媒体人的价值判断、叙述对中国社会的纪实印象，大多数存在一些倾向性问题。

对西方著作的引进，既要"开放"，又要设防和甄别。尤其对涉及政治思潮、国际政治，西方媒体人士关于中国的纪实写真读物，应取审慎态度，强化专业把关（立选、审读）。

同时要用心写好"序"、"前言"（编译者）、出版说明（出版者），给读者正面提示和导读。这是上海出版界长期坚持的传统，现在有点淡化了，很少见译著的序文和说明；或草率行文，词不达意，或以文责自负，搪塞了之。有些出版者热衷于商业化操作，满足于用西方媒体的赞词、排行榜作书籍广告（封面、封底、腰封）。这种现象应引起管理者的重视。

2020 年 2 月 2 日

古中国的天下观

谁在世界的中央?

这是考量陆地国家如何认识世界,能否成为世界的中心?古中国是如何形成对"天下"即世界的认识的?

古代儒家思想有所谓"莅中国而抚四夷也"之说。所谓"四夷"乃是古中国周边的滨土及邻国。天子乃位于"四夷"之中心,统领周边"四夷"。查《史记》有"黄帝居中,四夷宾服"的记载。但先决条件,处于天下中心的天子必须建立经济、军事上的强国,政和清明的文明之国。这应是古朴的古中国天下观的启蒙。按现代语解释,是对世界认知的全球化意识。虽说有差强人意之感,但当下现实和历史即印证了这点。

《谁在世界中央》(花城出版社 2009,交通大学出版社 2018)的作者采取随笔史话体来诠释儒家的"天下观",以及古中国如何实践这一历史认识论的。

作者讲述人文地理,普及文明史知识,融入国家意识即儒家思想的思考,作简化通俗,连贯的诠释:古中国的天下观,是从古老的方城,建国立朝,逐步走向统一,建成富有影响力,雄踞"世界中心"即"天朝"，俯视天下之盛世王朝的国家成长史。

处在世界的中央，不只是"雄视四夷"，世界（天下）还包容着海洋。陆地盛世王朝能否成为海洋的中心这一观念并非当下地缘政治关系中的海洋霸权，而是以"我"为中心的海疆、海域及海上航线、航运，旨在进行经济贸易和文化交流。

因此，诠释"世界的中央"，还应从海洋人文地理切入，从陆地、海岸线到海洋文明史的视角叙述古中国的崛起。其中包含通过航海、航道、航线沟通世界，交流经贸和文化的历史；作为盛世王朝的古中国对世界中心的诉求，始终伴随着沟通、交流和共处，当然不排斥博弈。

由于，中国古代海洋历史研究仍处于初始阶段，且多属海洋物质文化的研究，缺乏海洋文明史的研究，其文献资料零星、散佚颇多。作者的史话也只能从古代文献及西方有关著作中对异域海航作兼及文献和科普知识的通俗介绍，乃实属不易了。

书著主旨是思考和诠释"中央之国"的文化由来。作者的书写路径是注重实证研究，不局限于古籍文献中片言摘句的少量记载，而精心搜集古代域内外地图，实地旅游考察，求证史学界对"郑和下西洋"引出古代中国乃"中央之国"的结论；从人文地理学的视角反思"中央之国"的文化心态及其极致表达。由此梳理出古代中国天下观之文脉和历史轨迹。这一重实证与跨界文化比较的书写，虽以随笔为载体，但其学术价值仍是丰实的。

交大版《谁在世界的中央》是修订版。书著作了较大的修改和充实，尤其将视野重点从海洋转向大陆，通过古代中国与世界的沟通、接触，分析封建王朝"闭关自守"的应对，到被迫"师夷长技以制夷"的治国策略，揭示封建王朝对世界认知的误判，从而归纳出"文化金字塔式"的中国古代天下观的思维形态。其论述、诠释符合历史演变的逻辑，同时也呈现了另类思考的特色。

作者对古代中国天下观的诠释，旨在重塑文化自信，吸取古代中国"封闭自守"，自持"天朝"之"中央之国"的狭窄天下观，重新界定中国在世界文化的位置。这不失为对青年读者的一种国情教育。

2018 年 6 月 13 日

另类文化政治

科普图书是个"万花筒"。探索光怪陆离的神秘世界，有之；领略山水地理风貌，建筑古典美与现代风，也有之；寻觅健康长寿秘诀，优生育儿经，信手可及；饱览天下美食名酒之眼福，更是琳琅满"架"。书市不乏如此种种的常销书、畅销书。然而，将科普中的卫生、生理书籍纳入"文化政治"范畴却是罕见。

《出版与文化政治》（上海人民出版社）便将晚清的卫生、生理、生殖图书贴上了"文化政治"的标签。初读该书，觉得书名擂人，摊上意识形态的政治敏感性，有拒人千里之架势。再读其副题"晚清的'卫生'书籍研究"，又是糨糊一团，卫生书籍与政治风马牛不相及。

然而，细读之余，却有豁然开悟，值得澄思寂虑之处：作者把生理、生殖图书的"科普"属性从出版传播链中剥离，就其内容的新文化特质的认知和传播，置于新旧社会思潮激荡中考量，这便将原是生理卫生书籍研究有了考察社会历史的意义。

《出版与文化政治》的书写逻辑，就是从卫生书籍出版与阅读切入，运用新文化史中传播学的研究模式探讨晚清末期"卫生——生殖学"书著的出版与传播，叙述清末民初受近代化思潮启蒙的国人（尤其是精英知识分子）从认知卫生、生殖医学的新文化，由此及彼向社会发出"健身强国"之问。如此，卫生、生殖新知的阅读、传播将国人与种族、国家联系在一起。作者前置的"文化政治"已是非意识形态的泛政治化叙事。这一书写在社会历史研究中实是少见，堪称另类不为过吧。

《出版与文化政治》是"论衡"书系之一种，已出版书著有:《辨色视朝:晚清的朝会、文书与政治失策》《史学旅行:兰克遗产在中国》等。书单传递了令人注目的信息:青年史学者正在思考一个新的书写路径，即已有的中国史研究格局如何拓展史学领域，更新研究方法、形成新突破?史学书写应形成怎样的新模式?《出版与文化政治》便是被丛书编者推荐的一个书写实践。

首先要肯定，作者书写的晚清史事具有现代性意义。作者叙事晚清生理、生殖医药书籍的出版及传播，是将国人对西方新文化"生理、生殖"的认知先置于文化消费中;尔后关注国人如何从隐私、探奇的兴趣、趋同或从众的阅读到知性观念的形成，进而求知于健康与种族、国家命运的思考。这正是晚清末期精英知识分子在西方文化的启蒙下的一种情结和心态。《出版与文化政治》的书写勾勒了正史叙事遗漏而不屑的史事;同时，独辟一条由文化阅读消费研究国人认知与观念的蜕变，由私人关切（传宗接代）转变为社会关切（健身强国）的历史脉络。

至此，《出版与文化政治》书写的现代性主题得以显现清晰："卫生"作为西方文明的一个概念，可以表达晚清国人已逐步趋同于近代社会蜕变的诉求。

《出版与文化政治》的史叙实证注重新文化史研究的多元性、社会性和地域性也是值得肯定的。

自古以来，中国文人传统素有书籍研究的文脉。但不可否认，专注于书籍出版（包括版本）、阅读的评估。故有书目、书序、书跋、书志、书刻、校勘、注疏、补遗，以及有关禁书、焚书、藏书的研究和表述。这是中国书籍史研究形成的体系和学术文脉。

西方文化传统的书籍史研究则是关注内容、生产（印刷、排版、装帧成本运作）、藏书（书籍制度）、传播（发行、消费、社会影响）等方面的综合研究。由此，书籍史延伸于阅读、传播领域，学术思维进入社会、文化、经济乃至文化政治层面，通过书籍与人、与社会的关系，并运用统计学、文化社会学、传播学等多元思维进行考量和研究。

作者选择西方主流的书籍史研究模式，即"书籍史走向书籍与读者、社会的关系史"。这便形成本书的基本书写框架：书籍—阅读—传播，而"消费"则是诸关系的文化媒介。

对史叙的实证，作者采取多元的文本。微观上，将时尚新小说、媒体书刊广告、书局、书社出版机构均纳入其中；宏观上，则引入制度与思潮、时局对书籍出版的影响；此外，还将非文化中心的地方性书籍与传播对文化政治的空间延伸作多样性考量。在阅读环节，注重读者角色的主体作用，尤其是消费兴趣、消费价值评估。这些考量彰显了新生代史学工作者突破传统的勇气和锐气。

《出版与文化政治》是青年学子的博士论文，先于上海书店出版。十年后略作修改交上海人民出版社付梓。再版主要是校订部分史料的错误。全书仍保持了青年学子初始学术书写的青涩，勇于探索求新，但多缺失于严谨。此乃是青年学者忽略的一个诟病。诸如：

导论长达五万余字。文章自中而外，由古至今，猎涉书籍出版、消费阅读、传播的历史，后人研究汇集；介绍西方书籍史与文化政治等论著，更是洋洋大观。作者的初衷是为其提供理论支撑和依据。但导论却有"述而不论"之嫌；繁杂众多，主次难辨，叙述似有罗列堆砌之感觉。这也是现下博士论文常见的瑕疵。

晚清的生理、生殖书、新小说鱼龙混杂，广告宣传常见过度的性渲染，假以刺激消费。诸如此类的书文夹着伪科学和色情；既有西方性开放意识，又有中国封建伪善道德下的性滥觞。史学研究不宜拘泥于实录，应对书籍及其传播的价值观念、导向作必要的批判。这也是"文化政治"不应忽视的要义。

《出版与文化政治》史述的前置是研讨国人（尤其知识人）在阅读、传播生理、生殖医学书时，对种族、社会、国家意识的问题意识和诉求，以及对清末民初社会变革的表述；但作者最终止步于泛政治的文化消费，其主题诠释粗疏不严。显然，作者清末民初的社会变局与思想文化激荡的把握及学术准备不足。由此泛文化政治的另类书写便打了折扣。

本书及"论衡"丛书的另类书写是新生代青年史学者的新探索，期待在不断实践和努力中成熟。

2021 年 8 月 25 日

向腐败作战

    腐败，被称之为"古老的顽疾"。伴随着工业革命、商品经济的繁荣，腐败问题日益突现出来。当社会进入经济全球化时代，腐败现象已越出了一个国家的监察视野，腐败与反腐败已成为国际社会和公众舆论极为关注的问题。以彼得·艾根、乔治·恩德利为代表的西方经济伦理学家发起成立的透明国际组织（简称 TI），专事观察、调查各国的反腐倡廉活动，擎举"向腐败作战"的旗帜，为各国政府的反腐提供政策咨询。《反腐策略——来自透明国际的报告》（上海译文出版社出版）一书，是通过对部分发展中国家与工业化国家的腐败现象的实证分析，以及控制腐败的经验总结，提出一系列新的理论模式和反腐策略框架。其中，不少观点、分析方法和控制腐败的政策是很有参考价值的。

    学术界常把反腐策略的研究归入政治学范畴。西方学界的政治及公共理论著作均将政治的民主化作为反腐的传统定理。公共行政学的"有限政府"论也是以限制政府权力作为消除腐败现象的理论依据。这一学术理念在现代化研究及意识形态领域延续了较长时间，至今还有方兴未艾之势。透明国际组织的经济伦理学家们则提供了新的理论模式和学术理念。他们认为，市场与政府是两种秩序，腐败现象除了政治（权力）伦理范畴的诠释，还应进行经济伦理范畴的思考，后者是市场秩序制约的结果。这方面的研究可以将人们的思维引向腐败的"滋生源"和反腐的本质层面，而它恰恰被忽视了。

乔治·恩德利对腐败的分析、反腐策略的理论框架设计便建立在这一学术理念上。他强调，自人类社会出现了私有财产制度，腐败就作为顽固的社会病应运而生。只要存在私有财产制度，就有可能发生滥用公共权力谋取私利的腐败现象。恩德利确定了一个重要逻辑：私有财产制度是第一性的，是腐败的滋生源；私有制与权力滥用是因果的关联，腐败现象是这种因果的物化。作者没有承袭政治民主化与反腐关系的传统注解，而是就腐败与商品经济的关系诠释腐败在市场秩序和商品交易经济行为中的表现规律：一，腐败与国家经济发达的程度无关，有商品交易就会滋生出腐败的漩涡，工业化国家并不能成为道德上的榜样；二，腐败通常是"作为经济增长的前奏而出现的"，腐败又往往"导致经济行为的错误抉择"；三，腐败行为（如贿赂）一旦被"制度化"，就会产生一种不合法的"文化"，直接"导致经济的低效率"，"影响生产和消费"，降低"人民大众的整体福利"；四，新经济时代的腐败将渗透到多种经济行为，如政府采办行为，借助经济援助行贿的"预算欺诈"，私营公司管理者为获取政府保护项目的行贿，转移公共财产等等。鉴于这样的分析，透明国际组织提出了反腐策略的基本思路："要使腐败成为一种'高风险'和'低收益'的事情"，从源头上遏止腐败。

应该说，透明国际组织反腐的理论模式是政治民主化和"有限政府"公共理论所尚未涉及的学术理念。即使是 90 年代出现的"新公共管理"学、"公共经济"理论对腐败的控制仍未超越公共理论的一般模式。而作者从市场秩序和经济行为的范畴分析腐败的滋生源及其表现特征，无疑是提供了一个新的认知视域。

《反腐策略》还将衍生的价值观念视作经济伦理领域里的一种"文化现象"。如此，反腐的理念不仅得以透视权钱交易的文化意识，并且将反腐败的理性批判提升到了经济伦理道德的层面。作者认为，国际社会的腐败渗透着非理性的文化意识和价值观念，它们起着很强的动机作用，对经济运作和经济行为构成影响。这些动机的类型，包括：1."文化相对主义"说。国际社会有人认为，"腐败是许多发展中国家的文化的一部分"，与主流文化共存。文化相对主义制造了"腐败合理"的"文化神话"。2."贫困产生腐败"论。即所谓"腐败经常表现为某种形式的贫困的结果"。3."腐败容忍"论。"腐败能有效分配资源"，"只要市场效率高，贿赂是可以容忍的"。4."润滑剂"说。即所谓贿赂"是解决困难必需的润滑剂"等。类似的悖论反映了国际社会存在着经济伦理观的"双重标准"，即腐败是社会腐化的表现，腐败又是合理的，可容忍的"文化"。这一"文化现象"表达了畸形的经济伦理观念对经济行为选择的制约。作者将腐败视作特殊的异类"文化现象"就是要将理性思维的指向引入对腐败认同及其社会伦理的批判。诺贝尔和平奖获得者奥·阿·桑切斯为《反腐策略》作序时也肯定了这点。他说："一种只致力积累物质财产的文化，是滋生腐败的野草的沃土。"没有道德伦理的自觉，没有对腐败文化现象的批判，是缺乏反腐的内动力和自觉性的，国际社会应极力关注腐败利用经济权力销蚀人们的"伦理原则和思想活力"的新动向。

经济伦理观念的异化，将直接聚焦在行政管理的腐败上。经济权力的运用体现在行政管理上，而经济伦理观念的异化，必然诱发个人对权力的追求和权力、金钱的交易。在某种意义上，向腐败作战就是通过反腐策略的制定，控制行政管理的腐败。这是经济全球化面临的亟待解决的焦点问题，也是本书叙述的重心所在。作者认为，除个别国家和地区，存在于国际社会的腐败，大多数表现为"行政管理的腐败"，是"聚焦于个体的行为活动"，而不是"政治的腐败"。这对一些持腐败即政治腐败的偏执论者更具理性和普遍意义。鉴于这一前提，作者设计了反腐策略的整体框架，其中包括：建立政府生活的廉政环境，健全行政法，加强行政体制改革，设立调查官制度，树立信息透明和开放的公众意识，设置独立的廉政机构，协调国际组织、制约国外腐败行为等。这些政策设计，涉及了精简行政机构，转化政府职能，公开政务，奉行公平、公正性原则，行政人员的伦理准则，公众舆论监督及投诉程序，国际合作，司法与金融合作的诸多方面。

显然，作者对反腐策略的框架构想，是运用了公共理论中的制度分析方法，对国际社会反腐策略的评估建立在以下原则上：如，适用国际社会的一般环境，符合发展中国家与工业化国家行政体制改革的基本方向，各国反腐策略应适合本国物质、文化和制度环境的一般规律。这些思路对我国开展反腐斗争和廉政建设是有借鉴意义的。

《反腐策略》呼吁向腐败作战，目的在于鼓励国际社会改革市场秩序，控制腐败的滋生源，完善政府结构和行政管理职能，树立良好的经济伦理观念，促进政府、公众、社会对反腐的介入与支持。如作者所说的，"改革实质性的程序以削弱腐败滋生源和改革的转变"，建立系统而自觉的廉政体系。尽管国际社会呈现多元的世界格局，以及不同的社会制度和意识形态，但反腐应是人类共识和追求目标。透明国际组织主席艾根博士高度评价《反腐策略》："这本著作把各种思想、实践和要素逻辑地汇集起来构成一个国家的廉政制度"，给国际社会以借鉴。我以为，出版《反腐策略》的意义正在于此。

2000 年 1 月

慈善的伦理

　　自古至今，中西社会的慈善义举皆而有之。政府赈灾，民间济贫，宗教布施，既是中西文化精神所至，也是社会道德所系。但将慈善作为专题考量却少有著述。沪上出版业曾引进少许慈善类图书版权，却均是宗教济贫组织或商业机构如何运作。

　　因脱贫攻坚，特大自然灾害，政府、民间、公众人物，企业各界发起慈善义举引起社会强烈反响，学界才开始关注慈善的伦理实践。习近平总书记在"之江新语"（浙江日报）发表题为《在慈善中积累道德》的文章，强调"慈善对道德建设的积极作用"，这便将慈善义举的价值评估提高到道德伦理的高度。这应是较早向学界、媒体发出的强音。学界逐之起步稍有著述面世。如《当代中国公益伦理》（人民出版社 2010 年），《慈善伦理引论》（上海交大出版社 2015 年），《慈善实践与新时代道德建设》（光明日报 2018 年 6 月 16 日）。至此，慈善开始作为伦理学的分支进行理论探索和实践总结。

　　《慈善伦理——文化血脉与价值导向》（上海三联书局出版）梳理了慈善伦理的思想渊源，是来自儒学、道家、佛教为文脉的中国文化传统。中国的慈善伦理不同于西方的基督教精神，而是立足于"大慈善"，性善、仁爱、忠义为核心理念，慈悲为精神表达的人文关怀。

孔子"仁爱说"，孟子"性善论"及其"以义为上"价值观构成了儒家慈善伦理的核心；"以损有余而补不足"的"自然天道"哲学，以及善恶报应之价值观则是道家慈善伦理的内涵；而"因缘业报"、"慈悲为怀"的观念则是佛教作为行善的根本。该书对慈善伦理的"文化血脉"的梳理，阐明了中国民间社会自发或自觉的慈善义举，实是古代思想文化积淀的伦理实践，或是尚善儒学教化，或诚信于"以余补缺"乃天道的道家自觉；或以慈悲实践弘扬佛学的敬义。

若与西方慈善伦理的文脉作比较，中、西不同慈善伦理观念下的规范和实践途径显然存在差异。该书用相当篇幅对全球化不同文化背景下的慈善活动所呈现的价值导向作了充分解读，在比较中认知符合国情、社情、民情的当代中国慈善伦理的价值导向和规范。这些导向和规范具体体现在社会责任、利益、发展的价值观（价值取向），以及个体动机、行为选择（价值导向）。前者是一种建立规范的原则，后一是规范下的自觉选择。二者同中有异。

如何将古代文化血脉积淀下的伦理观念融入当代中国以社会主义核心价值主导的慈善伦理体系？当下的慈善实践则面临着新的挑战：

如何理解当代慈善规范的"以政府为主导，以民间为主体?"

企业在当代慈善中应扮演何种角色？作为经济实体的企业应否承担必然的"社会责任"？

企业热衷于"影响力投资"（如市场上流行的"社会价值投资基金"），借助慈善活动的宣传提升企业的无形资产。此种行为模式能否将资本的利润诉求与慈善公益的价值诉求合为一体？

社会道德与法律如何规范、约束企业慈善的功利动机？

这些富有挑战性的疑问，尚未进入到学界与公众的视野。慈善的实践与伦理考量都处"现在进行时"。

2021 年 3 月 28 日

思想启蒙与当代

研究、弘扬马克思主义是当代理论界的重要命题。

研究之目的是推动和加强马克思主义学科的理论建设；构建以马克思主义为指导的中国特色哲学社会科学体系。

为此，研究的任务，一是要与时俱进，扩展视阈正确诠释马克思主义学科的起源、历史、发展及其当代性指向；二是要区别、辨鉴"西方马克思主义"的误读与肢解，更须对各种反马克思主义的西方自由主义思潮作理论争斗。

《从启蒙到解放：马克思主义政治哲学的多元实践研究》（上海社会科学院出版社出版），就是纳入国家社科基金后期资助项目的成果。

命题"从启蒙到解放"，是从法国启蒙思想家卢梭的学说破局。卢梭在法国大革命中的理念、哲思的建构；历史唯物主义与政治哲学的辩证关系；列宁政治哲学与苏维埃的政治实践；新旧转承中的毛泽东政治哲学；法国激进左翼对马克思主义启蒙说的误读；马克思主义政治哲学的当代指向，等等。诸论题均各自成章，拟是独立的命题思考，但内在的历史逻辑（并非史学中叙事逻辑的时空顺序）是在政治哲学思想脉络上的几个重要阶段，顺沿马克思主义政治哲学的思想资源，理论学说的建构、思想传播及发展的轨迹，按理论体系的发展逻辑作专题论述。

作者预设的理论前提，是把马克思主义的思想启蒙与资产阶级革命"启蒙"的涵义作了各自的定位。前者是指为实现"改变世界"的图景，政治哲学必须面临社会实践的考量；其次，"启蒙"包涵着马克思政治哲学对当代性的探索。

这就与20世纪90年代知识界讨论"新启蒙"呈现不同方向的理论研究。

思想启蒙与当代性，是研究马克思政治哲学绕不开的敏感问题。

论述毛泽东政治哲学的形成，便是关注度较高的命题之一。

五四新文化运动的启蒙主义政治解放，就是诠释毛泽东政治哲学观的敏感理论区域。当下，关于五四运动历史性质作过诸多新的言说。作者的研究成果是梳理了一个指向性逻辑：五四意识形态的启蒙夹杂无政府主义、民粹主义、工团主义和社会主义等泛左翼的思潮，毛泽东哲学思想将马克思主义中国化，克服五四启蒙主义的历史局限，由启蒙转向社会革命实践。作者的理论阐释是将毛泽东政治哲学思想归结于马克思主义政治哲学在中国传播，并在社会实践中被中国化的结果。

这一逻辑推演与当下单纯解构"新启蒙"政治解放的言说

明显不同，虽是敏感话题，却无出格言说。

马克思主义政治哲学的当代指向。这一命题涉及的理论区域更为宽泛。如，民主政体、政党政治、世界秩序等话题，但书著立足于对西方自由主义政治哲学中启蒙术语（正义，公正）误用与滥用的批判。通过历史文献的比照，将理论阐释聚焦于反思西方自由主义启蒙政治哲学在当代的危机。其立论便有可取之处了。

对马克思主义当代性的思考也面临一定的难点和困境。一个普遍性的问题是，如何正确使用当代语境诠释马克思主义，失之过度，仍是有曲解之虞。在这方面作者的理论表述存在欠强或商榷之处。

如，在"土地改革的历史主义实践"一节中，"土地所有权和所有制"问题。作者在论述马克思主义政治哲学关于"扬弃私有制"及"权力话语"，以及解读毛泽东于40年代的"土改实践"时，作延伸话题的思考。即用毛泽东政治哲学的历史语境考量当下政治生态、经济社会和意识形态。对理论界"在市场经济和意识形态的语境"考量当下农村改革的言说一概排斥，认为是对毛泽东思想与革命实践的理论否定，并绝对化地称之为"封建地权秩序的幻想者"，如茅于轼、张维迎等"向人民群众贩卖农村土地私有化、资本化的药方"。二个不同的政治语境使用一个价值判断的坐标，似是有欠强之虞。

在"人类命运共同体的政治挑战和毛泽东的解答"一节。

其解构也有欠强之处。

作者将"人民公社"的实践，定义为"人类命运共同体"。前置理论假设不够严肃，也不严谨。之后，又展开论述。说，"人类命运共同体"是毛泽东构想的共产主义社会的组织形式和生存状态；并断论："无产阶级的自由联合与解放"即是"社会主义共同体"。这与习近平提出的"人类命运共同体"即不同政治制度、不同意识形态国家可以共存互补的构想有着质的差异。

这是将毛泽东政治哲学的历史语境与当下混为一谈了。"人类命运共同体"成了概念游戏。

马克思主义政治哲学在当代西方自由主义政治哲学思潮滥觞，而前者的理论传播和研究正面临困境和挑战之际，该书的出版便有积极意义了。

2020 年 4 月 20 日

五四精神新解

凡五四纪念日，"五四解释学"便成了约定俗成的热门专科。何况今年是"百年祭"。半个世纪来，类似著作甚多，有新成果，也有触及底线的，杂色纷呈。

20世纪八九十年代，对"五四"精神的认知、评介是处在西方自由主义思潮对学界影响，肃清"文革"极左意识形态流毒的历史语境下。"五四精神"引申出当代公共知识分子新思想启蒙的诉求。现时过境迁，时值五四百年祭，对五四认知和诠释能否与时俱进，不断深化，已成为学界、出版界至为关切的话题。

杨念群新著《五四的另一面》（上海人民出版社、世纪文景出版）选择了"五四"社会改造的视角，把五四的考量置于清末变局、民初社会革命及20世纪40年代的历史长河中重新定位；将五四视为上承民初政治危机，下启社会变革的重要历史环节；五四涌现的诸种社会改造构想被纳入五四运动的有机组成。作者将五四视作一场具有多维试验的社会文化运动，从另一层面呈现五四精神的丰富意义。

在如是语境下，著述定位于：考量五四精神置于清末变革与民初社会革命的逻辑联系中；从社会史和社会学视角对"五四"作定性分析；"五四"是一场社会文化运动。

本书的诠释逻辑有别于以往学者专注"考察""五四"思潮的意识形态动机；而是关注、考察"五四"中国知识分子对中国社会变革"为何"以及"如何"从热衷变革政治生态转向新文化建设，终而投向社会改造的问题意识。从而阻隔了解读"五四"精神向西方自由主义意识形态价值评估的倾斜。

《五四的另一面》对五四精神的新解的支撑在于对"五四"一代知识群体的二次话题转换的立论上。这也是著述出彩之处。

第二章，论述知识群体的第一次话题转换（政治→文化）。处在晚清、民初跨朝代历史语境下，讨论中国近代知识分子如何在政局动荡中思考、质疑"民族国家"的政治实体和政治改革；如何转向"民族—文化"的话语，形成五四运动另一结果——新文化运动。

作者的论述，是通过"五四"中心话语的变迁，考量"五四"一代精英思想演进的模式及逻辑。

第二个话题转型是由新文化转向社会改造（第三、四章）。书著演绎的转换逻辑是：无政府主义者"社会"观念的传播，质疑、否定一切国家建制，以及呼吁民间自治组织改造社会的媒体舆论催化了精英群体的新思考；走出个人自由的困境，将直面社会下层民间疾苦视作改造社会的一种"时尚"。

作者举证、考量"五四"青年一代知识分子在社会改造实践中获得了社会身份认同。"社会改造"作为"五四"的另一面延续了"五四"精神。

　　《五四的另一面》为"五四解释学"提供了一个新的研究思路。作者跨政治史、社会史、思想史、文化史等多元领域对"五四"重要议题进行新的思考。作者的新思考是："五四"精神不仅仅是"德先生"、"赛先生"，还有"莫姑娘"——道德、伦理、社会改造、知识分子的身份认同，五四的这一层面也是五四精神的有机组成。

　　若有不足之处，本书梳理近代与社会改造有关的各种思潮时，思辨性太强，逻辑性不足，核心观点论述不够充分。

2019 年 5 月 20 日

冷战说：美、日、欧

冷战思维已是当代政治及国际关系领域关注度相当高的命题。诸说纷纭，繁简深浅，各执己见。尽管异同互见，但有一个共识：冷战思维是导致世界格局剧变、世界秩序混乱的重要诱因。

所谓冷战思维是起始于"二战"后的美苏两极，超级大国为世界争霸建构处理国家政治关系，解决国际争端的思维模式。其本质便是狭隘的国家主权与利益观念，推行霸权主义的意识形态。

"二战"后的冷战时期，苏美争霸。结果是苏维埃共和国联盟的红旗倒下，赢家美国在两极世界消亡后企图独建单极世界。以霸权、强权政治为标志，妄意改变正在形成的世界多极化态势。冷战思维又成了"新冷战"的思想武器。

美国制造乌克兰危机，在波兰、捷克部署导弹防御系统，世界可能已站在"新冷战"的边缘。冷战思维不除，世界永无宁日。

有鉴于此，了解往昔的冷战史，评估和研究冷战思维以及后冷战时代的教训是甚为必要了。然而，对"二战"后的冷战史研究，不同国家、地区的研究模式不同。上海人民出版社集中推出的三部著作：《长和平——冷战史》、《冷战后斯堪的纳维亚地区的俄苏研究》、《冷战后日本的俄苏研究》，对冷战思维的考评呈现三种不同模式。但三者的侧重点有所不同，《长和平》论述冷战思维中的美苏关系，后二者则考量冷战后期的俄苏。著述均有益于开阔视野和深度思考。

《长和平——冷战史考察》的作者约翰·刘易斯·加迪斯是美国耶鲁大学教授。当代著名冷战史学家和大战略研究家，曾被《纽约时报》称誉为"冷战史泰斗"。2005年获美国国家人文奖章。主要著作有：《遏制战略》、《冷战》、《美国与冷战的起源》、《国际关系理论与冷战的结束》等。

《长和平》一书是关于考察冷战历史的著作，其聚焦的叙史话语是苏美关系。

20世纪90年代，震惊世界的苏联解体事件，将历经半个世纪意识形态斗争的冷战以"和平"（即常说的词语"和平演变"）的方式结束。苏联和冷战成了过去式，国际秩序进行了新的排列组合。市场经验和消费主义、商品与贸易打破了国家边界，政治、经济、文化、科学成了新的国力较量。

对"美国如何赢得冷战"的问题研究，引起各国学者的关注。加迪斯对不同历史时期的冷战作了全新的演绎，其研究模式、学术路径成为西方学界公认的新冷战史研究的经典之作。

加迪斯冷战史的研究颠覆了学界仅依靠美国政府解密档案和媒体研究美苏冷战关系的模式。其新路径可概括为：以独立学者身份、全面审视冷战历史；充分利用和比照双方阵营的国家档案，进行客观的国际冷战史研究；着重探讨意识形态对冷战思维的影响。

加迪斯的演绎对以往冷战历史问题作了重新认知和研究。这些成果触发美国学界掀起一场新冷战史的研究潮。

对 20 世纪 50 年代冷战关系中存疑的诸多问题所作的解读，有助于中国政学界对国际冷战历史和冷战思维的思考。诸如，杜鲁门政府如何改变不对亚洲大陆进行军事介入的战略思维？英国为何克制不使用核武器？国际共产主义是否真的"铁板一块"？超级大国关系的高度紧张，为何没有爆发第三次世界大战？等等。

对当下国际关系中的新冷战出现的一些新策略、新问题所作出的判断和描述也有重要的参考价值。诸如：

关于核讹诈。许多人将朝鲜拥核与中苏拥核作类比。作者则认为，1950 年代，美国反复公开或暗示使用核武器，核讹诈反而促使中苏研发核武器成为必须。时下，未见任何国家宣称对朝鲜使用核武器，美韩订立《半岛停战协定》，这两方面确定了朝鲜无需急迫地研发核武器。

关于楔子战略。这是美国离间中苏、中朝的手段。所谓"楔子战略"是冷战思维一个重要策略，即对敌对联盟中较弱一方施加压力，制造危机；敌对联盟中较强一方由于盟友的义务，被迫卷入危机。若较强一方选择避免冲突，与施压方和解，较弱一方则会产生被抛弃感，导致选择脱离联盟的倾向。

关于卫星、无人机。这是美国用之侦察对手的手段。作者认为，这是出于冷战思维的一种战略选择。这些手段表达美国对世界秩序的"忍受"程度，并公示其"透明度"，同时，不公开宣示军事威慑是出于对"和平"的保障。

加迪斯从冷战史的正负面史实中提出如何建构"长久和平"国际体系的稳定因素。虽有其局限性，但也不乏独到灼见。

作者认为，要保持长久和平，其大国关系的规则模式不外乎：尊重相互势力范围；避免直接军事冲突；核武器只能作为最后手段；不谋求破坏对方的领导。

应该指出，该书对"长和平"的祈望和预测，是建筑在两极（苏美、俄美）超级大国的稳定结构上，竞争对手没有一方有绝对能力主导国际体系的基础。这一结论显然不能解释当下国际关系的多极化趋势。

加迪斯具有历史学家和军事战略学家兼备的深邃思想内涵，以一种更宽广的国际关系视野审视冷战的历史，特别是在书著中涉及冷战思维的一些重要问题，如意识形态的作用，冷战时期的民主化趋势、军事作用的下降，经济力量的主导性等等，均有启示意义。

《冷战后斯堪的纳维亚地区的俄苏研究》是中国青年学者，国际关系学博士韩冬涛所著。

该书是梳理、解读、评估北欧斯堪的纳维亚地区学界研究冷战时代前后苏联和俄罗斯问题的著作。斯堪的纳维亚学者是北欧较有影响力的学派和学术群体。代表人物如瑞典的奥斯隆德，丹麦的诺格德、罗森，芬兰的苏特拉，对冷战后俄苏问题研究的路径、价值导向形成特有的思维模式，对当代国际政治学、国际关系学走向产生一定的影响。

该书在国际问题研究的总体框架下，总结北欧地区学界侧重比较研究俄苏间的范式及其理论资源，这对构建俄苏研究的中国模式提供了一个视野开放的参照系。

冷战终结后，俄苏研究成为西方国际关系学领域的一门显学，研究范畴广涉苏联社会主义时期、苏联解体后政治经济社会的转型以及对外关系变化；遍及政治、经济、社会、历史、文化、安全、媒体等各个专业门类；而冷战后失去大国影响力的苏俄，其艰难变革转型直接或间接凸显着世界多元意识形态的较量和地缘政治的博弈。因此，俄苏研究不仅是综合性的国际关系学、国际政治学的学科研究，也是对后冷战时代俄苏内政外交、社会转型的综合研究。

北欧学界采取俄苏研究的定性分析与俄苏变革的实证分析相互印证，由此确定自主性的观察视角，从而这一思维模式使学术研究更有现实性和针对性。

国际学术界对俄苏研究的范围自公元 10 世纪到现当代。该书选择的侧重点是后冷战时代俄罗斯国家与社会重构的演进，俄罗斯对国际关系、国际政治发挥的影响力。不同地区学者（如日本、英、美、北欧）的人文视角（包括西方舆论界对俄苏的批判和敌视）、学术导向、方法均有异同，研究成果呈现多元化的复杂形态。中国学术界对国外俄苏研究的学术史脉需要去伪存真、去雾廓清的梳理过程。而学术立场、观察视角的选择是至关重要的。

　　该书作者的学术指向和逻辑路径，将研究议题的选择定位于：一，从意识形态背景，把握北欧学者俄苏研究的学术史脉；二，厘清北欧学者俄苏研究的逻辑演进与俄苏经济社会重构决策过程的关联性。诸如，新自由主义视角下的"从戈尔巴乔夫到普京"的政权更迭；自由市场资本主义视角中的"俄罗斯制度变迁"；从比较政治经济学视角对俄苏社会转型基本逻辑的分析；等等。

　　北欧学界双重结合的总结，对理性认知后冷战时代俄苏变革，以及由此推动多边国际关系格局和复杂国际政治生态便有了可资鉴的价值。

　　《冷战日本的俄苏研究》也是青年学者，国际关系学博士阎德学所撰。

　　日本学者研究后冷战时代的俄苏，是以"问题意识"及其指向性为主要路径，而此形成别具一格的"日本范式"。

日本的俄苏研究具有全方位、多学科比较的史学传统，整体研究实力位居世界前列，有相当的国际影响力。

日本学者的核心学术框架是：建立苏俄重大课题库，并相应完善俄苏问题研究的学科体系，凸显学术研究与政策研究的结合，形成"斯拉夫·欧亚研究"的"日本范式"，相对于英美侧重意识形态的研究模式更具客观性。

日本研究俄苏问题有着较为成熟的规范制度和研究体制。凡涉及俄苏重大政治、经济、军事、国际关系的问题，采取政府部门、专业学术机构、著名学者个人三相结合的研究机制运作。这与英美呈现强烈反差。其不同处是，英美注重学者个人的能力；日本则强调集体力量的学术构建。

作者遴选日本的俄苏研究常常聚焦于中国政、学界所关切的热点，较大程度地反映日本范式强调问题意识取向的当代性和主体意识。

日本学界选择的议题是：后冷战时代，苏联解体的历史巨变，俄罗斯向何处去？俄罗斯如何以制度变迁为核心的社会转型？其起因与动力是什么？俄罗斯转型过程及结果应作何种评价？诠解关切问题的学术路径则是学术考量、政策咨询和国际关系的多学科、跨学科的比较研究。

这正是中国进入改革开放历史语境下、政、史、学界甚为关注，又且存在较大争议的议题。就这个层面而言，该书的借鉴价值是显而易见的。

　　日本俄苏研究淡化意识形态的政治评价，有助中国学者客观而理性地吸纳其学术成果，为我所用。故该书较少有敏感性话语，对转型研究也是强调纯学术考量。

　　如，关于斯大林主义问题。英美的结论是极权主义和独裁者。日本观点是，绝非斯大林个人问题，较多是经济落后，粮食危机、工业化受阻，帝国列强入侵，国内外极度紧张形势催生强权体制。显然，日本学者是从起因的根源作出历史考量。

　　俄罗斯"普—梅双头权力体制"的研究。日本学者从政治体系、政治发展、政治行为等纯政治学科展开，梳理后冷战时代苏维埃制度转变为多党宪政制度的轨迹。而不是对普、梅作个人的政治定性评价。

　　其他，在俄罗斯对在国际关系的战略思维里涉及中俄关系、朝鲜半岛等问题，总体上均无与意识形态相悖的表述。

2019 年 1 月 7 日，3 月 20 日

冲突，未必一战

古希腊思想史里有位将军出身的历史学家。雅典人，修昔底德。他被称誉为"历史科学"之父。

修氏以思维逻辑严谨、缜密见长，尤其是对客观的因果关系分析。他的史学巨著《伯罗奔尼撒战争史》在西方学界影响力巨大。该著记述了公元前 5 世纪到公元前 411 年，斯巴达和雅典之间长达近百年的战争，史著最负盛名的见解是：国家之间的政治行为与产生的后果是建立在恐惧、情感、利益的基础上。由此，一个新崛起的大国必然要挑战现存大国，而现存大国必然回应这种威胁。这样，战争不可避免。

哈佛大学教授格雷厄姆·艾利雷将修氏的论说定义为国际关系中最基本而重要的命题："修昔底德陷阱"。这一概念首次见诸格氏于 2012 年发表在美国《金融时报》的文章"修昔底德陷阱已经在太平洋地区凸显"。格氏概括的命题是指：主导世界秩序的大国始终认为，新兴大国的崛起是一种威胁，两者之间很有可能爆冲突和战争。显然，格氏的定义将修昔底德的"两个大国"定性明确了，导向性清晰了，主动挑战的大国则是

"主导世界秩序的大国"。格氏言说现被广泛应用于中美关系的研究，并且已得到世界学界的认同。

格氏在《注定一战：中美能避免修昔底德陷阱吗？》（上海人民出版社出版）依顺"崛起大国"与"守成大国"相争，两败俱伤的主题预设，对世界近五百年历史中发生 16 次大国相争的案例分析，推演出一个结论：作为新兴的中国与主导世界秩序的美国的冲突不可避免，但战争也绝非必然。

根据修昔底德论说，格氏在书中对中美关系的现状作出如下判断：

只要中美两国还处在"修昔底德陷阱"里，中美之间的斗争和冲突就不可避免，应清醒认识到危险性。

美国无力遏制中国。

美国善于"妖魔化敌人"。

要承认中国是一个大国崛起的事实。

赞赏中国提出的中美新型大国关系。

中美经济不存在经济"脱钩"的可能性；美国政府应充分认识中国在全球经济中的重要作用。

这些判断对中美两国关系的评估具有极重要的参考价值。并引起西方政要（基辛格、陆克文、拜登、卡特）的高度关注。

应该指出，《注定一战：中美能避免修昔底德陷阱吗？》的倾向性是"避免战争"。格氏在分析历史上大国相争的案例，总结出避免战争的 12 种方法，旨在推动中美建立新型的大国关系，两国面向未来，拓展合作，管控风险。这也是今天国家主导的意识形态。

可以说，格氏研究中美关系的前沿著作，不仅为国际关系的学科建设、政策制定提供理论支持；同时也为深度认识中美关系及战略决策的选择提供实证。

2019 年 1 月 17 日

未来的中国显学

古中国的"天下观"已成为历史，不必抱残守缺。

当代世界百年变局，国际形态多元复杂、秩序乱象不止。冷战年代，苏美两极的意识形态争斗，苏联落败而解体。美国新自由主义渗透苏联，被"和平演变"成自由市场资本主义国家。当下，美国霸权主义横行，美欧联盟围逼中国，能否突围，反霸权；能否因势利导把握国际关系的"时"与"势"，构建多极化世界，这需要在意识形态和思想文化层面建立新的"天下观"，应对国际关系和世界秩序的重构。由此，国际关系将是未来中国的显学。

国际关系学是国际政治学的分支学科，又不同于传统的国际政治学，后者缺乏丰富的理论资源积累，尤其是跨学科研究。如国际政治经济学、国际政治心理学，国际政治社会学等已进入国际关系理论研究的视阈。在中国，对诸多新的学术领域尚未形成完整而有深度的理论思考；而处于当下国际社会的变化、国际政治秩序面临新的挑战又远远超过传统国际政治学科的知识资源和研究范围。因此，如何走出一条博学广纳、借鉴批判、融会贯通、理论创新的路径，这是国内学界孜孜以求的目标。

《国际关系理论的中国探索》(上海人民出版社出版）选编了自 1987—2017 年近三十年的中国学者的论文，从不同侧面反映学界对国际关系理论建设的探索。论题涉及国际关系理论的中国意识，中国外交与国际关系理论的互动，西方国际关系理论及学派的辨析等。

文集的理论走向基本上可归结为四个方面。一、历史层面：总结国际关系理论的形成和发展；二、当代层面：诠释当代国际关系理论的主要领域和学派；三、理论综合层面：分析国际体系和全球治理的理论趋势；四、学科建设层面：梳理和研究国际关系理论的系统化、体系化。多层面的研究反映中国学者已开始对新国际关系理论作有益探索。

文集的一个显著特点，则是重视中国经验，突出中国视角，挖掘中国思想。在中国与世界的互动关系中强化中国国际关系理论研究的主体性。

多维视角的科举论说

《中外论坛》为定期集刊。刊名沿用 20 世纪 20 年代，创刊于北京的《中外论坛》。原刊系有关外交政治、法律时评的专刊，现为史学研究的学术平台。

《中外论坛》2021 年第 2 期为"科举社会专号"（上海古籍出版社出版），论文集中于唐宋、元明时期的科举研究。

"科举"起源于隋朝，是中国帝制时代设科考试，在全国范围选拔官吏的政治制度。之后被广义解释为人才选拔制度。中国科举制度的影响力辐射到华夏之外，日本、韩国、越南竞相效仿之。故而，中国废除千年科举制后的近百年来，科举文化的影响力犹存，特别受到中外史学界的热切关注。科举制已成为研究中国古代政治史、选举制度史、教育史的一个史学专科。研究视角逐步呈现专题化及学科交叉的趋势。自中国通史、教育史、政治制度史、法制史、文化史到古典文学、社会学的学科关联；到唐宋及明清等朝的专史研究。学术考量也由感性批判趋向理性思考；从科举制度的内容考证，科举沿革、流弊的评判，延伸到入仕三甲的人物追踪、评估，论证科举与政治、社会、文学的互为因果之影响。简而言之，中国古代科举已形成多维视角的全方位考量。"科举"之论说是中国史学研究的重点、热点，但要拓展新视域，学术出新，无疑是难点。

显然，《中外论坛》的"科举社会专号"面临着学界的挑战和认可。

粗读集刊的主要论文，感到集刊还是有可圈可点的亮色。

专栏论文《元仁宗与延佑复科》，选择元主建朝后，元仁宗力主恢复全国性科考选仕为论题。这是一件发生在元朝调整治国方略而引起的特殊事件。传统史学研究尚未将元朝科举列为专史，因排除在唐宋、明清之外而有所忽视。"延佑复科"的史学意义，并非单一"恢复科考"，而是元仁宗朝的一次重要的政治变革。"恢复科考"是显示元朝帝王决心确定承继儒学思想，尊儒为重，以儒道治国的国策。治国之吏治，须将人才选拔、甄别、任用官吏纳入"儒吏合一"的轨道。元仁宗恢复科考，实是一种政治抉择，以儒家标准"科举取士"，企期改造王朝的吏治架构。作者的论说显然突破了对"科举"传统定性的考量。

译文两篇也颇见特色。加拿大、日本学者的论题虽属细枝而生僻，但开掘的史识则别具一格。

《792 年的龙虎榜：唐代历史上的科举》。唐朝贞元八年（公元 792 年）有 23 位才华横溢的文人举子经科考入选进士，步入仕途。这些举子因文学造诣及其社会影响，而成为唐朝历届科考的典范。入榜进士被史称谓之"龙虎榜"。作者将这一史事作为考量唐代科举入仕制度的切入口，其考量的命题则是："科举在唐代社会与文化中的角色意义"。

唐代科举取士偏重于考察举子的文学才能（即诗、赋、文的创作能力及其社会影响）。论文的观点是，唐代科举重文名，将科举考试变成"一场文学竞赛"，通过科考对文人举子的文学才华给予官方认证。

虽说，"龙虎榜"使科考选行政官吏走偏了取向，但客观上在维护科举制度上起到积极的正面作用。作者列举理由是，其一，"扭转了朝廷与贵族门阀的位置"，改变了官吏结构；唐王朝的官吏"不再是一群傲慢而独立的世族"。其二，"龙虎榜"公示，意味着王朝直接主持制定科举取士的标准，喻示了唐王朝治政权威的强化。其三，"龙虎榜"入仕来自王朝疆域内各地，推进了文人士子的地域流动。

作者摒弃传统的史学结论，而撷取细微史事为样本，论证唐王朝对科举制度的某些变革及其历史意义，足见其史识之深。

《科举与宋代社会》的思维视角也颇显另类。作者撷取的研究对象竟是四百余位"落第士人"，由此为证考察宋代科举对社会的影响。

论文对四百余位落第士人作了粗略分类，除个别落魄弃世俗、出家入道外，基本上可分为三类：

一是安于现状，维持家族、乡镇的士人地位；

二是依附于国家权力机构，积极参与活动，培植个人在社会上的影响力；

三是另选职业安身立命，较多是从事授业育人，或从医（宋元时期是中国医学史上的一大兴盛期）。

落第士人无人再复试科举。

除却落第士人选择世俗社会的身份变更，论文对不同身份选择的落第士子的"社会观"作定性考量：不少士人持以"蔑视为科举而做学问"的观念，或是维持士人名声的矜持而消沉意志。

论文虽是选择科举制度相关史料中极少触及的落第士人为考察对象，但论题恰恰能在文化上显示均质性的知识阶层的社会身份及其变化；同时，又从另一层面反映了宋代选拔官吏从政唯由科举制度，而科考取士则是优胜劣汰的竞争机制。强者为仕，弱者落第为民。

读《中外论坛》诸文，有一感悟：治史之品位在于取材论题要有独具之史见；史学价值的发掘须有独到的史识。

2021 年 10 月 28 日

跨文化时代的教育

　　处在新一轮科技革命和产业革命的文化语境下，教育（尤其是高等教育）面临一场办学理念、学科设置、学术范式、培养模式等诸多层面的重大变革。其广度、深度致使现行教育体系面对新的挑战。教育学界亟须在教育的观念上进行认知更新，关注和回应教育领域的变革实践，聚焦全球视野下的中国教育和创新战略。

　　《跨文化教育》(上海交通大学出版社出版) 则是以"多元文化向跨文化教育转向"为论题，对上述设问作出的回应和理论探讨。

　　跨文化教育，简约地说，即是跨文化时代的文化与教育。这一教育实践始于欧盟（西欧诸国）教育界。

　　不同国家、民族、社群（包括组织、团体）均有各自独特的文化及其渊源和发展历史。全球化催生了国家、民族、社群的交流和移民潮。不同文化的交流、碰撞和融合构建了跨文化时代和社会形态。

　　多元文化的教育初始于移民教育。英语系国家开始重视对移民教育中的多元文化实践进行理论研究和总结；而非英语系国家（欧盟各国先行）则将多元文化教育定义为"跨文化教育"，实则是将英语系为中心的多元文化主义，演变为不同语系教育共存的"跨文化主义"。

20世纪90年代，联合国教科文组织将"多元文化教育"与"跨文化教育"认定为"同义词"；并正式对"跨文化教育"作了如是定义：

> 跨文化教育（包括多元文化教育），是面向全体学生和公民而设计的，促进对文化多样性的相互尊重与理解和丰富多彩的教育。
>
> 跨文化教育也不只局限于学校，还应包括家庭、文化机构和传媒。

由此可见，跨文化教育不是局限于"补充性"的文化学科教育，或辅助性教学活动；而是涉及整个教育体系（包括：学科教学、学校结构、教育模式）的变革；是呈现为社会属性的新型教育理念。后经欧盟诸国的推广，逐渐成为国际性的教育思潮。

跨文化教育之所以迅速形成一种思潮，其中意识形态的一个重要因素是：全球化催生了世界政治形态的变化，民主和人权成为文化教育的关键词。其思潮的延伸，原有的移民教育基础上形成的传统教育被重构。其教育理念聚焦于：全球化与不同文化的融合；跨国、跨界和跨文化的交流；跨文化冲突消弭与融合的教育体系对跨文化认同和教育模式的构建，成为新时代教育的标志性走向。

《跨文化教育》一书诠释"跨文化教育"的路径可概括为如下的书写逻辑：

欧盟诸国倡导"跨文化教育"是将多元文化主义转向跨文化主义。所谓多元文化主义的核心观念是，追求群体权利，主要表现在教育及政治领域；跨文化主义的核心理念是培育个体交互能力，强调在跨文化意义基础上的协商和共识；

跨文化教育是一项教育政策的选择；诠释政策选择的理论依据和逻辑；

作者理解跨文化教育的核心概念：文化差异与身份认同；所谓"文化差异"，是指不同群体之间的差异，关联着文化与群体关系；"身份认同"则是表达个体与族群文化的关系；

从核心概念为逻辑起点分析欧盟各国实施各种不同类型的跨文化教育模式；

以欧盟倡导跨文化教育模式移植于中国的可行性探讨。

《跨文化教育》的最后一章是重点讨论国际跨文化教育的实践与研究，为我国现行教育改革借鉴时需要处理的问题。诸如，如何处理、融合国内不同民族的文化？如何理解和对待东西方文化的冲突？传统文化与当代文化的冲突与融合？学校教育如何关注尊重和平等对待校园中不同文化？如何在课程设置和教学中消除或避免某些文化歧视和文化偏见？

作者显然把国内教育存在的共性问题作为跨文化教育的学术探讨对象与标的，这与国际上跨文化教育思潮的核心议题"人权与民主"明晰地区别开来，避免了意识形态敏感性的陷阱。

在理论讨论中，作者偏重于德国哲学思辨的学风，对多元文化主义与跨文化主义的分析，集中于文化多样性与差异性的共存与统一，比较不同民族身份认同与文化认同的可能性和必然性。这同样避免了对欧盟倡导跨文化教育作意识形态价值评估的尴尬。

《跨文化教育》虽然没有清晰勾画出跨文化教育应呈现怎样的框架，对"教育"定位也过于宽泛（如大学跨文化教育与中小学教育存在质的差别），但作者结合其对德国、爱尔兰等西欧国家跨文化教育的实地考察和思考，提出如何构建中国特色跨文化教育的观点还是颇有亮点的。诸如：

跨文化教育是跨文化整合的政策需要；拥有不同文化背景的人群交流已成常态，跨文化能力已"成为当前社会生活中人们需要具备的关键能力之一"。

跨文化教育是将培养跨文化能力的建构作为基本目标；跨

文化能力对于文化整合的作用在于促进基于文化差异的平等；实现国家凝聚力的提升，满足 21 世纪人才培养的核心要求。

　　跨文化教育的本质特征，是强调跨文化能力的培养应以活动教学与合作学习为主；以及跨文化能力的课程包含学科渗透和综合课程的两种途径。

　　如是观念和认知对教育改革的深化颇具启发性。

2021 年 10 月 24 日

教育之痛

教育事关民生，是全社会关注的热点、也是痛点。

教育的痛点不少，应试制度、市场化、中考分流，减负，等等，还有一条被忽视的，流动儿童的教育。

据统计，至2013年全国儿童达1亿之数。其中，农村留守儿童为6千万（2013年减至三四千万，部分流向城市），城市流动儿童从3千万增至7千万。所谓"流动儿童"是指外来农民工、乡镇打工者的随迁子女，极少是引进人才子女。如此庞大的流动儿童涌向城市，尤其是特大城市（上海、广州）。地方政府如何承受流动儿童的义务教育之重？面临教育资源缺口、人口流动剧增，教育政策的调整，流动儿童能否享受城市儿童同等教育待遇？这均是教育之痛。

报告集《不离、不弃——特大城市儿童生存纪实》（上海人民出版社出版）以上海、广州的不同教育政策的实施而引爆了教育的痛点。

报告集认为，上海、广州两地对流动儿童教育采取先开放、包容，后收缩、控制的政策，导致流动儿童教育生态的恶化。

而特大城市流动儿童的教育政策变化源出于城市人口的控制，而引发的退工潮、退学潮。

报告集中的评论文章给予支持，并明确表示：外来人员子女没有挤占特大城市的公共教育资源；公共政策存在问题，"教育控人"是一种懒政；政策限制流动儿童教育（居住制＋积分制限制外来务工子女的中考名额）等等，都"有悖城镇化总体方向"。评论文章把上海、广州的教育政策问题提升到"教育权利"的公平、公正的高度。

报告集的主编者认同这些观点，并正面加以诠释和引申。主编者的立论是"孩子进城接受更好教育"，"与父母生活一起"，是"有利于整个国家经济和社会发展的选择"，是"解决留守儿童和流动儿童教育的根本方案"；不断提高"城市化率"，终而提高"经济发展水平，实现中国梦"。

《不离，不弃》对中国流动儿童教育的关切和善意是有意义的，但不少教育难点仍有待商榷和讨论。解决痛点不在于义愤填膺的指责，也不宜存见偏执。

若细读报告集，拟可梳理责疑教育之痛的节点所在。

偏执一，流动儿童入学教育受限制，缘由教育政策多变。

读报告集中《狮岭的孩子》则得出相反结论：狮岭是广州的郊县，有中国"皮具之都"之称。外来人口 30 万，是本籍户口 5 倍。九年制义务教育（包括公、私立），外来流动儿童占80%，民办教育成为社会资本开放的试验田。政策给予支持体现了政策的重视，而非歧视。2015 年起，经济衰退，狮岭皮具经济大滑坡，大量外来工另谋出路，学生随之退学，民办学校难以支撑已铺大摊子的教育成本而进入恶性循环。可见，影响流动儿童教育的不是教育政策不开放，而是经济的衰退。

偏执二，流动儿童受教育是否得到公正、公平的权利，一个标志就是能否取得中考资格。

以前实行居住证制，可通过择校费花钱买资格，现在是"双制"即加"积分制"（偏向于高学历、专业人才的子女，见《上海、外来儿童的艰难求学之路》）。文章认为是不公平。但逻辑的另一面：用钱买资格就是"公平"？

偏执三，应该让流动儿童在城市里生活才能得到好的教育。

细读《17 岁雯子的故事》得出另一重思考：雯子随父母在广州读初中，自小学到初中都是在"玩"与"学"的边界中游走。她认为还是老家的学校"管得严"，有"升学率"保证。可见，流动儿童受教育除了教师资质，还与家庭教育、与能否抵御城市优越生活诱惑有关；城市教育未必好，乡村教育未必差。

偏执四，"中职不是随迁子女在城市求学的另一扇窗"。

由于"积分"的限制，有些子女不得不选择"职校"。报告认为，"职校"不是农二代的"梦想"。为此，作者问责教育政策的过度限制。

大城市的现代教育难道不要求发展多层次学历教育和技能教育（包括职校）？文章的逻辑是否是：随迁子女进入高等教

育才是超大城市教育政策的归宿？

对教育政策质疑的文章有待推敲。

文章大多出自经济学者之手，文章的思维逻辑是讨论：公共政策与资源分配；政府投入与社会公平的关系；由此提出诸多疑问和解答。但忽视人文环境和生态营造对特大城市未来发展的深层内涵。

据社会统计，2006 年上海常住人口 1815 万，外来人口 467 万，占 25%。若按当下口径，常住人口已超过 2500 万，以 25% 计，高达 625 万（远不止）。除了极少数高学历、专业人才，大部分是农民工及其他城镇的打工者，主要从事环卫、零售、保洁保安、餐饮的服务行业及建筑、制造、物流业。应该肯定这些群体为上海的城市经济发展作出了贡献。但不能忽视，随迁而来的不仅是子女，还有父母、亲属甚至邻友。这些外来群体绝不是"弱势群体"，其固有的文化素养、道德理念、价值观念已影响着上海等大城市的社会文明生态和城市文化传统。城市病不只是拥堵、污染，更多是社会治理，不同群体的利益冲突、社会的矛盾正是积累之中（当然，至今还没有发展到广州黑人群居造成的社会危机），特大城市将面临着文明异质化的困境。为此，上海、广州等特大城市严控人口是必然选择。责问其是懒政，有失公允。城镇化的总体战略是指中小城市及新城镇，切莫将特大城市混为一谈。

阅读报告集后，有个想法须直言：

教育痛点是客观存在，不应回避，教育改革需要反思，需要重构。但造成"教育之痛"的原因并非是单一的。因此，解读痛点还应多思，尊重国情、尊重规律，过度的诠释容易陷入自我迷失。

2017 年 7 月 13 日

央地施政之衡

这是一部有关国家管理的探索性论著。

如何建构中央与地方关系，是涉及国家统一、社会稳定、经济发展的重大命题。如何稳妥而科学地处理中央与地方政府的关系，也是事关国家管理的大学问。

若从政治学上定义，是以集权与分权划分为中心的物质利益基础上的社会政治组织（国家与地方政府）的政治关系。古今中外，每个国家不论其制度如何，都存在探索、处理这一关系的规律和方法。

中央与地方关系的历史逻辑。从中国历史上考量，自秦统一中国后，从汉起，历代都秉承中央与地方的从属关系，所谓"百代都行秦法政"。但中央过度集权，则地方积极性必受挫。因此，历史上的中国大一统体制是优势与劣势并存的。优势者，可举国之力应对各科危机和挑战，如战争、灾难、病疫等。劣势者，央地关系存在的矛盾，形成冲突或对峙，造成历史上屡屡出现的地方独大，架空中央的倾向。

因此，历史的规律是，中国特殊的历史现实和文明传统，既需要建立并维持强有力的中央政府，但又要消除大一统的劣势。在中央与地方两极中达成平衡。

《中国央地关系：历史、演进及未来》（复旦大学出版社出版）是在中央与地方政府现有政治关系的大框架下，讨论央地的财政关系。总结建国以来央地财政关系的多次变革及新财经制度的运作，对国家、地方经济建设的推进作用及存在的不足。分析、讨论改革以来面临新的问题，新的央地关系；提出新财经关系的构想和设计路径。

全书分为五个部分。第一、二部分集中阐述中央与地方政府关系中的财政关系设置，及其对地方政府行为的影响；第三、四部分讨论央、地政府人事关系的设置，及其对地方政府的影响；第五部分讨论面向未来的央地关系，包括行政分权、财政分权，各地方政府差异及横向区域合作；国家与社会关系（特指农村治理及其基层政府），中央与地方政府的制度创新。

中央与地方政府的财政关系

论著梳理建国初期、第一个五年计划、大跃进、三年自然灾害、"文革"，到经济体制改革始端的"财政包干"、"分税制"时期，中央与地方财政关系的变迁历程，时间跨度四十余年。作者运用微观计量经济分析工具对不同阶段的中央、地方逐步实现财政分权的具体"度量指标"、作"适用性"、"实证性"的评估，并对央地关系中的"指标度量逻辑"与"财政分权逻辑"进行历史的考量和总结。

作者设定的基本制度背景是："转型期的中国"（即处在计划经济体制下），央地财政关系是"政治集权下的经济分权"。这也是作者对初期财政分权的机制作用的阐述逻辑。

作者设定的"基本制度背景"的认知，是建立在经济学界主流学者（如，吴敬琏、贾康、张军等）及其文献成果的共识上的。这一学术前置是可以接受的。

作者的历史叙述所作的结论是：①相对于高度集中的计划经济体制，中国的财政体制的改革是一个"明显的分权过程"。②改革转型期的分权过程，中央、地方的财政关系存在着"地方政府财政和事权不匹配的事实"。③制度性错配可能带来经济效率的损失。④ 90 年代分税制改革符合中央财政集权制度的财政改革，为经济转型提供了政治稳定的制度基础。

可以说，作者对历史变迁中央地财政关系的思考是符合中国经济体制改革的轨迹和逻辑的。

央地财政关系与地方政府的行为

论著的基本立论是将"财政分权作为一项制度创新"。作者选择的学术切入口是财政关系中制度设计、政策评估等实践性问题。诸如，"央地财政关系与地方政府公共服务"（第 3 章）。

而公共服务中较为突出而具有普遍性的问题是"公路收费"和"地方债务"。

这部分的学术阐释逻辑是通过发展中国家（非洲、亚洲等国）不同财政分权模型的比较研究；以及中国不同地方政府因财政收支比例、人口结构、城乡差异造成公共服务水平的差别，来论证财政分权与地方公共品供给（如医疗服务、基础教育）的因果关系和制度设计逻辑。

公路收费、地方债务是本书对央地财政分权而衍生的具体财政制度安排、作用、利弊得失，以深化改革、完善创新的视角所作的实证性分析。如，公路收费促进了路网建设，也驱使地方政府追逐预算外利益的行为；制度安排的利弊共存。地方政府债务高企，能"有效缓解地方政府经济发展中财力不足"，同时也存在"信用及金融风险"。

通过实践性问题的剖析，廓清地方政府财政收支的决定因素，总体规模的估算方式，并提供相应的风险管控的政策建议。显而可见，该书对完善财政制度创新有着理论实践性的意义。

央地人事关系与地方政府的行为

这是央地财政分权的制度改革所衍生的地方政府人事管理制度、绩效考核制度的变革。

论著提及一些非主流且存有争议的观点。如，中国官员行为研究与官员晋升的锦标赛理论；官员晋升的关键因素与上级官员关系的派系理论；官员的政治关系和经济绩效的互补性理论，等等。但作者并不赞同，也回避西方政治学的价值导向，单是聚焦于关注度较高的实践性问题：如经济发展、绩效考核与官员治理；地方政府与环境保护；公务员任命制度与生产力拐点；公务员晋升激励制度与城镇化；等等。

这些课题没有现成的理论解析模型；而地域性差别又为制度、政策设计带来进行时的不确定性。面对学术困境，作者是力求结合地方改革的个案数据、考核指标的归纳，量化政策依据，这也是作者发挥实验性的计量经济分析工具的主观意图。

面向未来的央地关系

论著以经济体制改革深化背景下的新型央地关系为课题，探讨行政分权——经济管理权，财政分权、地方政府的区域合作；以及由此衍生的国家与社会关系（农村治理、基层政府构建）。

作者从理论文献的梳理，以及实践考察、数据统计、综合分析两个层面进行概述和逻辑推演；其间不乏对当下改革和新制度、新政策进行正面解读。其学术主旨在于通过当下学界研究的去伪存真，制度创新的总结，现时政策效应的检验和评估，预测未来十年财政制度改革的空间及其溢出效应。

论书的理论文献信息密集，经济转型、体制改革下央地关系的制度变革与经济管理课题覆盖面宽，聚焦的重点、热点问题注重现实性、实践性。

书著的亮点还在于作者运用新经济学科的微观计费经济学的分析工具对央地财政分权的具体论题进行实证考察和评估，依顺深化改革、完善制度设计的逻辑作有益的讨论。

2019 年 7 月 22 日

辑三

讲　座

解读美国精神

——改变美国的 20 本书

4月23日是世界阅读日，这个节日，旨在倡导当代人的文化阅读。前阵子，上海、北京媒体策划了一个话题"拓展城市阅读空间"，呼吁年轻一代积极投入阅读活动中来。随着新阅读活动的倡议，有不少创意的活动，诸如：推介当下优秀、新锐图书，提升青年人对图书阅读兴趣；设立"青年阅读空间"年度评选；加强出版人、作家与读者的交流；开展青年"好书漂流"活动，好书共享，自由流通；建设青年人参与的书香社会，等等。

阅读充实知识，丰富人生，不仅能促使个人的成长，也能提升城市发展的活力；阅读不仅是社会文明的一种形态，也是传承文明的一种形式。近三年来，"百家讲坛"就是推动了学国学、学经典的大众阅读。论语心得，庄子心得，品中国人，品三国，以及贞观之治、明朝那些事、康熙大帝等对中国唐、明、清诸朝历史的解读，对中国四大文学名著的解析，都成了城市大众阅读的热点，其阅读的影响力、持久性远远超过了"文革"

书荒的文化阅读。

我们可以思考一下，"百家讲坛"推动经典书籍的大众阅读不下数十种，但归结起来无非两个方面，一是如何为人、做人，二是如何治国、兴国。中国的儒学文化传统，构建了"和谐"的伦理哲学；"中和"的文化思维，这为当下的建设和谐社会，构造和谐的社会文明，重塑信念、规范行为仍是一种可贵的精神基础；审视中国封建王朝的兴衰、社会更迭，尤其是治国安邦的得失，仍不失为以史鉴今的一种经验积累。这也就是为什么"百家讲坛"能持久推动大众文化阅读的缘故。今天的阅读，可以说是对中国传统文化精神传承、弘扬的一种自觉。

当然，今天的城市阅读，还需要拓宽空间，把阅读的视野放得更宽、更广泛些。

我们热衷中国传统文化阅读是好事，但也不可否认，中国传统文化有其封闭性的一面。在我们的生活中、文化交往中，人们常常提议"中国元素"这个词，而它的象征往往是"长城"、"紫禁城"、"活字印刷"；"北京胡同"、"旗袍"、"陶瓷"，这些都从国家意识形态、建筑、文化、居住、生活等人文生态不同层面显示了传统文化思维的封闭性。

当社会进入全球化时代，开放、交流、融合，成了新的主题词，因此，"城市阅读的空间"应该要有新的延伸。今天向大家推荐阅读"改变美国的 20 本书"，也出于这样的思考，从中了解西方国家和民族的文化传统、文化精神是怎样推进历史、社会的进步的。

今天我讲三个方面内容：一是改变美国历史进程的 20 本书。二是介绍能观照美国人文精神，解读张扬民权运动、推动美国社会变革的几本经典著作。三是阅读经典的启示。

一、改变美国历史进程的 20 本书

2003 年，美国具有影响力的巴诺连锁书店（Barnes & Noble）与《图书》杂志（BOOK）邀请学者及知识人士以通讯方式评选出"改变美国的 20 本书"。主持者的初衷是要"寻找使美国之所以成为美国，使美国人之所以成为美国人的书"。按国人的习惯用语，就是寻找美国自建国以来，改变美国历史进程，塑造美国人性格的图书。这个图书评选，与时下一些流行排行榜迥然不同，也不同于《纽约时报》《泰晤士报》的图书排行榜。它拒绝商业炒作，摒弃时尚、流行、猎奇、窥视的世俗标准，凸显鲜明的意识形态导向性。被推荐的 20 本书，并非曲高和寡、精美沙龙的供赏品，而大多是走近大众社会的文化经典。据《图书》杂志的统计，近半个世纪来，这些书在美国累计销售超过 3000 万册，足见它们对美国人的影响力。主持者的意图很清晰，是借助书籍这一文化载体，探寻美国 200 年历史演进的思想文化动力，思考影响着塑造美国人的人文传统。

《图书》杂志推荐的书目，广及政治学、文学艺术、社会

学、心理学、女性学、民族学、经济学等诸多学科。书目以出版时间为序。托马斯·潘恩出版于美国建国时（1776年）的《常识》列在首位，居于末位的《总统班底》出版于1974年，其时间跨度近200年。书著集中于美国较为重大的历史事件和知识人士关注的社会主题。

先介绍20本的书目：

1. 托马斯·潘恩《常识》（1776年）

2. 玛丽·沃斯通克拉夫特《女权辩》（1792年）

3. 摩罗乃《摩门经》（1830年）

4. 弗雷德里克·道格拉斯《美国奴隶道格拉斯自述》（1845年）

5. 马克思、恩格斯《共产党宣言》（1848年）

6. 比切·斯托《汤姆叔叔的小屋》（1852年）

7. 沃尔特·惠特曼《草叶集》（1855年）

8. 弗洛伊德《梦的解析》（1900年）

9. 小托马斯·狄克逊《同族人》（1905年）

10. 厄普顿·辛克莱《屠场》（1906年）

11. 凯恩斯《就业、利息和货币通论》（1936年）

12. 斯坦贝克《愤怒的葡萄》（1939年）

13. 拉尔夫·艾里森《隐形人》（1952年）

14. 艾伦·金斯堡《嚎叫》（1956年）

15. 安·兰德《地球的颤栗》（1957年）

16. 蕾切尔·卡逊《寂静的春天》（1962 年）

17. 贝蒂·弗里丹《女性的奥秘》（1963 年）

18. 马尔科姆《马尔科姆·X 自传》（1965 年）

19. 伊丽莎白·库伯勒—罗斯《论死亡与濒临死亡》（1969 年）

20. 卡尔·伯恩斯坦《总统班底》（1974 年）

其中，传记、纪实文学、小说、诗、散文等 12 种。

这些图书的主题大致可归纳为四大类：一是张扬民权运动，如废奴运动（《美国奴隶道格拉斯自述》、《汤姆叔叔的小屋》）、女权独立（《女权辩》）、反对种族歧视（《隐形人》）、殖民地的觉醒（《常识》）；二是社会制度的变革，如记录黑人为争取社会平等的暴力斗争（《马尔科姆·X 自传》）、倡导资本主义社会的个人经济制度改革（《地球的颤栗》）、呼吁社会民主秩序（《同族人》）、宣传科学社会主义（《共产党宣言》）、记述重大政治事件以及对政治民主体制的影响（《总统班底》）；三是现代性社会的思考，如国家调节资本主义的新经济思想引发了美国经济风暴（《就业、利息和货币通论》）、批判现代社会对人的异化（《嚎叫》）、关注环保主义的绿色政治（《寂静的春天》、《屠场》）、揭露工业化时代的农民困境和社会危机（《愤怒的葡萄》）；四是思想文化领域的理论创新，如破译人类潜意识和心灵奥秘（《梦的解析》）、从人本主义哲学解构人的死亡意识（《论死亡与濒临死亡》）等。不难发现主持者对图书评选所持的价值取向：对改变美国、塑造美国人性格的人文思考勾出了一个清晰的历史逻辑——美国的崛起，经济的繁荣，科技的发展，不只受益于物质文明和科技文明，还有着人文精神的积淀和启蒙。后者是铸塑美国人之"魂"的精神源泉，也是综合国力的主要构成。在某种意义上说，美国的人文精神是民族精神的历史传统和升华。它既是人类精神的一种特殊表现形态，也是该民族的意识、意志、世界观在宗教、伦理、政治、社会、科学、文学艺术领域显现的具体特质。《图书》杂志推荐的书目，便是在上述领域里选取最有影响力的经典文本，全面观照美国人文精神对铸塑该民族性格、改变美国社会生存环境和政治生态环境的历史影响。

二、观照美国人文精神，推动美国社会变革的经典著作

由于时间有限，下面我按主题大类选择 7 本经典作些解读。

张扬民权运动的经典著作。

美国 200 年历史中，经历了殖民地社会、工业化社会、后工业化时代。其间，民权运动贯穿始终，并成为推进历史进程、塑造美国人的民族性格的重要思想动力。

民权运动在不同历史阶段，聚焦于不同的社会层面和思潮，如，废奴运动、女权主义运动、反对种族歧视运动等，其思想的焦点在于人的平等、自由和生存权、生命权、教育权、发展

权的争取。

反映殖民地的觉醒。经典著作：《常识》（1776 年　托马斯·潘恩）。

《常识》是全世界真正意义上的第一本畅销书，它催生了美国，也催生了一个新的时代。

1775 年美国的独立战争爆发。第二年，著名的《独立宣言》发表，标志了北美新大陆的一个共和国美利坚合众国诞生。而《独立宣言》的政治纲领中许多观点、原则均来自潘恩的小册子《常识》。

《常识》诞生的历史背景：

1607 年，哥伦布误打误撞发现了新大陆——北美洲。第一批殖民者也移居这块处女地。1607—1750 年将近一个半世纪，大量英国移民移居新大陆。这些移民，大多是在圈地运动中流离失所的农民和被宗教政策迫害的清教徒，也有部分破产商人、失意贵族和逃犯，追求自由新生与发财的梦，在这片蛮荒之地上建立起自己的家园。经过一个半世纪的努力，北部发展起纺织、酿酒、制革、炼铁、造船等工商业；中部肥沃的土地上牛羊遍野，小麦源源不断地出口，有"面包殖民地"的美称；南部的黑奴在种植园种植烟草、棉花、大米与蓝靛，形成了极具活力的种植园经济。一个半世纪，这些移民在美国建立了 13 个殖民地。相似的命运，相似的文化背景，日渐密切的经济交往将他们连在一起，逐渐形成了一个统一的美利坚民族。

当时，英国王室的注意力是放在与法国、西班牙争夺欧洲及世界霸权，并不关注北美洲这块殖民地。英国的移民，在没有王室的管制下得到了极大的自由发展（13个殖民地就是这样建立的）。1756年英法战争爆发，英国战胜法国成为世界霸主，同时也从法国人手中夺得加拿大等地区的土地，殖民地又一次得到扩张。但是，由于连年的战争，英国政府的国债暴涨到1.4亿英镑，政府处于严重的财政危机。于是，英国王室开始从北美殖民地敛财，并下达了两个命令：

1. 殖民主不得随意扩张，要经政府批准。

2. 殖民主要纳重税，以弥补国库空虚。

英国王室的控制，引起殖民主的强烈不满。

要指出：这些殖民主，他们的祖先都是大英帝国的"弃儿"，受宗教迫害而逃亡。

一件偶然的事件，触发了这场冲突，逐渐演变成为一场战争。

1773年12月16日晚，一群波士顿的青年化装成印第安人，冲上刚从英属印度开到的三艘大船，将大包的茶叶扔入海中。这纯粹是一种反抗情绪的宣泄。这一举动引起社会的连锁反响。这群青年被当地殖民主捧为民族英雄。随后出现了打、砸、抢事件，收税官们的房屋被焚毁，被浑身涂满柏油插上羽毛以示惩罚。英国议会决定采取措施，大批军队被派到动乱地区巡逻，五项高压法令接连颁布。北美殖民地则组建了大陆会议与之相对抗，会议通过决议，要求英国政府取消对殖民地的各种经济限制和五项高压法令，并以大陆联盟的名义中止与英国的贸易往来。同时大陆会议也向英王递交了请愿书，表示要继续效忠英国。这样的答复无法平息英国王室的怒火，英王乔治三世声称：北美殖民地"处于叛乱状态，必须用战斗来决定"。1775年4月19日莱克星响起遭遇战的枪声，战争的序幕就此拉开。由此，开始了长达8年之久的美国独立战争。第二年，由13个殖民地联合组成的大陆议委会宣布成立美利坚合众国，同时通过由杰弗逊、富兰克林等人起草的政治纲领《独立宣言》。

在独立战争中起着重要历史作用的，是乔治·华盛顿，原是弗吉尼亚殖民地的一个民军指挥官，1758年退役，1775年被13个殖民地的联合组织大陆议委会以大陆军总司令，领导独立战争，后来成为美国第一任总统。

另两个分别是，参加起草《独立宣言》的杰弗逊（1801年任总统），富兰克林（科学家，发明避雷针）；再一个便是《常识》的作者潘恩，当时还是个默默无闻的小编辑，独立撰稿人。在独立战争爆发时，作为主张民主共和、反对君主统治的华、杰、富，以及殖民地联盟的领导者，面临着许多困惑，也就是如何设计革命的目标与纲领。

就在犹豫不决中，托马斯·潘恩挺身而出。他认为，要取得战争胜利，就需要对殖民地联盟、民众进行思想启蒙，统一认识。由此，《常识》一出版即如划破天空的闪电，响彻大地的惊雷，扫清了人们头脑中的阴霾。潘恩就这样在这个迷茫的北美巨人的背上猛击了一掌，将它推上了一条坚定的独立与共和之路。

《常识》宣传内容主要有三个方面，澄清一些模糊思想：

1. 英国的君主制和世袭制，是邪恶的。对殖民地联盟而言，政府和法律毫无必要，如果人们软弱无力，就不可能获得自由和安全。国王和英国政体只能挑起战争和腐败、专制。

2. 战争已成为事实，和解已没有可能。对立与对抗是你死我活的；独立，失去的只是一个岛国的枷锁，带来的是繁荣、自由、民主、光荣与全世界。

3. 战胜英国殖民军是完全可能的，北美独立拥有天时、地利、人和的优势，英国军队从本土到北美大陆相距 3000—4000 英里，军队无法提供给养。关键是北美 13 个殖民地必须团结起来。

《常识》对北美形势的准确判断，对独立战争本义的深刻理解，立刻成为北美殖民地人们的思想武器，成为激励人们斗志的一面旗帜。

其实，潘恩的思想并无太新奇之处，我们可以从启蒙运动的大师那里找到各种关于自由、平等、博爱、民主、共和的论述。但是，这些理论都停留在大师们的书斋里，或者只在一个小范围的精英圈子里流传。潘恩的最大贡献，就是将这些艰深的理论化为浅显的常识，在一个恰当的时机启迪了每一个人的心灵，使人们知道应该怎样行动。1776年7月4日，《独立宣言》发表，潘恩宣传的民主共和原则以政治纲领的形式得以确定，《独立宣言》的作者多次坦率地说他以引用了《常识》为荣。在战争的以后阶段，潘恩参军作战，在军鼓的鼓面上，写出一系列战斗的檄文，华盛顿将军经常下令紧急集合，亲自朗诵这些文章，鼓舞起义军的士气。历史学家评论：潘恩的笔与华盛顿的剑，挑起了北美独立战争的胜利之旗。

革命胜利、权贵们窃取胜利果实，就如同中国北伐战争胜利，让蒋介石窃取革命成果，登上历史舞台一样，殖民地大陆议委会中资产阶级权贵掌握了政权。潘恩不仅没有得到应有的荣誉，而成了一个不受欢迎的人被迫流亡，200年后才获得美国和世界的公认。这是历史的嘲弄，也是严酷的现实。

200年后，美国知识界精英对他作出公正评价，并将《常识》列为影响美国历史进程的第一本书。他们是这样评价的：他果断地选择了民主共和的思想，为了理想他奋不顾身与独夫民贼、专制愚昧势力作战，直到尸骨无存。世界曾轻易地背叛了他，将他遗忘；历史花了200余年才将他重新想起。

如果说，美国独立战争将美国推入民主共和的历史进程，那么，近100多年来，在美国国土起伏不断发生的民权运动（主要是废奴运动、女权独立运动，及对种族歧视），成为美国资产阶级民主政治革命得以深化和推动历史行进的主要政治、思想动力。

其中影响力甚大的，是列入 20 本书中的 4 本：

1. 女权独立《女权辩》；

2. 废奴运动《汤姆叔叔的小屋》、《美国奴隶道格拉斯自述》；

3. 反对种族歧视《隐形人》；

这里介绍三本。《汤姆叔叔的小屋》比较熟悉了，不作详解。

反映女权独立运动。经典著作：《女权辩》(1792 年，玛丽·沃斯通克拉夫特)。

《女权辩》，又译《对妇女权利的证明》。作者被史学家尊誉为第一个女权主义者。《女权辩》为欧美维护女权斗争拉开了序幕，并成为美国第一代女权主义者，视为女权主义的经典文献。有趣的是，作者如同潘恩一样，在她离开人世 200 多年后，才得到历史公正的评价。

女权主义运动对西方社会产生巨大的影响。在大多数的中国人对之理解是模糊的。女权主义是女性对平等、自由、和平的政治诉求和社会理想。它是针对批判性别主义而言，不是简单地针对男人。

女权主义者追求的是与男人一样的社会地位、权利，是为了人的解放和自由，反对男性统治的男女两性关系。

作者"离经叛道"的生活经历，铸就了她的女权主义思想。沃斯通克拉夫特出生和生活在一个家庭暴力中。父亲是农场主贵族，又是酒鬼、赌徒。其母亲是性格随和的爱尔兰妇女。父亲对妻儿经常实施暴力。不仅家中重男轻女思想相当严重，男孩子在家中的地位明显要比玛丽三姐妹优越。家庭暴力与不公平，在小玛丽心目中激起了强烈愤怒与抗议。为使母亲免遭毒打，她开始养成了一个习惯：在父母卧室外睡觉，一旦有异常情况，她便警醒地冲入，把母亲从父亲的暴力下拯救出来。

恶劣的家庭环境，使玛丽小小年纪就决定今后要独立，下决心要过富有生命力的一生，决不希望母亲的悲剧在自己身上重演，她设法养活自己并且教育自己。在十八世纪中期的英国，连"天赋人权"的提出者卢梭都认为"没有女人，男人仍然存在；没有了男人，女人的存在便有问题"。即使上层社会的妇女，遭遇生存危机都不敢想象外出工作。在这种独立精神、自由价值离英国女性还是十分遥远的年代，玛丽却显示了不平凡的思考力。

19岁时，她获得了一份付费工作：充当贵妇人的女伴。经济上的初步独立进一步坚定了她当初的决心：永不结婚。在她看来，婚姻赋予男人对妻子、妻子的财产、孩子的法定所有权，妇女没有离婚的自由。一些妇女把美好婚姻看作是人生最高的追求。这种普遍的社会不公平，在玛丽看来无疑是女性的灾难，她决心起而反抗。她的第一个重大的反叛行动，就是把自己的妹妹伊莉莎白从一桩不幸的婚姻中拯救出来，半说服半胁迫地把伊莉莎白悄悄地逃离夫家。这次拯救行动使玛丽再次意识到，对妇女而言，要保持独立自由地位，唯有一条路可走——不结婚。

24 岁那年，玛丽存够了钱，创办了一所女子学校，两年后学校破产，她又去做了一年家庭教师。她的女权思想有了新的变化和发展。她认为不结婚是一种消极的抗争，妇女只有接受教育，才能学会思考问题，也才能最终谈得上经济独立、人格独立，大堆的嫁妆并不能保证妇女的幸福与自由。在玛丽的青年时代，有 2 个人对其影响极大，一是玛丽在沙龙聚会里与新教徒的领导人理查·普莱斯成了好友。普莱斯是激烈反对基督教关于原罪和永久惩罚的传统观念的激进分子。二是自由出版人约瑟夫·约翰森。在约翰森的要求和鼓励下，玛丽出版了她最重要的著作《女权辩》。在这部重要的女权主义经典文献中，玛丽抨击了那种把妇女困守在"无知和奴隶式依附"的社会偏见，并言称要革除君主专制。就是她的领路人普莱斯，也被这个貌不惊人的弱女子所震惊。该书颠覆了"女性应该附属于男性，而且被排除于公共生活之外"的传统政治思想，认为女性应该有独立工作之权，受教育之权，享受公民及政治之权。这些言论，在 18 世纪的西方社会简直是丢了颗炸弹。作者维护女权的言说，使她成为现代女权主义的奠基人。

女权主义究竟是什么，要维护怎样的权利？

这个一直是西方妇女所困惑的，或说朦胧不清的。当时，在美国的女性，把女权主义理解为在家庭里不要逆来顺受，能表达自己的看法，男人面前能说说话。这种想法，在美国妇女人群蔓延了相当长时期。《女权辩》使美国妇女真正理解了女权的正确含义，将一代又一代美国女性培养成人格独立的知识女性提供了福音。这也为崇尚民主、自由的美国民族灌注了更为重要而至今仍有影响力的启蒙思想。

《女权辩》究竟宣扬些什么？

作者从爱情、亲情、婚姻、理性、道德、责任等，几乎包涵女性涉及的所有人生领域，阐述了人格独立的女权思想。

1. 如何看待爱情、情欲？

玛丽认为，真正具有独立人格的现代女性，是不会漠视、回避人的情欲的。情欲是男人的人性需求，同样也是女人的人性需求。而情欲是爱情的感性表现。直面情欲，是作为女性追求独立自由不可回避的一步的。她在《女权辩》中说："力图说服世人抛弃爱情，那就像从塞万提斯的作品中取消堂·吉诃德一样，是同样违反常识的。""爱情是一种人人皆有的情欲，在这种情欲中偶然的机遇和感性认识取代了审慎选择和理性认识。人类中绝大多数的人在一定程度上都体会过爱情。"也就是说，女性追求爱情，满足情欲，必须是以人格独立、维护自我尊严为前提的，不应为爱情纵欲而去依附男人。

但是对一个独立自主的女性，爱情不是生活的全部。在玛丽看来，女性应该有伟大的目标，要努力达到目标就应当表现自己的才能，树立自觉的美德和尊严。

2. 如何看待女人的品德和求知的权利?

在品德方面,玛丽认为,女人与男性是相同的,女性在获取知识方面也应该是具有同等的权利。为了完成人生的种种责任,精力充沛地从事各种能够培养品德、获取知识的活动,女人的生活就不仅仅是为男人而活着。然而,把品德和知识发挥在何处,这是一个关键性的问题。如果最终还是为了赢得成功男人的青睐,那你还是回到了原点,你的心灵空间依然狭小。玛丽认为:"一个人的心灵从来不会被一件事情所独占,它需要充沛精力,如果心灵长久被一件事情独占,那就是软弱。"在现代社会,生活中的女人往往会被爱情充斥整个心灵,那么她们唯一的目的就会是取悦男人。卢梭就是持这种观点,他说:"女人依靠男人的感觉而活,依靠男人对她们的吸引力、对她们的美德所设定的价值而活。……女人是要取悦男人、要贡献给男人、要赢得男人的爱和尊重,要哺育男人、要安慰、劝慰男人,并要使男人的生活甜蜜且愉悦"(卢梭《爱弥儿》)。卢梭式的教导世代相传,在人们头脑里是根深蒂固的。

男人对女人的要求,就是:端庄谦逊才是女人的美德,终身贞洁才是美德。这与中国封建礼教中女子无才便是德是相同的。

《女权辩》宣言,这些都不是现代女性真正的美德,当你靠"端庄谦逊"去取悦男人时,你已经离愚昧、虚荣不远了。作者认为,女人真正的美德,在于追求知识。美德不是愚昧与虚荣。女人若没有高尚的追求使自己放弃虚荣,这种感情就像一根芦苇，稍有微风掠过就可以使它动摇。一种渴望得到尊敬的心灵，抚爱并不能代替夫妻之间的可贵的亲情。女性应该塑造自我意识。当然，玛丽并不是要人们忘记爱，恰恰相反，她更多是强调爱的责任。这种责任就是用知识支撑起来的品德。

3. 如何看待人格独立？

《女权辩》作者，以自己的人生经历阐述了女性应独立、自主的人格主张。作者玛丽在巴黎结识了美国人伊麦利，他们结婚后生有一女，取名范妮。玛丽希望伊麦利做出更认真严肃的承诺，却遭到了无情的拒绝，她在痛苦万分中曾于 1795 年 4 月、10 月两度自杀未遂。从对伊麦利迷恋中解脱出来后，再度过起自力更生的生活，随后开始同英国著名小说家哲学家戈德温交往，1796 年 7 月，两人在圣潘克纳斯教堂喜结秦晋。但他们的结合遭到了很多人的讥嘲。首先，因为它违背了玛丽自己的宣言和主张。其次，玛丽曾一度以"伊麦利太太"而为人所知，而当时的妇女是不能离婚的，这种事实上的重婚引得保守派人士大为惊恐，他们四处排挤这对夫妇。但朋友们则称他们的结合是"现存最特别的已婚夫妇"。

作者在书中说，人生的独立，首先不该期待因女性而享有"特权"，也不该去"适应"任何偏见或歧视，女性应该在现实生活中找到自己的位置，为自己争取一块让生命与灵魂成长的芳草地。从表面上看，玛丽·沃斯通克拉夫特所表现出的自我偏离，在很大程度上背离了她当初关于婚姻和自由的主张，但正是这种独立人格具体生动阐发和实践了女权主义精神本身，玛丽的敢爱敢恨、勇于追求个人幸福，正是她独立人格、自由精神强有力的表征。

《女权辩》阐述女权思想的精彩言论：

人类走向美德或幸福的道路只有一条，就是要承认妇女有灵魂。

最完善的教育，就是要使个人能够养成独立自主的良好的品德习惯。

美德没有性别之分。小说家幻想中的女性美德，是要求牺牲真理和诚实。

女性只应该向理性的权威低头，而不能成为舆论的谦卑的奴隶。

让妇女取得知识和人性，爱情就会教导她们端庄。

这些誓言，对当代知识女性也是一个人生指南。

《女权辩》的意义和价值：

《女权辩》启蒙了现代女性的妇女解放运动，玛丽的一生值得那些至今仍在为争取男女平等而奋斗的人，尤其是女人要记取——男女平等的最终实现，不是以女人拒绝人生应有的幸福为前提。《女权辩》并不是作为男性的对立面，而是作为平等的生命存在去召唤女性。

值得注意的，当代美国女权主义的一些宣言，其观点至今未超越玛丽当年的主张。玛丽的《女权辩》推动了西方社会的女权运动，使西方女性走出家庭、走向社会，完成了知识女性、职业女性的角色转换。这是西方文明的一个标志，而美国女性的历史前进脚步比东方中国早了整整一个世纪。

反映废奴运动。经典著作：《汤姆叔叔的小屋》（1852年，比切·斯托），《美国奴隶道格拉斯自述》（1845年，弗雷德里克·道格拉斯）。

在美国建国200年的历史上，不可忘记一个重要的人权解放运动。这就是长达近半个世纪的废奴运动。更使人深思的，是废奴运动引爆了美国的南北战争。废奴运动的胜利，也最终使美国完成了统一。

独立战争的胜利，是共和主义的胜利，它宣告封建暴政统治的结束。美国的建立，唤醒了美国民众的民主意识。

美国民众将"人生平等"、生命权、自由权，视作新生国家应赋予民众的权利。

但实际上，美国的建立在奴隶制上却没有人权可言，尽管华盛顿、杰弗逊也是主张反对奴隶制，尽管《常识》作者潘恩曾撰写过《在美洲的非洲人奴隶问题》，第一个站出来呼吁废除奴隶制度；但事实是，共和主义胜利的结果是奴隶制迅速扩张。从1783年英美《巴黎和约》到1808年通过了一项限制奴隶贸易的法案之间的25年中，至少有25万名奴隶被迫从旧南部移居到边疆地区，另外至少还有 10 万名新奴隶被贩卖到美国。在现实利益的驱动下，宪法都被抛在一边。难怪有人质问："美国人，看看你们的《独立宣言》!!! 你们懂得自己的语言吗？"

奴隶制问题，在美国建国之前已经有很长的历史，美国首任总统华盛顿本身就是个大奴隶主，在他领导独立战争和做总统的期间就有贴身的黑奴随侍左右。在这方面，美国人采取了他们英国祖先的保守渐进的方法，试图通过立法逐渐缩减奴隶制的空间，最终达到消灭奴隶制。这一过程，在北方进行得还算相当顺利，但在南方则严重地受阻，最终被搁置。美国就此被分成了两半：工业化的北方，农业化的南方。为了维护国家的统一与稳定，政客们小心翼翼地在南北之间寻求着妥协与平衡。与美国宪法相悖的奴隶制度，作为一个流血的脓疮被掩盖起来，南方的黑人奴隶制度竟然得到了法律的承认和保护。

一些废奴主义者开始挑衅这一现实。在美国历史上，一位虔诚的清教徒家庭妇女比切·斯托写了一部长篇小说，引发了美国为废除农奴制度的南北战争，改变了美国历史。这就是著名的《汤姆叔叔的小屋》（1852 年）。南北统一后，美国总统接见斯托夫人时谑称她："写了一本书，酿成了一场大战的小妇人。"

《汤姆叔叔的小屋》被列入"改变美国的 20 本书"，是当之无愧的。这本小说，大家比较熟悉不再介绍。要解读的另一本文学传记《美国奴隶道格拉斯自述》（以下简称《简述》）。这本文学传记出版于 1845 年，比《汤姆叔叔的小屋》早 7 年。

作者道格拉斯是林肯总统的黑人问题顾问，是美国历史上第一位黑人领袖。作者在《自述》里说：废除奴隶制度，"这不是黑人问题，这问题在于，美国人民是否拥有足够的忠诚、敬意和爱国精神，去履行自己制定的宪法"。这在当时被视作美国黑人民权运动中的经典格言。

下面介绍经典著作：

《美国奴隶道格拉斯自述》

作者共写过三部自传：1845 年《自述》，1855 年第二部自传《我的奴隶生涯和我的自由》，1881 年出版第三部《弗雷德里克·道格拉斯的生平和时代》。

第一部《自述》的影响最大。

1845 年，距离美国南北正式宣战还有 16 年，正值北方废奴主义者与南方奴隶主两大对立阵营愈斗愈烈的时刻，一本名为《美国奴隶道格拉斯自述》的小书在波士顿悄然问世了。这本小册子 4 个月内便售出 5000 册，经不断重印，4 年内美国国内销售了 17000 余册；甚至在 1846—1847 两年内，在英格兰和爱尔兰也翻印了 5 版，售出近 13000 册。这本薄薄的册子，不仅在当时反响热烈，影响深远——160 年后的今天，依旧受到美国民众的普遍推崇，跻身入"改变美国的 20 本书"之列。

"奴隶自述"，这类特殊的传记体裁称得上是美国文学史的独特景观，起始于 18 世纪晚期。至 19 世纪上半叶，随着种族奴役矛盾的激化和废奴运动的兴起。以第一人称书写奴隶悲惨命运、控诉奴隶主和奴隶制血腥罪恶的"黑奴自述"也纷纷涌现。据统计，1835—1865年，美国本土就出版了80多部此类"自述"（其时受文化程度的限制，其他所谓"自传"多为黑人口述、白人记录整理），《自述》完全自己撰，但之所以脱颖而出，却不单单在于叙述的真情实感，而是那深沉激愤的字里行间，记录着他对抗争奴隶主、废除奴隶制度的政治思想，对邪恶与正义、沉沦与救赎的思考。

作者道格拉斯是混血儿。母亲是黑奴，父亲是奴隶主、白人。这一身份的奴隶的处境，较之其他奴隶更为险恶，命运也更为凄凉，母子从小就被隔离。在道格拉斯的童年记忆里，年长的叔叔阿姨们被残忍鞭笞甚至枪杀的情景，在他潜意识里萌发了恐惧和反抗奴隶制牢笼的最初意念，如果不是一次偶然的转机，他成年后的命运，大致也会和千千万万受奴役的同胞毫无二致了——1826年，母亲死去不久，他被送到主人的穷亲戚家当家奴。本性善良的新女主人奥德夫人曾乐意教他识字，但很快就被男主人发现并严厉禁止了。弗雷德里克从男女主人的争执中模糊地悟出：未来的解救之道就在于掌握文化知识！这是道格拉斯在少年时代的一个重大的人生发现。

美国的黑奴是没有受教育的权利的，奴隶主要将黑人变成蒙昧无知、盲目顺从的驯服奴隶。作者在秘密自学，以及与贫穷白人小孩的交往中掌握了阅读和写作才能，知识也更促成了他对社会现实的思考。

作者的父亲曾说过一句话："黑鬼除了懂得服从主人、照主人吩咐的去做之外，别的是不必知道的。他一旦有了文化，就再也不适合当奴隶了。他会马上变得不服管教，对主人来说那就一点用处也没有了。"这一番话深深刺激了作者少年的心灵，"从那时起，我懂得了从奴役通向自由的途径何在：掌握知识，懂得如何追求人的权利"。

作者于1838年装扮成水手，借用自由人黑人水手的身份资料，登上开往纽约的船，获得了自由。

1845年，在朋友们的建议和帮助下，他离开美国，和废奴运动领导人威廉·加里森一起，前往英国和爱尔兰宣讲废奴主义，争取国际上的声援。1846年，两位英国友人筹集了150英镑，从他的"主人"休·奥德处购买了他的自由。1847年，29岁的道格拉斯终于以"自由人"的身份回到了祖国。

凭借在英国和爱尔兰募得的资金，道格拉斯一回国就独立创办了废奴主义周刊《北极星》，继续为废奴运动摇旗呐喊。1851年，《北极星》与另一份废奴主义刊物《自由党报》合并而成《弗雷德里克·道格拉斯报》。这个直接以他的姓名命名的报刊，成为了废奴主义刊物中最有影响的思想阵地，他的声望与日俱增。道格拉斯认为，宪法的根本精神是反对奴隶制、倡导人人平等的，应该在宪法的旗帜下，号召美国人民团结一心、废除奴隶制。作者45岁时，已成为美国废奴运动的风云人物。

在作者的推动下，林肯内阁终于颁布了震动西方社会著名的针对黑奴的《解放宣言》；通过了宪法第十五条修正案，保障黑人获得了普选权。1895 年道格拉斯突发心脏病去世，历史学家们奉他为美国有史以来第一位黑人领袖，他的成就已经载入历史，并对未来发挥着难以估量的影响力。美国民权运动高涨时，人们也没有忘记他，美国著名黑人领袖马丁·路德尊崇他为"美国民权运动之父"。

这里要思考一个问题：《道》出版在先，《汤》在后，为什么后者会引发一起南北战争，而不是说前者？

1.《汤》是一部长篇小说，小说中人物有完整的人生经历、坎坷而曲折的命运描写，其中不乏对人性善与恶的艺术细节描写，尤其是汤姆等为救大众而甘愿牺牲自己的悲剧命运更给人们一种崇高美感，文学的感染力更容易激起人们的共鸣。更主要的，《汤》的主要读者均是白人，尤其是知识人。

《道》只是作者的自述，对生活人生作片断式的叙事，缺乏故事的阅读美感，而作者的议论又多于叙述。

2. 废奴主义思想的宣传，由黑人作为主角要为大众接受，也必须有一个过程，但不可否认，《道》的社会影响及其潜移默化，在某种程度上，催化了《汤》的文学价值和社会号召力。

不可否认，《汤》、《道》对奴隶制度的控诉、抗争，对真善美的渴求，对人生权利的追求，正是彰显了现代美国人的文化精神。

反对种族歧视。经典著作：《隐形人》（1952 年，拉尔夫·埃里森）。

先插一段当代美国史实、美国新总统奥巴马的当选，在美国，甚至是全世界都引起极大的震撼。希拉里的败选，当然有着美国社会深刻的政治原因和经济原因；但奥巴马的当选，从反种族歧视角度看，无疑是美国人的文化传统中的理性精神获得了胜利。

在奥巴马竞选中，有两个片断是值得回味的。

奥巴马与希拉里的竞选，克林顿四处游说，但有时适得其反。奥获得非美裔黑人的选民的支持，一次克林顿对媒体说，奥巴马无权代表，只有我能代表非美裔……（当时克林顿入选确实提出安抚、鼓励非美裔的政策等）结果，希拉里的民意选票下降 10%。

其二，奥巴马宣誓就职，200 万人参加观礼，其盛况堪比林肯的就职。这说明一点，当代美国社会的种族歧视意识边缘化，尤其是美国处在社会、经济危机，需要有人拯救美国，这无疑是美国社会的一大进步。如果，追溯美国 200 年历史，种族歧视，白人与黑人的种族冲突贯穿了整个 20 世纪。黑人争取的是在整个社会的平等地位和和谐共处，寻求的是白人的承认和尊重，需要的是白人群体对美国黑人作为平等公民的身份认同。这与美国二战后高涨的黑人民权运动有精神上的契合，黑人的认同需要成为美国历史进程中一个重要节点。长篇小说

《隐形人》写的就是美国黑人的生活。里面虽然都是小说家的艺术虚构，但是，参照一下美国 20 世纪的历史，就会发现许多和历史相似的地方。

作者艾里森写的是黑人在美国种族歧视环境下的生存挣扎，小说主人公"隐形人"的一生就是在寻求自我定位和身份认同。

小说的故事梗概：

小说塑造了一个经奋斗挣扎仍然最终理想破灭的黑人"隐形人"形象。所谓"隐形人"，通俗地说是社会上没有身份、地位的边缘人。

主人翁"我"出生在黑人世家，自小接受忍耐的教育。主人公被叫去参加黑人孩子的格斗，格斗手被布蒙住双眼，在白人一片疯狂的吼叫和笑声中互相厮打。混战中，个个被打得鼻青脸肿。然而当白人把赏钱撒在通电的地毯上，让格斗手们争抢，黑人孩子被折磨得丑态百出，引来了白人观众的捧腹大笑。"我"在格斗后，得到一个公文包和一笔黑人学院的奖学金。

主人公梦想通过勤奋好学和谦卑容忍而取得社会的承认。他遵守校规，勤奋好学。有一天，黑人校长差遣他为白人校董开车，可是路上却发生了一连串的意外。让这位白人富豪认为黑人的"粗鲁野蛮"。黑人校长认为影响了学校的声誉和资金来源，毫不犹豫地开除了主人公。通过念书改变命运的理想破灭了，这迫使主人公离开学院到纽约去寻找未来。

黑人老校长开出的推荐信，竟是让满怀希望的主人公在纽约这个大都市走投无路，自取灭亡。虚伪的白人出于劳力紧缺的需要，安排主人公到油漆厂工作。在油漆厂恶劣的环境里，主人公受尽了白人的虐待和凌辱。主人公在一次与工头闹翻之后的争斗中，车间里发生了爆炸，主人公受气浪冲击，失去了知觉。醒来时，他躺在工厂的医院里，白人医生在他身上进行各种实验，他无力地躺在那里，什么也不是，成了一个任人摆布的实验品，成了一个没有身份的"隐形人"。

在获得一笔数目微薄的赔偿金后，主人公离开了生产油漆的工厂。主人公目睹了一个事实：一对老年黑人夫妇，被回收租房的白人粗暴地赶出了居住二十年的公寓楼。主人公面对此情此景，禁不住义愤填膺地对围观者即兴发表了一番演讲，没有想到的是竟然引发了一场"反驱逐示威抗议活动"。自此，主人公的命运发生了戏剧性的变化。他被一个叫作杰克的人看重并被罗致到了兄弟会这样一个政治组织当中，并肩负起重大责任。

主人公参加兄弟会后，组织上让他有了新名字、新身份、新衣服、新住址。他幻想在兄弟会内实现自我，但实际上，他仍受着兄弟会中白人头头的控制和摆布；主人公认识了兄弟会青年领导，并和他合作展开了针对另一个黑人组织"规劝者"的暴力活动。主人公在会员们的支持下组织各项政治活动，产生了积极的影响，使"兄弟会"成为街谈巷议的中心话题，而主人公也平步青云，声名远播。兄弟会的成功，使主人公觉得自己有了两个自我，一个是过去受尽屈辱的旧我，另一个就是代表兄弟会在公共场所的新我。主人公决心以美国内战时期的著名废奴运动领袖道格拉斯为榜样，通过兄弟会竭尽所能往上攀爬。

可是兄弟会是白人控制的所谓的黑人政治组织，是不会允许一名黑人成为真正有号召力和影响力的领袖人物的。他杰出的工作实绩，不仅没有得到赞扬，反而受到委员会的责难，最终受指责兄弟会被职务解除。

主人公终于看清了兄弟会的骗人本质，而自己，也不过是他们的一个工具、一块原材料，是一个看不见的"隐形人"。小说主人公，在无路可走的情况下只好找一个"洞"在地下住了下来，成为了在白人文化挤压之下的一名"隐形人"。小说在主人公对过去经历和社会身份的文化反思中结束。

《隐形人》的文学价值和社会意义：

《隐形人》提出了美国在社会历史行进中，出现的文化冲突以及身份认同的危机，以黑人人群为标志的弱势群体如何面对强势群体的压迫，去寻求和确证自身的存在价值。

20世纪50年代前后，白人种族主义有所缓和，但是黑人的民主权利还是得不到保护和尊重，以黑人抗议为主题的现实主义小说大为流行。然而，要描写出黑人的生存状况并引起社会普遍的同情和支持，争取种族之间的和解与平等相处，首先就不能局限于现实环境的刻画，必须对此有所超越。于是，艾里森选择了一条现代主义的创作道路。他如实地描写现实中黑人所受的文化压迫，也积极地探索黑人在与白人的文化冲突中的身份认同问题，试图重建处于弱势地位的黑人文化的主体性。

小说的故事梗概看起来很简单，但是它所涉及的问题是多方面、多层次的。最突出的主题，就是现代人在种族文化冲突中对自我的寻求和发现，也就是身份认同问题。

小说主人公在充斥着种族歧视和文化压迫的美国背景中，经历了一系列事件和教训，并从中逐步发现和认清了现实。小说主人公企图在一个吞没人生价值的社会中，证实自己的存在。他到纽约，以失业者、锅炉工、黑人斗争领导、女权运动发言人等多种身份出现，但都未能使个人价值得以实现，而且适得其反，自己消失了。

这种没有身份、没有地位，不被社会和群体大众认同的危机感，不仅仅属于在白人文化占统治地位中受挫的黑人，也属于在强势文化境遇中失败的每一个单个的人。这样的人，在被社会不断打击和驱逐到"边缘"的过程中，难免会被"隐形人"一样充满内心的不甘和挣扎，乃至生发反抗的冲动和欲望。

单单从民族文化的角度来说，艾里森在这里着重展现的就是白人文化与黑人文化冲突与对立。这种对立与冲突，集中表现在白人对黑人的歧视，黑人被社会边缘化而黑人奋起反抗，追求社会认同，以及人格平等。某种意义上，黑人的反种族歧视所引起的社会矛盾与冲突远远超过女权主义运动，其中不乏暴力的斗争。艾里森写作这本书，就是试图通过展示书中无名无姓的"一个属于新世界文化和人种的产物"的黑人主人公寻求自我的过程，唤醒蕴藏于黑人文化中的巨大力量，来帮助美国黑人摆脱异化的状态。

白人凭借一切社会机构构建自己文化的统治地位，使白人文化始终处于强势地位，拥有着对黑人文化压迫和宰制的权力，从而使得黑人文化不断地被边缘化和异化。而身处其中的黑人，有时候会不知不觉地处于异化的趋势，找不到自身的位置。这些具体的反应本身，就表明白人文化无视黑人文化的地位，白人文化在用另一种方式对黑人文化进行压迫和侵蚀。在这种情况下，书中主人公是不可能实现真正的自我。只有破除白人文化的控制，才能解除黑人文化的异化状态，寻求到真正的自我。

整个小说的主题，把黑白两种文化的冲突的社会现实深刻地揭示出来了。书中主人公，就是在这种文化冲突的背景下开始逐步成长起来的。

这本书很快被评为美国当年最佳小说，小说在 1952 年出版后获得有影响的全国图书奖，作者也因此奠定了在美国文坛的地位，声誉经久不衰。本书出版 13 年之后，当时的主要书评周刊《图书周刊》邀请 200 个作家和评论家投票选举第二次世界大战后出版的最优秀美国小说，大家居然一致选中了本书，可见其影响之大。2003 年，美国《图书》杂志公布了该刊评选出的"改变美国的 20 本书"，其中就有拉尔夫·艾里森的长篇小说《隐形人》，充分肯定了《隐形人》在改变美国国民性格和塑造美国社会文化方面的历史作用。

三、推动社会变革的经典著作

美国 200 年的历史行程，经历了工业化、城市化的社会变革，尤其是科技的发展，这不仅使现代资本主义经济得以快速发展，同时对美国人的人生观、价值观念的蜕变起了重要作用。美国人对人的生存权利、生命意识、环境保护、人与自然的和谐，以及个人的价值取向，都远远超越了追求民族独立、人身自由的启蒙时代。当代美国人对考量社会的正义、公正，对个人利益的价值实现，对环境保护的生命意识有着更理性的追求，这些都直接关系到当代美国人的文化精神和性格铸造，而这些都产生于社会变革的思想激荡之中。这一点，也是当代中国人正在行走的历史旅程。

《改革美国的 20 年》书中有 3 本文学作品是值得重点解读的，一是厄普顿·辛克莱的《屠场》，二是安·兰德的《地球的颤栗》，三是蕾切尔·卡逊的《寂静的春天》。这几本书对推动美国社会变革的历史进程产生极大的影响力。

1.《地球的颤栗》（1957 年，安·兰德）。

《地球的颤栗》是一部科幻性质的小说，也是一本充满哲理的哲学小说。全书厚达 1000 多页。《地球的颤栗》英文原名为

《特拉斯耸耸肩》。传说中的特拉斯，是用双肩扛起大地的巨神，这位巨神如果耸耸肩，后果可想而知。出版这样一本小说无异于一场冒险，惊人的长度对所有读者的耐心都是一场巨大的挑战。因为小说议论过多，阅读太沉闷。小说的主题是：说明集体主义在资本主义社会是有极大的危害性，在一个虚拟的未来社会，富于创造力的个人被视为集体而献祭牺牲的动物，被缓慢地扼杀，社会也因此走向崩溃。

《地球的颤栗》的主人公约翰·高尔特有一句名言："我以我的生命和爱情起誓，决不为任何人活着，也不让任何人为我而活。"这句话可以看作是兰德思想的基点。兰德的哲学被称为客观主义哲学。她曾在美国西点军校发表演讲《哲学：谁需要它》，提出了每个人一生都需要回答这样三个基本问题："我在哪里"、"我是怎样知道这一点的"和"我应当做什么"。她把需要哲学的这些原由，最终归结为人们需要回答如何生活的现实问题，归结为人们基于个人利益的道德选择。人们的现实生活就处于不断的选择之中，个人利益是作出选择的航标或目的。她宣称："我的哲学在本质上，就是一个人作为英雄存在的观念，以他自己的幸福作为他生活的道德目标，以创造性的成就作为他最高的活动，以理性作为他唯一的绝对。"

1991 年，在美国国会图书馆与"月读俱乐部"联合主持的一项读者调查中，兰德的小说《地球的颤栗》在"历史上影响力"中位居第二，仅次于《圣经》。在 1999 年兰登书屋的世界

100 最佳小说的评选中，读者票选第一。半个世纪过去了，她的著作仍然能保持每年超过 30 万册的销量。她的弟子与一批忠实的追随者于 1985 年创立了"兰德学院"，至今仍非常活跃。她的传奇经历被搬上银幕与荧屏，1997 年出品的长达两小时的纪录片《兰德：生命的感觉》，获得当年的奥斯卡奖提名。

作者是 1960 年代美国的偶像，一个被认为最能体现美国精神的思想家。在美国，她的照片被印在 T 恤衫、茶杯、邮票上，她的小说在书店中热销，报纸上有她开的专栏，银幕上上演着她的故事，几十年来她一直是校园的偶像。但在美国之外，她却很少为人所推崇。她被认为是美国大众的思想家。

小说宣传的哲学思想及人生价值观，归结起来有 4 点：

（1）崇尚个人英雄主义。一个人是以他自己的聪明才智与勤奋获得成功。美国是一个移民创造出来的新型国家。先民们漂洋过海，用自己的双手，战胜大自然，战胜殖民地宗主国的统治，战胜将国家引向分裂的黑奴制度，经过两次世界大战的洗礼，成为有史以来最富强的国家。美国所展现的整体力量，来自每一个自由的美国国民。他们勤奋、诚实，珍视自己的劳动成果，并以此为傲。所以他们也应该坚决地捍卫自己的权利、生命、自由和追求幸福的权利。兰德的思想在美国一呼百应，美国历史上有着广泛的社会基础。

（2）新个人主义是利己而不损害他人。兰德的利己思想是建立在不损害他人利益基础上的。每个人都是自私自利的，而每个人都尊重他人自私自利的权利，通过自由交换达到互利。而传统的观念自私自利的观念，自私自利的意思就是损害他人的利益；利己思想不是错误的和不道德的。因此兰德思想充满了一种传统社会的反叛，赢得青年一代的赞捧。

进入现代社会，工业文明创造出了前人所难以想象的物质财富，这些财富通过自由贸易得到交换和流动。人之间、国家之间可以以自私自利为目的地交换，不但可以满足自己的需要，也可以满足对方的需要，即达到一种双赢。因此，新利己主义不但不是不道德的，甚至可以说它原本就是推动资本主义发展的心理驱动力。美国人正是在这种心理动力的驱使下，塑造这个民族趋利而又注重社会公德的性格。

（3）弘扬新个人主义，旨在保障个人享有独立和自由的社会制度。在这种制度下，每个人都能够发挥出自身的能力，获得成功。这种制度，在兰德看来就是自由资本主义体制。在这种体制下，人与人之间是通过自由交换达到互利的贸易者，而不是主子与奴仆、受害者与凶手。

兰德认为，利他主义的道德观体现在政治领域就是集体主义或极权主义。在这里，人的生命和工作属于社会，属于集体，属于帮派，属于种族，属于国家，政府可以为了它所认可的任何民族和集体的利益任意地处置。

应注意的，1950年代美国正处于二战后的冷战时期，对宣扬集体主义社会观的苏联共产主义持有仇恨与恐惧心理。美国发动的麦卡锡主义，正是一股反共潮流。而兰德的个人影响力，对此起了推波助澜的作用。

（4）提倡新个人主义的目的是提倡个人的独立思考。两次世界大战结束后，经济的飞速发展，各种思潮不断地涌现，新科技的革命性进步都在各个方面改变着人们的生活。迅即的变化令人无法适应，也造就了迷茫的一代人。对人、对生活、对社会的不断追问，从来没有像二战后那样深入，也从来没有像此时这样迷茫。大量的文艺作品都将焦点落在人在现代社会的迷茫失落和扭曲。兰德认为这样的作品其目的都是为了表现人的无助、孤独或堕落，最终化为一句："我无能为力！"无力的人是兰德所最鄙视的，也是为崇拜英雄的美国社会所鄙视的。兰德标榜理性，认为理性是个人作出选择的舵手。

二战以后的 1950 年代，是美国处于思想混沌的时期，战争的创伤，经济萧条，社会动荡，人生的宿命悲观，使青年一代美国人对社会、对人生十分迷惘；而兰德的出现，以及《地球的颤栗》的说教，为一代美国人注入了强心剂，美国人的趋利、自私，而又顾及社会公德的性格和文化精神得以澄清和发扬。应该说，这对推动美国社会制度变革奠定了思想基础，这对其历史进程有着不可估量的意义。

1982 年，兰德去世。这个女人的一生就像一个传奇故事，她的哲学和生活也备受争议，但她的思想带给美国社会的冲击和影响至今久久不息。

2.《屠场》（1906 年，厄普顿·辛克莱）。

19 世纪末 20 世纪初，美国自南北战争后的经济迅速发展的年代。美国社会处在资本主义的初级阶段，庄园主及其农业产业开始转向工业化与城市化。即进入所谓"镀金时代"。急剧的工业化和城市化，使美国社会结构发生了重大变化，同时也产生了各种社会问题。一边是社会财富迅速增加，另一边却是血汗工厂、贪污受贿、尔虞我诈、假冒伪劣……经济秩序极度混乱，社会生活开始动荡。其中最核心、最严重的是腐败，其广度与深度都令人瞠目结舌，似乎全社会都深卷其中。腐败造成了社会道德败坏、精神危机，更使贫富差别急剧扩大、各种社会矛盾突然尖锐，已经威胁到社会的稳定。

关键时刻，美国新闻界率先挺身而出，有良知的记者开始的"扒粪运动"有力地制止了腐败的蔓延滋生，促进了美国社会的改良，缓解了一场重大危机。记者林肯·斯蒂芬斯是这场"扒粪运动"的重要人物，他的自传《林肯·斯蒂芬斯自述》对这场影响深远的运动作了非常详细的描述，引人入胜，更发人深省——腐败是怎样发生的，如何制止、清除腐败，新闻媒体的职责是什么，怎样才能保持社会稳定，使之良性发展。

一些有良知的作家，直面现实社会，揭露社会的阴暗面。厄普顿·辛克莱的《屠场》（1906 年）就是其中较为著名的一部长篇小说。这部小说的影响力，在于囊括了美国政府和参众两院，催生了两部美国法律《纯净食品及药物管理法》、《肉类检查法》(这犹如三鹿奶粉新闻报道，催生了中国食品安全法规相仿)。

《屠场》的故事内容：

1906 年出版的《屠场》，是辛克莱的第六部小说，也是他一生所著的 80 部书中最成功的一部。这部揭露资本主义社会黑暗的小说，遭到好几个出版商拒绝，辛克莱自己掏钱出版了本书。它立刻获得大众的欢迎，成了畅销书。小说是揭露芝加哥肉类加工业内幕丑闻的纪实小说，叙述一个立陶宛移民家庭遭受的苦难，描绘了芝加哥肉类加工极不卫生的骇人听闻的情况。

《屠场》的故事是这样的，约吉斯是一个立陶宛的农民，受美国工业公司和轮船公司一则招贴广告的诱惑，和亲族邻人一同漂洋过海来到美国芝加哥寻找工作和生活的机会。他的第一份工作是担任肉品包装厂的屠宰工人。在屠宰场，约吉斯接触到了美国工业化的一切罪恶：要工作必须行贿；一间宿舍被出租给两拨人，"白天上班的晚上住、晚上上班的白天住"。但对于体格魁梧、性情和顺、精力充沛的约吉斯来说，所赚的薪资仅糊口所需。于是他每周存一点钱，结婚成家。他们为婚宴花费了一百美元——大约他一年工资的三分之一。他们分期付款买了一间小房子，但因语言不通，巧言令色的中介商几乎夺走了他们每一分钱；他与他的家人生活在道德败坏的环境中，最后染上了恶疾，而他本人每天超负荷地工作；他还发现他所在地公司安有秘密水管从市里偷水；他还看到邻居如何成为市政腐败的帮凶；他被讹诈必须高价购买掺假啤酒；他也经历了被"开除"、罢工、上黑名单、被"密探"起诉；而后因银行倒闭，他一夜间变得一无所有。约吉斯失业后，他们付不出钱来，房子只好泡汤。最后因为工头虐待他的妻子欧娜，他予以反击，但法院与公司沆瀣一气，他不公正地被判入狱。约吉斯接触到了美国工业化和政治生活中所包含的一切罪恶，他所遇到的任何美国制度或个人几乎没有一个不欺骗他、剥削他、残酷地对待他。结果，约吉斯及其同来的乡亲整个被压垮：老人被扔到垃圾堆里去找食物；妇女被逼为娼；约吉斯的妻子因接生婆无知而死于难产；而其初生的婴儿最后又被淹死在屋后那臭气熏天的池塘里。之后的约吉斯，开始酗酒，脾气变得暴躁，经常上酒吧，不时与人争执，最后因幼子死亡，万念俱灰，离家流浪。辛克莱笔下的这位饱受工业社会压迫的受害者，日复一日地堕落了。从肉品包装厂、肥料厂、收割厂、钢铁厂工人，沦为流浪汉、隧道工人、小偷、抢劫犯；之后又不肯加入工会，成为资方牛肉企业集团的爪牙，助纣为虐压迫加入工会的员工，继而更进一步加入芝加哥的共和派。最后被社会主义思想挽救，确立了自己的社会主义信仰。

《屠场》的社会意义和文学价值：

辛克莱最初写作《屠场》的本意，在于唤起美国公众的良心，让他们关注外来移民劳工的非人境遇。《屠场》不仅是一部宣扬社会主义的作品，更主要是一部揭发美国工业社会黑幕的作品。

辛克莱的《屠场》，应该说是美国现实主义作家最早揭露美国资本主义社会工业化进程中存在腐败、黑暗的作品，这与欧洲大陆著名作家狄更斯、巴尔扎克等相当。但《屠场》的实际的舆论影响，则是美国民众在工业化历史进程中对生存权、生命安全权的追索。这远远超过作家创作的本意。

早在美西战争期间，美国肉食品商就出现过"用防腐剂保存猪肉"的丑闻。为此，当时农业部的哈维·W·威利博士向国会提交了《纯净食品法草案》，并且先后两次在众议院通过，但最后却被参议院否决。对这一丑闻，罗斯福总统本人深有感触。美国当时食品尤其是肉食品之所以如此低劣又不卫生，主要是因为资本家道德沦亡，而政府无法可依且姑息养奸，纵容资本家们为非作歹，以次充好，坑害消费者。在《屠场》中，辛克莱反映了政府检察官玩忽职守、与奸商沆瀣一气的现象。

辛克莱《屠场》的畅销，在广大消费者中激发起了一场革命。在社会舆论的压力下，国会在1906年制定了《纯净食品及药物管理法》和《肉类检查法》，并在1906年6月30日获得国会通过，成为国家法律。

厄普顿·辛克莱的《屠场》揭露出了芝加哥肉类工厂的肮脏黑暗。据说，老罗斯福总统从此不敢吃香肠，并导致了政府通过食品卫生法。"扒粪运动"促使社会猛醒，人们开始与各种丑恶现象作斗争。各种立法如潮水般涌来，涉及社会生活的方方面面。如纯净食品和药物管理法、肉类检查法、反托拉斯法等等。在妇女选举权、创制权、复决权、罢免权、选民直接投票的预选、减少任官人数、比例代表制、住房、教育、劳工、社会保险和社会福利等方面，都作了重大改革。这些措施有力地遏制了腐败的滋生，迅速缓解了已成剑拔弩张之势的社会矛盾。

面对这一始料未及的结果，辛克莱日后自嘲道，他的目标是公众的心灵，但最后击中的却是他们的胃肠。英国首相丘吉尔在读完这部小说后也颇有感慨，他说道："这是一本可怕的书……刺穿了最厚的头颅和最坚韧的心脏。"杰克·伦敦称这部书是"揭露工厂奴隶制的《汤姆叔叔的小屋》"。对于普通美国人而言，《屠场》之影响更多的是卫生方面而不是在精神。可以说，它描绘了资本主义体制的多面性。正是从这个意义上，《屠场》才成为人们了解资本主义的范本。

3.《寂静的春天》（1962 年 蕾切尔·卡逊）。

美国工业社会的高速扩张和发展，不可回避地带来环境污染。环保危机，不仅反映了现代美国人与环境的紧张关系，同时也揭露社会制度缺失销蚀着工业文明。

蕾切尔·卡逊《寂静的春天》，是呼吁美国社会在科技发展的同时应强化环保意识，关注人文关系，开展绿色革命。

进入了 20 世纪，美国科技发展成为社会的新动力。同时，废气、废水的污染也严重毒害整个生存环境。仅在美国，一年有 500 多种化学合成物付诸使用。尤其是德国化学家的 DDT 获诺贝尔奖，当作根绝农作物害虫的灵丹妙药引进美国后，被广泛应用。

但 DDT 对人体的严重危害却没有引起注意。DDT 进入人体后，就会大量地储存在富于脂肪质的器官内，很难排出体外，损害肝脏，引起癌变。DDT 及其同类药剂的最险恶特性，是它们通过食物这一链条上的所有环节由一机体传至另一机体。比如以这为饲料 DDT 残留的奶牛及牛奶、奶酪；更严重的，DDT 被广泛滥用于饲料除虫，因此，蛋、肉的生产过程，最终都进入了人体，甚至通过胎盘传给了无辜的胎儿。除了 DDT，它的升级产品氯丹的危害更为严重，残毒存留得更长久，毒性更强，相当于 DDT 的 5 倍；其溶液通过皮肤吸收，毒性就相当于 DDT 的 40 倍，受害者很难恢复。

第二大类杀虫剂——有机磷盐，属于世界上最危险的毒物之列，同类的化合物，在二战中曾被德国纳粹作为秘密的毁灭性的武器。有些药物制成了致命的神经错乱性的毒气，用于人类自相残杀的世界大战，种族屠杀；另一些有亲密同属结构的药物就制成了杀虫剂，用于对自然与环境的战争与屠杀。此类杀虫剂的目标是神经系统，现代的人类这样大规模地使用毒药的原因，一是在利益，一是因为盲目。杀虫剂的发明，在美国社会被认为是 20 世纪科技文明进步的象征，化学工业标志着人类对自然的掌控再上一个新台阶。

当面对严重环境污染，生命受到严重威胁，而人民大众无知且沉醉于科学发明带来财富之际，重病缠身的小妇人站了出来，她用生命的最后几年写出了一本书《寂静的春天》，冷静而清晰地揭示出了被弥散的化学药雾所掩盖了的真相，惊醒了无数陷入迷狂的人们。她就是《寂静的春天》的作者，美国海洋生物学家，环境保护运动的创始人：蕾切尔·卡逊。

蕾切尔·卡逊对环保的关注起因于1958年，她接到一封朋友的信，诉说她在家居后院所饲喂的野鸟全死了，起因是飞机在那儿喷过杀虫剂消灭蚊虫。这时的卡逊正在考虑写一本有关人类与生态的书，她决定收集杀虫剂危害环境的证据。随着资料的增加，她感到问题比她想象的要复杂得多。她的朋友告诫说，写这本书，DDT发明获得诺贝尔化学奖，这不仅是挑战学术权威，还会得罪政府和工业权贵。果然，当《寂静的春天》在1962年一出版，《纽约人》杂志首先发难，指责卡逊是歇斯底里病人与极端主义分子。反对不仅来自生产农药的化学工业集团，也来自使用农药的农业部门。官方也横加指责，指责她使用煽情的文字，误导公众。甚至连以捍卫人民健康为主旨、德高望重的美国医学学会，也站在反对者一边。卡逊出于尊重和对人类未来的关心，她一遍又一遍地核查《寂静的春天》中的每一段话。事实证明她的许多警告是正确的。《寂静的春天》像旷野中一声呐喊，唤醒了广大民众。由于民众压力日增，最后政府介入了这场斗争。1963年，当时在任的美国总统肯尼迪任命了一个特别委员会调查书中的结论。该委员会证实卡逊对农药潜在危害的警告是正确的。国会立即召开听证会，美国第一个民间环境组织由此应运而生，美国环境保护局也在此背景上成立。由于《寂静的春天》的影响，仅到1962年底，已有40多个提案在美国各州通过立法以限制杀虫剂的使用。曾获诺贝尔奖金的DDT和其他几种剧毒杀虫剂，终于被从生产与使用的名单中彻底清除。

《寂静的春天》的意义：

1962年《寂静的春天》在美国问世时，引起的争议现在很难想象。关于农药危害人类环境的预言，今天看来已经是老生常谈了，在当时则是惊世骇俗的。该书强烈震撼了社会民众。翻阅1960年代以前的报纸或书刊，"环境保护"这个词几乎是找不到的。这就是说，环境保护在那里并不是一个存在于社会意识和科学讨论中的概念。

在美国社会流行的传统观念中，大自然只是人们征服与控制的对象，而没有意识到必须保护与之和谐相处的必要性。但到20世纪，并且在一个飞速发展的工业化时代，这样的传统意识被极端地放大了。几乎没有人怀疑它的正确性，因为人类文明的许多进展是基于此意识而获得的，美国政府的许多经济与社会发展计划也是基于此意识而制定的。蕾切尔·卡逊，这位瘦弱、身患癌症的女学者，却勇敢地对这一人类意识的绝对正确性提出了质疑。她向人类的基本和根深于美国社会的传统发起挑战。

《寂静的春天》的出版，开创了一个新的"生态学时代"。《寂静的春天》从环境污染的新角度重新唤起人文美德和人们的环境意识。这是美国社会在工业文明的历史进程中必须面对的问题。这是因为，环境问题的解决植根于更深层次的人类社会改革中，它包括对经济目标、社会结构和民众意识的根本变革。环境保护和经济发展的对立统一，正在上升为导引人类未来社会发展的新矛盾。这一意识的觉醒，也是美国人铸塑人文精神的标志。

《寂静的春天》因为其巨大的影响多次被评为改变美国的书，人们将这本著作与《汤姆叔叔的小屋》相提并论。它们的作者都是弱女子，却都在一个历史转折的关头发挥了扭转乾坤的力量，成为了"启始整个事件的小妇人"。

四、阅读经典的启示

今天，阅读"改变美国的 20 本书"可得到哪些启示？

凡是一个民族的人文精神，其精髓在于它的自我规定性。这是该民族人文意识的一种自觉，美国人的人文传统也不例外。解读推荐的书著，我们可感悟到，美国人的自觉人文意识集中凸显在两个方面：1. 是以人为本的文化精神；2. 是以平等、自由的自由主义人文意识探究美国思想文化的价值目标。这些人文意识，支撑和驱动着美国人自省本民族的文明素质、道德伦理、思想意识，以及对美国社会变革的思考。

西方的人文精神，起始于欧洲的文艺复兴时期，又称"人本主义"或人道主义，其核心涵义是"以人为本"，重视人的价值，张扬人的理性，反对神学压制人性；主张灵肉和谐，追求超越尘世的精神生活。经历代思想家的演绎和实践，人本主义精神已成为西方文明追求人的尊严、真理和人生意义的一个文化传统。随着欧洲人的移民，西方人本主义传统自欧洲传入北美。美国的人文精神，也是以欧洲文艺复兴的人本主义为其思想内核的。重视人的价值、追求尘世幸福、渴求灵与肉的和谐，不只表现在对基督宗教神学的反叛，也渗透在现世实现的人生追求上。

《美国奴隶道格拉斯自述》，论述的是一个奴隶如何变成人的经历。这部个人自传，可以看作美国人本主义精神传播的历史见证。黑人小说《隐形人》，是让失去社会身份、沦为隐形人的黑人，控诉美国的种族歧视、文明异化的种族秩序。这两部文学作品，在把批判锋芒指向现代社会异化的同时，强烈呼吁传统的人本主义的回归。人，不只是社会的存在，更是精神性存在；对独立人格的尊重，是社会合理秩序的重要标志。尊重人的价值、尊重人性的主题话语，也更容易激起美国人的思想共鸣，由此诱发的民权运动和新文化运动对美国社会的思想文化产生了不可估量的影响。类如的著作，还有辛克莱的《屠场》，蕾切尔·卡逊的《寂静的春天》。作者叙述有关人类健康与环境保护的问题，其阐释的主题也是以人为本，将尊重人的价值的人本主义作为现代科技发展与生态环境保护的基本原则。

美国的人本主义精神，并不限于对个体存在和生命价值的尊重，它对人的精神生活也给予深切的关注。这种精神生活，除了智慧的追求，还包容了对心灵生活的认知。前者体现人的理性，后者则面向人性的意识和情感。美国人的现世性格，在后一层面凸显得更为注目、更为多彩。伊丽莎白·库伯勒—罗斯的《论死亡与濒临死亡》及弗洛伊德的《梦的解析》之所以对美国人的性格铸塑产生巨大影响，就因为它们探及了人们心灵深处的人性意识。临终关怀，不仅是道德伦理的范畴，更是通过死亡意识的理性认识，深刻理解生命的意义；而弗洛伊德运用精神分析法探索虚无缥缈的梦境，则为美国人追求人类心灵的奥秘和人性的潜意识提供了启示和路径。

其二，推动美国的历史演进和铸塑美国人性格的另一重大影响力，是自由主义人文传统的渗透和融合。

美国民族的人本主义精神，在探究人类思想文化的价值、追求政治理想的目标上是充分体现在自由主义传统上的。这种思想传统，铸就了美国人唯利、务实、感性、主观的思维方式，成为其考量、变革社会的思想依赖。

美国自由主义人文传统的核心观念，集中于民主与人权上。它与欧洲自由主义思潮有着深厚的渊源关系。17、18世纪的卢梭、斯图亚特·密尔，对美国自由主义传统的形成起着至为重要的影响。尽管美国人对欧洲自由主义思潮和理解有差异，但以个人主义的自我观、权利优先的政治观以及义务论的伦理取向，作为人文传统的基本特征是一致的。而美国的早期自由主义传统，又是以个人主义的自我观为最基本的特质。如上人文传统，在《图书》杂志推荐的经典文本有着淋漓尽致的表达。

诸如美国历史上的影响力仅次于废奴运动的女性主义运动。它的宗旨，不限于对父权制的批判和颠覆，而是力图影响美国人重新认识女性为争取民主与人权的自身解放。《女权辩》捍卫了女性的权利，以民主与人权为思想武器，抨击了维护父权制的资本主义秩序和男性文化的世俗规范与价值观。《马尔科姆·X自传》以歌颂的视角审视了黑人争取民权的暴力抗争。作者在这部著作里张扬的是民主政治思想。也就是，凭借公共权力，建立美国社会公平的政治秩序，实现被赋予平等、自由、人民主权等价值思念的生存方式。这种追求平等与自主行为的权利，凸显了美国民主对天赋人权的渴求。这些著作，从不同的侧面反映了美国人在自由主义人文传统的熏陶下，为争取政治平等、民主权利而作出与种族歧视、世俗社会抗争的政治选择。

美国的自由主义人文传统，在政治思想领域推进民主政治的改革；在经济领域则崇尚自由竞争和维护个人利益；在生活方式上，更是推崇个性和多样化，不以他人传统或习俗作为个体行为的准则，鼓励个人的公平竞争和发展。安·兰德的《地球的颤栗》，在 20 世纪 60 年代震撼了整个美国社会，她被青年学子视作偶像，评说安·兰德发起了一场新的思想启蒙，其原因就是这部著作拣出以新个人主义的"道德法则"改造美国资本主义的经济制度。

其三，阅读中国文化经典与阅读美国文化经典有着明显的差异性。

中国文化经典对当代人的启示，偏重于内修，即强调人的自我修养、道德完善、励志抱负、社会的责任心和使命感，以及对社会的奉献。

美国文化经典对当代人的启示，偏重于外修，即强调人的平等、社会的和谐，以及社会的公平、公正与正义。

当下，我们需要开放的心态包容接纳西方优秀文化，要兼容、整合西方文明的成果。

尤其是我们进入现代化、城市化、工业化的新世纪，单靠光大传统的文化精神显然是不够的。中国现代史上有两次文化思想上的变革。

一是孙中山将西方资产阶级共和思想引入，扛起了三民主义的旗帜，就是一次反封建的资产阶级民权运动。

二是五四运动，李大钊、陈独秀、陈望道将共产主义思想理论引入了中国，继续了反帝反封建反殖民主义、建立人民民主共和的民权运动。正是革命先驱将西方的思想文化引进、吸收入中国的社会变革，才使中国现代社会的历史变革出现了新的转折。

但是，两次民权运动仅是助推中国现代社会民主的历史进程，未能应对当代社会的变革，这需要更多吸纳先进的文化思想，包括融汇当代西方思想文化成果。

当然，阅读"改变美国的 20 本书"，必须客观审度人本主义和作者置身的历史语境；解构文本的文化内涵和人文价值取向，还应持以理性反思和批评的精神，避免陷入对美国文化精神盲目崇拜的尴尬。

若对推荐书著作一整体性反思，就会得到这样的印象：美国的人文意识还缺乏民族精神最基本的构成原则，即实体性和主体性统一的原则，它偏重于个体自由的主体性以及实用主义的价值取向。实体原则与主体性原则的分离或说二重标准，势必潜伏着人文精神的理念与行为背离的悖论性存在。诸如，物质财富的增长与美国人的人文意识提升的失衡，导致人的异化和社会的危机；人权观、价值观的双重标准，加剧了个体追求自由、平等、人格尊严的意识理念与国家霸权、政治扩张、种族歧视等行为的对立，等等。由此而言，对美国人文精神的解读，应给予理性的批判也是情在理中的。

我们不排斥阅读文化经典有其功利性的目的。阅读的意义，也在于通过对西方经典文本的解读和认知，帮助自身的文化重构，吸收西方民族（包括美国）的人文精神的优秀成分，尤其是经过比较和扬弃，吸纳和充实到自我的民族精神之中，促进本民族的人文精神的自我精神完成理性的现代转化。但这种认知必须遵循一个"为我所用"的前提，美国的人文精神，对当下国人铸塑民族精神仅仅是一种历史的借鉴，而不能成为模仿的替代。

更主要的是，我们力求站在历史唯物主义立场去理性审视这些文本的涵义，提示国人应如何看待这种文化精神的积极作用和负面影响，给读者留下思考的空间。

阅读的目的是学会思考。孟子有言："尽信书不如无书。"这是中国古代先哲倡导的读书要有点批判意识。书的真正价值，是在自己的阅读、思考中获得真知和发现。人类的进步、文明的演进，就是在思考、认知、发现的过程中完成的。对西方的经典文献如此，对广义的知识阅读也应如此。

天一讲堂：我们现在阅读的东西也特别多，在我们的阅读上面该需要一种怎样的引导是我们现在必须要做的？

吴士余：这个问题比较大，也是很实在的。每个人阅读，无非要有阅读的目的，第一个就是阅读的兴趣，还有一种阅读就是人家阅读什么我阅读什么，我觉得这里面有真有伪、有利有弊。如果我的一个阅读的目的是出于充足知识、充足人生，从这个目的来出发，那么我们选择的书应该对自己、对社会有帮助的书；如果是有一种叫快乐的书，也就是对文化书的一种补充——消遣，去阅读阅读，开开心心，在现在的阅读当中也不妨是一种阅读方式，把生活搞得更丰富一点、更多彩一点的，我觉得这也可以。但是这一种阅读你也要有一种鉴别，有一种是好的阅读，有一种是坏的阅读，好的阅读就增加你的心理健康，坏的阅读也会增添你的生活烦恼。为什么现在国家要把"扫黄"、"打非"作为文化当中一个很重要的政策，因为现在阅读当中流行一种不良的阅读，特别是对我们的青少年，他的阅读缺少一种阅读的鉴赏力，就是对于一些颓废的一些层面，一种感观刺激的方面，他缺少一种鉴赏力，我觉得这样子的阅读态度是不可取。第三，有些读者的阅读，就是作些反思的阅读，我觉得也是自己要强调自我意识。一种是媒体正在讲到的，我们本身社会讲到的阅读，比如说是易中天的，帮助你引导的一些书，我觉得这种也蛮好的。但为了去追逐明星，我觉得大可不必。有些明星出书是为了包装自己，他有时把隐私揭露出来，吸引一些人的眼球来抬高自己，像这样子的追星族这样反思的阅读，我觉得没有必要。

天一讲堂：还有一个问题就是我们读者也比较关心的，就是我们今天讲到的是改变美国的 20 本书，那我们中国有没有改变中国的几本书，我们有没有开展过这样的评选活动，如果开展这样的活动又有什么样的意义？

吴士余：这个是很严肃的问题。现在就是推荐书目，也有不同的渠道、不同的类型，比如说现在一些书店里面，它有排行榜，也是书，哪些书好销每周搞一个排行榜；有一些请一些老师，著名的学者，请一些导师写的一些书，他也会推荐一些书；有些媒体，它也搞一些书，这些书我很难说是成为一个改变中国的经典著作，这些书往往是偏颇于某一专业的局限，从文化层面的推荐，它不是作为一个大的概括，有些完全是商业操作的。改变美国的20本书，它是很严肃的，它是通过社会的不同的层面，通过学者，通过一些社会达人，由名人名士去对美国的历史作为一个鉴识，判断这些书对历史的影响，然后进入评选推举出来的。

改变中国的文化经典，肯定有不止20本，问题是你怎么来评选，这是很严肃的问题。要评选改变中国历史的这20本书，我觉得要通过社会的，有官方的、也有民间的通过一些历史的评选才能够推荐出来。而且这些书，不是十年五年完成它的历史使命，应是影响下一代的成长，对他的人生观世界观起到很重要的书。所以，出版社要我来主编改变美国的20本书的时候，他也提出能不能再编一本改变中国历史20本书的，我说这个很难，它是通过这个过程来体现的，现在没有这个过程，不能一个人来推荐形成这样子一本书。

2009 年 4 月 25 日

（天一讲堂讲座）

大清盛世的吏治

——清史纪事本末

一、引子

先说一个有趣的文化现象：小说、影视的"清史热"。

20 世纪七八十年代起，出现一个令人注目的文化现象，小说、影视演绎大清历史，赢得知识精英及大众喝彩，时间长达四十多年，至今热度不散，媒体炒作不断。然而，在文学艺术把清史题材当作时尚时，历史学家却集体缺席了。

这个文化现象的萌生，起于金庸的新武侠。金庸第一部新武侠小说《书剑恩仇录》，讲述江湖侠士反清复明、满汉争斗的故事。香港报纸连载，一炮而红，风靡大陆、港台。之后，清史故事、清宫秘事作题材的金庸武侠新作不断，金庸热独领风骚，成为一道文化风景线。

80 年代末，大陆内地的河南作家二月河，书写的清代帝王系列《康熙大帝》《雍正皇帝》《乾隆皇帝》三部曲又一次震动了中国文坛。其作品发行一千万册，读者之广，不亚于金庸。在金庸、二月河的影响下，以大清史事为题材的文学、影视作品历年不衰。电视剧《康熙王朝》、《戏说乾隆》纷纷走红大江南北；稍晚些紫禁城后宫戏《还珠格格》、《甄嬛传》也广受媒体的造势炒作。近年来，生活底子薄的影视界小鲜肉，也常常演演清宫戏，博人眼球。

在这波持续不断的热潮中，却很少见历史学家发声。正如葛剑雄教授所说：在人们关注历史的年代，历史学家却缺席。这便引发我们一些思考：

1. 无论是知识精英，还是草根平民，为何热衷"清史之问"？

2. 时下炒作的小说、影视是否有助于理解真实的清朝历史？

3. 读大清历史为何要了解大清史事？

4. 读清史的现实意义是什么？

在进入讲座前，先解惑这些疑问：

其一，大清三百年历史充满着变局。清朝既是古代的终结，也是近代的开端。其间不乏励精图治、文治武功的盛世；也有恪守陈规、千疮百孔的衰落；更有丧权辱国，难以启齿的国耻。人们之所以热衷清朝史事，除了充满神秘感的紫禁城，更是因为大清王朝自始至终纠结着危机与变局。其官僚系统、政治、经济体制承继着数千年的封建传说，又在变局与危机的交替中沉积成一种善美，恶丑兼存的封建文明，成为人们的文化记忆。当人们处于社会变革的年代，面临某些困惑时，这些潜存于人们无意识中的文化碎片会触发人们的思考。不同人群、不同知识诉求；他们关注点有所不同，但从大清史事中寻找某些记忆，解惑现实，慰藉自我，则是共同的诉求。

其二，金庸武侠，当下影视中的大清历史，不过是审美构成中的艺术意象。清朝历史被作家、编剧们演义，叙史释义，挖掘现代元素，追求戏剧效果。这种世俗化的文化诠释，满足多元文化消费的需求，是无可非议的。无论是信史正剧，还是戏剧化的闹剧，目的是追求一种能引起读者、观众共鸣的审美效果而已。

诸如，《戏说乾隆》中的乾隆，是一个风流倜傥、拈花惹草的情种；《铁齿铜牙纪晓岚》中的乾隆，是个端架子，充大佬，任由宠臣设局戏弄的士绅。艺人的戏说与历史上乾隆相差甚远，当不得真。

相比较，二月河的三部曲较接近于历史。二月河的审美主张是"以史为鉴"。他的三部曲是介于小说与传记之间，但还是要作小说读。作者通过小说创作还原历史。应该说，二月河的作品离历史近了。

不过，小说、影视会给人们以审美愉悦，但不能替代历史的哲理思考。

其三，读史不同于读文学作品，它拒绝一切虚构的内容。

了解历史，除了读通史，还应该读一读记载大清史事的"纪事本末"。

康熙在修《明史》时作过一个批示：修史，若不参阅《实录》，何以得知历史之真假？

修史与读史是一个道理。"纪事本末"也就是"史事实录"，用现在的话说：历朝"大事记"。它包括：各地军、政、经大事奏报，朝廷议事决策，皇帝谕旨、御批，重大事件记录，官员任免、奖惩等。

"清史实录"，虽然是一些文化碎片，琐细而不连贯，但真人真事正史。在阅读中寻找某些逻辑和史脉，体悟历史旧迹容含的哲理，还原出大清王朝兴衰演变的历史。本次讲演的内容，便来自对《清史纪事本末》(上海大学出版社出版)的解读。

其四，真正要读懂大清历史，应将它作为一面镜子，读史释义的价值在于以古鉴今。

1. 探索大清朝三百年危机与变局的交叠规律；

2. 总结大清盛世逐步走向衰落的历史教训；

3. 以史为鉴，建立明辨是非的价值评估，理性面对大清历史的遗产。

二、盛世三朝的吏治

本次讲座选取一个重要的历史命题：大清盛世的吏治之道。

康、雍、乾是堪称大清王朝的盛世。按三朝在位是61、13、64，约138年，去头去尾，盛世约120多年。

三朝的一个重要国策就是：吏治是治国之本。

所谓吏治，即是建章立规，自上而下，监察官员对皇上的忠诚，考察各级官员政绩，整肃官场；重点是，忠君、勤政、廉政。

因政治、经济等朝政因素，三朝吏治之道各有侧重，也各有利弊得失。

康熙：惩贪奖廉，重在倡廉。

雍正：除弊立新，铁腕肃贪。

乾隆：宽严相济，尽责者宽，渎职者严。

把这些史事梳理起来，对今人不乏重要的启示和借鉴。

（一）康熙朝的吏治

康熙，史称清圣祖。8岁继位，14岁亲政，在位61年。

康熙的治国方略是"诚和善治"。诚，取信于民，诚信丧失，误国殃民；和，和谐，相融则和，相斥则伤。

康熙的治国理政，受迪于儒家程朱理学，也有对前朝多尔衮、顺治以暴治汉的反思和纠偏。

多尔衮入京，颁令十日剃发，留发不留头，强行改制汉俗；又以满族禁军乃立清之本，鼓动满族权贵跑马圈地，吞食民脂民膏。顺治二年，清军暴行"嘉定三屠"，三次大屠杀，残杀平民2万余人。激化满汉对立，社会动乱。王朝处于危机之中。

康熙上位，十四岁亲政，下令："禁止圈地，限制特权，尊重汉俗，向汉族文人开放仕途"。为调和矛盾，康熙让一批汉族精英入仕参政。接着按自己的意志，整肃官场。

康熙直言："治天下以惩贪奖廉为要"。惩贪，是指整肃康熙初朝顺治钦定四辅臣鳌拜、索尼、苏克萨哈、遏必隆为首权臣擅权酿成的官场贪污腐化之风。在孝庄太后的支持下，康熙铲除鳌拜集团，自以为"惩贪"已取得胜利。但康熙过于乐观了。要进一步解决官场腐败，依然阻力重重，难以行之。

康熙告诫文武百官，"吏治之清浊，必惩治贪污"，"如不遵行，国法俱在"。但六部九卿，各省督抚大都是靠军功晋升的满族权贵，我行我素，变换花样，顶风作案。又且前朝旧臣，上下沟通，盘根错节，"惩贪令"出不了紫禁城。康熙虽严厉，但宣诏还是成了官样文章。康熙对此深恨，却无从下手。

康熙的吏治不得不调整思路，先扩大招纳汉士文人，改变官员成分。汉族官员大多受教于儒家思想，容易接受"诚和善治"的治政思想，以儒家传统为衣钵，强调官吏的"德政"和"操守"，便具有一定基础。

接着，康熙着手"倡廉"、"奖廉"以达到吏治的目的。

康熙倡廉的路径是：立清官标准，树清官典型；推行官吏保荐制度；任前训诫；廉政考核。

康熙立的清官标准是"廉能从善"。重在二字，一是廉，二是能。廉，是指道德操守；能，则是执政能力。

康熙喻示文武百官：为官之人，不取非义之财，一心为国效之，即为好官。但操守虽清，不能办事，似此清官，又何益于国家？

显而易见，康熙要求清官不仅是操守清廉，更须能善政，是能吏。否则，清官乃徒有虚名，要么是沽名钓誉，有损政府形象。

康熙二十三年，亲自为清官于成龙撰写碑文，将廉政的清官标准规范化，系统化了。

碑文写道："朕读《周官》六计弊吏，曰'廉善、廉敬、廉正、廉法、廉辨'，吏道厥惟廉重哉。朕用是审观臣僚，有真能廉者，则委以重寄，赐以殊恩，所以示人臣之标准也"。

若用现代语言解读，便是：我读《周官》(是记载周代史事《周书》中的一篇)，用六个标准去裁断官吏：廉洁奉公，才能干练，人品受人敬重，一身正气，遵守法纪，辨明是非。这是一个廉者必须遵守的道德操守和政治素养。我用这个标准考察，衡量每个官吏，够得上廉吏六个标准的，将委以重任，给予特殊褒奖。这也是要公之于众的为官标准。

康熙的碑文，一是将清官的衡量标准作了规范，并有极强的可操作性；二是以碑文形式公之于众，在朝野形成监督的舆论。这可见康熙的政治智慧。

树立清官典型，目的是形成廉政从善的倡导效应。这是康熙倡廉的一个举措。

康熙二十年，下诏谕嘉奖于成龙，也就是现代人说的嘉奖令。令说："直隶巡抚于成龙自起家外吏，即以廉明著闻，历升巡抚，益厉清操，自始至终"，"凡亲戚交友请托者，概行峻拒"，"所属人员馈遗，一介不取"。特嘉之，钦定"天下清官第一"。这是大清朝对廉吏清官的最高评价。

于成龙被誉为"清官第一"是名副其实的。

于成龙科举出身。顺治十八年，年过四十五岁才被委任边城知县。后升知州、知府、道员，直到康熙十七年，晋升福建按察使，两年后，晋升直隶巡抚，两江总督，成为封疆大吏。二十年的官臣生涯，三次被举为"卓异"，用今日之语，即有突出贡献者。试举几例：

勤政，坚守清贫。于成龙初任知县，是广西北部的荒芜之地罗城。是少数民族仫佬族居地。全城仅几户居民，县衙是三间破草房，知县住宿是漏风露雨的关帝庙。前几任不堪贫穷，相继辞官而逃。于成龙为县令坚守八年。勤于政务，招募流民，垦荒植耕，组织百姓修民宅、建乡学，让百姓安居乐业。仅三年，罗城已是人丁兴旺，良田葱绿，一片生机。离任之日，罗城上千人哭送数十里。可见，于在百姓心中的分量。

廉政、善政。于成龙任合州刺史，下管三县，均是穷县。荒芜百里。衙门开支上拨仅纹银 14 两。官衙靠勒索百姓维持度日。于成龙上任后立抓两条：一是严禁州、县官吏勒索，二是休养生息，亲自下县、乡，借贷耕牛，粮种，垦荒。仅二年，合州三县恢复生机，人口骤增。

除了勤政、廉政，务农垦耕的政绩。于成龙更显善政的智慧。维护法纪的公正，伸张百姓之正义，屡破重大悬案，纠正错案。尤其是"慎刑"案犯，宽严并治的执法，开了大清律例之先例，并在多省推广。

自身廉洁。于成龙的清明廉洁是有口皆碑。

康熙二十一年，于成龙升任两江总督。经常熬夜案桌，却无米下粥充饥。官衙众下属无不惊诧，有人叹息堂堂二品封疆大吏竟落得无米充饥。于死后，江宁府百姓罢市而哭。清廷派员清点其遗产，只有米数升，布被一床，袍服一件，靴带四条。

一个封疆大吏，主管全国最富庶的鱼米之乡，竟如此清贫。其清廉堪胜明代海瑞。

康熙不遗余力，树于成龙"清官天下第一"，其用意很清楚，要用于作典型比照，制造"清官效应"。

如何让各级官吏自觉廉政？康熙要求文武百官的行为，操守、善政，必须同于成龙作对照。

康熙的动作是：一是以于成龙为榜样纳入国家对官员正式考察的规范。康熙谕示吏部必须执行："考察官吏应以于成龙为标准，予以训诫"。二是亲自下地方督察，尤其将满族权贵的八旗子弟作督察重点。康熙南巡江宁府。专门召集八旗满、汉军各将官、着令"务效前总督于成龙，正直洁清"，痛改八旗子弟恶习，洗心革面，并承诺效仿于成龙者，"朕立行擢用"。对新任总督更是叮嘱："洁己行事，前任江南总督诸人无过于成龙者，尔如其行可矣"其意很明确，为官者，其德行、操守、善政智慧，才能，须以于成龙为榜样。

如此深度运作，康熙初、中期的清官效应已蔚然成风。

奖廉。嘉奖清官廉吏是倡廉的一种推动力。

康熙如何实施"奖廉"？一是赐清官荣誉，口头的、下谕旨的；二是物质奖励，三是提拔，委重任。目的是要营造倡廉的政治氛围。重奖于成龙曾使朝廷高官惊叹不已。康熙"赐内帑白金一千两，朕乘良马一匹"。当时封疆大吏年薪仅180两。此奖金可谓天价。

康熙舍得下血本，在于"廉洁者，奖一以劝众；贪婪者，惩一以儆百"。

当然，重奖于成龙仅是个例。当时，大清百废待兴，康熙也没有其子孙那样大手笔。山西巡抚倭伦也是清官，家计贫困。但康熙奖励是"赐御用貂服一袭"。这有点令人啼笑皆非，貂皮大衣名贵，却中看不中用，难解柴米匮乏之苦。

提拔，晋升。这才是官吏们看重清官名誉将带来升官的机会。康熙悉知官场的文化心理。故将擢用、提拔作为奖廉的重要砝码。

吴江知县郭琇居官甚善，百姓称颂不已，先升左都御史，后破格为湖广总督。七品知县跃进封疆大吏，实是震惊朝野。

也激发了各级官员廉政的进取心。

直隶巡抚李光地，江苏巡抚宋荦因操守好，才品兼优，分别升文渊阁大学士，吏部尚书，进入权力中心。

康熙关注的官员，重点是省部级官员的品行操守，将之纳入亲自监管的视野。督抚大员是地方官吏上行下效的直接榜样，督抚之廉政是倡廉成功与否的关键所在。这也是康熙的政治智慧。

再一是六部九卿、省督、府州各级官员须承担保荐清官能吏之责。

康熙的举措，是从政令上推动自下而上，选拔廉吏、清官，将倡廉落实到高、中层官员的政务职能上。康熙十八、二十年，数次下谕，督查六部、九卿、督抚官衙实施的情况。

在保荐人才上，康熙特别看重有经验，也有教训，阅历丰富的中下层官吏。如，曾降调的黄县知县，被革职过的嘉定知县。均是因地方难治，在逆境中磨炼的官员，特批赴京候补，经吏部考察任用。

但是，保荐必须承担责任。康熙为防止受贿、人情陋习的官场舞弊，对保荐作了明确规定：被荐人有廉政从善的业绩档案，督抚保荐要对此担保，受保荐者按规定据实申报，省、府要作上无营私纳贿的考核评语。

可见，康熙确定的保荐规定，不是做政治秀，而是严谨、认真地考核选拔。

最后，康熙亲力亲为，任前训诫。自康熙二十年起，对省级封疆大吏的任职，逐一进行御前训话。如，直隶巡抚格力古德的训示："以前任于成龙为榜样"、"清廉为官"。江西巡抚安世鼎的训示："为官之道，宜以操守为第一，持己清廉，爱养百姓，方称大吏之职"。漕运总督徐旭龄的训示："洁己率属，官吏自不为奸"。山西巡抚马齐的训示："始终如一，毋改其操"。

康熙的谈话，并非作官样文章。实是以谆谆教诲，要求高官大吏行为自律、为属官作表率，既是训勉，也是问责。

这些举措在大清朝历史帝王的作为中，实是难得。

这里，我们还得用辩证法来考量康熙吏治之道的得失。

康熙倡廉的初、中期颇见成效。官吏贪污之风明显收敛。州、府、县也涌现一批爱民、善民生的清官。但必然指出，康熙的倡廉仍缺乏可持续性。

康熙倡廉的主要驱动力是廉政能升官。但官员们坚守的并非都像于成龙那样信奉儒家思想，处世为人，入仕从政乃以德政、操守自律；而是官本位意识和官场规则。

其次，升官之路堪比独木桥，需要上司的赏识、推荐，皇上的恩宠，尤其是晋升地方大员，入阁拜相，这需要官场的人脉关系，遵循潜规则，晋升途中的环节并非洁身自好能闯关的。

再则，康熙制定的政策也存在明显的不足：

倡廉有度，肃贪却无章。康熙树清官，也惩贪官，但肃贪仅靠圣裁，缺乏类似倡廉的一系列措施和制度保障。一手硬，一手软，顾此失彼。

倡廉重道德操守，却难以根绝以利益为纽带，且盘根错节的官场潜规则。清朝官场盛行师生之谊，裙带之亲，利益驱使的潜规则，常见官官相护，藏污纳垢，举廉难免有失真伪了。

面对文武官员恪守清贫的牢骚，康熙终于开了口子，允许官吏有纤毫私纳，即小贪小拿。

康熙四十八年特下诏谕："所谓廉吏者，亦非一文不取"，否则居官日用及家人差役何以为生？

禁门一开，廉政之风戛然而止。官场顽疾及腐化之风死灰复燃便成了必然。历史的教训应引以为戒。

（二）**雍正朝的吏治**

雍正，史称清世宗，44岁继位，执政仅13年。年长上位，阅历丰富，政治上成熟。

雍正的吏治走的是另一条路线：铁腕整治。他的策略是"除弊方能立政"。

除弊优先于立新政，除弊首要是革除官场弊症；官场积弊就是贪污成顽疾，除弊必须施以重拳。雍正的逻辑很清晰，符合当时大清朝的国情。

康熙朝转入雍正朝，面临着危机与变局的抉择。因此，雍正的吏治与康熙相悖。其事出有因：

1. 康熙晚年二皇子允礽立储风波。

二皇子允礽是皇后所生，算正统的嫡长子。刚周岁，康熙便立为皇储，即皇帝的接班人。从小受帝王教育。康熙与皇后感情甚深，南巡途中，皇后感风寒高烧而亡。康熙内疚，将一身感情倾注于允礽。于是宠爱过度，养成狂妄、任性、自私的个性。康熙出征——允礽看守朝廷——趁机结党营私——串通外戚大学士索额图——收买多名权臣组成"太子党"——安置耳目，窥伺康熙起居，有架空之举——震怒废储。

先立后废，再立再废，引发众皇子的权力争斗，皇族、权贵集团的博弈。

康熙三十五年初废，到五十三年决定朝廷不准再议立储，立储风波长达 18 年。一个政权如何禁得起旷日持久的动荡？

康熙无心理政，吏治松懈。其结果，除卷入皇族争斗的权贵，官场上下处于庸政、懒政的非典状态。廉政、勤政便成了褪了色的口号。

2. 康熙为平息官场怨气，允许小挪小拿，（其实并无许可的量化标准）廉政辄止。政策漏洞导致腐败沉渣泛起。

3. 税收短缺，国库空虚。雍正上台，查国库仅有 800 万两，导致国库空虚，正是朝臣上下贪腐成风之际。单是富甲天下的江苏省积欠钱粮高达 1600 万两，其他各省也不下欠千万两。

雍正铁腕治贪反腐的吏治思想并非心血来潮，而是朝政危机中的必然选择。

雍正在当亲王时，常在官场行走，对官场积弊作了大量调查研究，其观察可谓细致、深刻，洞察之敏锐非常人可比。

举例：雍正关注民生，十分留意各地征收地丁钱粮税。特意赴江西实地考察。发现粮食漕运虽不起眼，但也是舞弊丛生。漕船修理、雇用拉纤民夫费用也是雁过拔毛，被当事胥吏扣克。从康熙十八年至四十五年，单这一项被扣克钱银51万余两，粮食61万石。雍正收集账目比专司财政的户部还要清楚。

县、镇基层的胥吏当差如此，各级官员更是肆无忌惮。收税纳粮，官事不告示于民，仅凭暗箱操作。由此，贪纳扣克手段层出不穷：税赋名目、数量、减免税项随心所欲，官吏从中钻空子作奸；巧立名目、串票洗钱；另立私册，超额征税；免征税赋，实征归己。

各省督抚大员对司库积欠、亏空习以为常；他们所关注的是下属行贿的规礼。

由此，税收短缺，积欠之弊已成为康熙朝晚期以来官吏贪纳成习的潜则。

雍正对官场的腐败深恶痛绝。怒斥："官吏作弊蠹国害民"。所以，雍正上位，自元年起即施以铁腕治理。

雍正元年至四年，在全国开展查亏空，治理官吏腐败。并限定三到四年，治弊取得成效。用现代语解读：审计反贪。

具体整治的重点是：清查各级官吏侵蚀挪用；严治州、县官吏重复征收，敲诈侵吞；惩处各级官吏暗箱操作，营私舞弊。

雍正主持清查审计，治贪反腐颇具现代人的政治智慧。

先搞试点。取得经验向全国推广；选择的试点必须能震慑各省。雍正圈点的便是鱼米之乡江苏省。该省积欠税款居全国之首，高达1600万两。

组织以内阁重臣为主，外省官员主办的清查队伍，如同现在的中央巡视组。自下而上清查。先查府、县（税收弊端的始发地），随之顺藤摸瓜，查省级大员，督、抚，直至主管财政的户部。

如清查江苏省。派遣亲信近臣吏部侍郎王玑，刑部侍郎彭维新领衔清查总理大臣；现任江苏巡抚尹继善、御史伊拉齐、布政使赵向奎协助。所谓协助，只尽联络之责，无办案之权，也就是跑跑腿而已。

从各省抽调道员级能吏任职江苏各府、州、县的分查大员。如，浙江杭（州）嘉（兴）湖道查松江府；苏松粮道进驻常州府；汀漳道负责镇江府，湖广岳常道查太仓。

从内阁六部调四十名属员分赴各府所属县衙。

令浙江总督李卫代雍正作统筹协调。

清查声势之大，官员阵营之强，实令人瞩目。所派遣的清查人员很少与江苏省、府、县官员有牵连，有助秉公处置。

如此清查，确实效果显著。据清查大臣彭维新奏报：江苏钱粮积欠中因恣意私吞达一千万两，仅仅府、县官吏自首侵吞白银便有240万两。其余为百姓积欠。清查将官侵、吏蚀、民欠三项得以明晰厘清。

雍正立即将江苏清查通晓内阁各部、各省。下谕照例清查。由此，清查自江苏推向全国。

雍正对清查重点、罪罚政策的界限都有明确的量化标准，极具可操作性。

清查运动自雍正元年至四年，三年时间解决清查整肃。

清查积欠年限划定为康熙五十年到雍正元年。康熙在位 61 年，清查时限为 11 年。这也是康熙晚期经历立皇储风波之后，政务松弛、最混乱的危急时刻。

设立临时性的行政官署：会考府，相当于现在的审计署。专司审计各省督抚申报核销的钱粮款项，整顿行政秩序。会考府被授予独立审计权，只对皇帝负责。

自首者宽免治罪，准侵吞官吏自首，从宽治罪。不行自首或自首不实，将按律科断，严惩不贷。但宽免者，必须追赔到位。此次审计清查打击面不谓不宽，单就江苏查出贪官污吏达上千人。若全部入狱，则会引起官场地震，有碍政局稳定。宽免政策是明智之举。

不过，雍正不是简单处理，而是将赦免严办的犯案者公布于众，做到家喻户晓。通过造势，一是得民心，二是给各级官吏以心理压力。这也是雍正政治上成熟的表现。

罚罪并责，不准以罚代罪。

罚归罚没，罪须刑责。贪污公款粮谷者，从严治罪。轻则罢官,重则处死,并须追补亏空。罚罪并责的重点是省级大员及主管财政的户部(现在的财政部)。清查审计牵出户部司库腐败。查出亏空达250万两。负责清查的怡亲王建议:着户部用办公杂费逐年增补,分十年抵清。雍正批示,不可。并训斥:"主管国库之户部堂司官员,任意侵渔;此时置之不问,令其脱解事外,国法安在?"

雍正的处理:徇情包庇的户部尚书孙渣齐革职查办。历任户部尚书连坐,以个人家产赔补。部属各官名下贪污应追银两,以一年为限,并担刑责。凡此举一反三。各省总督、巡抚若为属下庇隐,将侵吞说成因公挪用,亦严加处分。严查窝案,按责处理。

雍正十分清楚,凡省、道、府、县钱粮亏空,必然是官吏上下勾结,窝案居多。故清查批示,凡有大案曝光,须从省、府、县乃至各级经录库吏,一查到底。官吏协同作弊,一同监追。

举例,湖北省主管财政钱粮的布政使张圣弼案发,经严查,牵出原任总督、巡抚粮驿道等官,上下勾结、侵蚀欺罔。最后处理,首犯张圣弼斩首,其他革职问罪,抄没家产填补。

雍正"除弊"四年,先后查案达383件,肃贪成效显著。各省吏治渐清,达到惩贪的预期。除弊后,国库储备由800万两骤增到5000万两。

雍正的吏治,先是整肃除弊,后又立养廉银新政,双管齐下，恩威并施，使吏治取得显著成效。

养廉银：按现在说法是，官员的职务津贴。让官员取得合法收入，自觉摒弃贪污，纳贿行为。

这一新政触发于清查反贪的除弊中所牵出各级官吏私吞"火耗"和向上司送"规礼"的潜规则。

火耗：税银入国库须铸造形成的损耗，一般是 2%—3%，但被层层侵占高达 20%—30%。

雍正将火耗改为正税，中止私吞，改作"养廉银"，但收支分开。

雍正对"养廉银"新政也作了全面的规范，建构了新政的政策框架。

1. 规定原则：合理收取，不得破坏官吏廉政约束。

不得滥取过度。

不得加重百姓负担。

2. 规范实施：赋税所征损耗后，折银两归公，不得私分。

养廉银的主要来源是耗银结余。

养廉银实行收支分开。

养廉银的处置权在省级官衙。

具体规定补充养廉银筹措来源、提成比例、补贴标准、补贴范围等。

由于雍正的新政进一步制度化，规范化。这一制度一直延续到道光朝。

3. 补贴标准力求公平。一般说，省属各部的养廉银的标准由督抚衙门公议，但须报朝廷吏部核准。由于各省官职数量不等，积余有异，因此养廉银的标准也不求统一。雍正给出的原则是：按官职高低、官务轻重、并兼顾省份贫富区别确定补贴标准。这基本上是公平的。

如，贫穷省略高于富省：甘肃省巡抚14112两，湖广巡抚14000两，四川省巡抚9999两。

主持全省行政或财政的官吏略高些：如湖广总督12000两，四川总督9999两，低于巡抚14000两，低于布政使10024两。

各级官员的养廉银补贴应包括聘用幕宾及衙门开支。这也是合理的。

尽管如此，养廉银远高于年薪的数倍及几十倍。真可谓"高薪养廉"了。有人说，高薪养廉是出于当代新加坡，其实大清雍正朝也是成熟的新政了。这是中国人的智慧。

4. 另立军队将官的养廉银规定：

军队将官补贴，与地方财政隔开，由朝廷从盐税中分拨，不得以筹军饷之名，侵占地方财政。

并非战争年代，武官补贴要大幅降低于文官。如省级武官都统每人仅240两；副职170两。府级武官都统每人仅40—60两。

5. 对新政引入制约机制。

在实行高薪养廉的同时，对贪污受贿官员实施更严厉、强硬的处罚。雍正三令五申：新政后，"凡官员已得养廉银者，再有私受陋规，即处以重典，该督抚亦从重治罪。"

山西巡抚苏克济贪污勒索下属，曝光后即被处死，抄没家财。

雍正铁腕治贪，并赋之以养廉银新政，使官场整肃取得明显成效。有史学家评说："雍正朝无官不清"，这个评语有些过头，但评论雍正朝的清代吏治最为清明的时期，也是恰当的。

若将康、雍两朝的吏治作比较，便可看出不同的国策。

雍正的养廉与康熙的倡廉，是两种不同的制度安排。

康熙：强调清官效应，提倡官吏立德、清贫，坚守道德自律，公过于私；他的制度基础是士大夫重名的文化心理和仕途诉求。

雍正：施之以利，取之有道，规范其行为，抑制过度的欲望和私利膨胀。从这点而言，养廉是吏治的一种经济手段。

两者比较，脱离经济、物质利益的道德自觉缺乏一种持久的驱动力，廉政往往是事倍功半。

（三）乾隆朝的吏治

乾隆，史称清高宗，24岁继位，在位64年。

乾隆的吏治是，宽严相济，尽职者宽，渎职者严。这是对前朝吏治所作的又一次调整。若说，雍正除弊方能立政的吏治之道，是对康熙晚年政务松弛的纠偏；那么，乾隆的宽严相济可看作对雍正失之严苛的调整。乾隆说过，"诸臣理政必须宽严并济，力戒废弛，又不可陷于苛细"。显然，乾隆对雍正朝提出了批评。

雍正整肃官吏过严，治贪简单、铁血：罢官、抄家、坐牢、斩首。除此之外，还夹着反贪党同伐异，搞权力斗争的政治指向。

雍正元年，在发动清查反贪运动的同时，自上而下推行"密折奏报"制度。

所谓"密折奏报"，即是圈定上千名官员为奏报者。他们公布于六部九卿、省、府及军队等官衙；可以跨级、跨部门以"密折"报告官员们的行为，由雍正亲折，或口谕，或批示处置；阅后收封，承办官员不得外泄，更不准抄录。实际上就是实施告密制度，让同级、左右、上下级相互监督、告密，严格控制各级官吏。其目的，通过臣工相互监视、密告建立监察系统。这使朝廷上下处于一种非正常状态。"密折奏报"在清查运动中也成为雍正强化吏治反贪的一种政治手段。

雍正与其他帝王不同，是个讲政治的主。凡有新政出台都渗透着特定的政治取向和意志。

雍正驾崩。次日即有御史上奏乾隆，乞求中止"密折奏报"，恢复朝纲。某种意义上，乾隆推行"宽严相济"的吏治之道，也是出于一种政治上的妥协，实行温和的吏治路线。

什么是"宽严相济"？

乾隆即位的第二月，便向朝廷高官作了一番解释。

"治理国家的方法，贵在恰到好处，过于宽容，应该用严厉规则加以纠正；过于严厉，就需要用宽容作调节。整饬与严厉，宽容与废弛，看似相近，但本质不同。朕以为：宽容只是对士兵、百姓而言，他们需要安抚，不过罪犯不能赦免、刑罚不能宽纵无边；对臣民的管理也不能放任自流。朕对臣工略微宽容，是要诸王大臣自然严守规训、振作精神。如果政务松懈，朕则从严整饬，拿你是问。"

乾隆的解释，言明了治政宽严的两条标准：一是抚恤民生，宽容民生，严责社会治安；二是官吏在任守制，严明振作，宽小过，严大纲。前者是宽严之表，后者是宽严之本。

乾隆是务实的。宣布新政的同时，连发十数道诏谕，全面整顿政务。

1. 划定政务大纲。各级官吏必须关心民生，崇尚简朴，戒绝奢侈，视国事如家事，以民身为己身。此为在任守制的政务大纲。

2. 明确实施细则。禁止重复征税，豁免杂税，荒年停征米税，歉年借谷不收息；豁免苗族新赋税。

地方官吏不准忌盗、力禁盗、赌、娼。

各级官吏须实政陈奏，严禁匿灾瞒报，报喜不报忧，奏末不奏本；

裁撤各部冗员，精兵简政。

各省督抚不得越权调整府县官员，增设官职，安插亲信。

鼓励保荐人才。选杰出贤能;

司法公正,刑狱务须公平,不准滥用私刑。

匡正文风,直言不隐,章奏须自抒己见。

推广佐杂官的养廉经验,等等。

乾隆执政的第一、二年,先后颁布近百条诏谕进行全面的政务整顿。其吏治思路十分清晰:将重心由廉政转向勤政。若与康、雍作比较,前朝吏治,一是注重官员的个人道德操守;另一是整肃个人公权私用,贪腐纳贿,强化监察;乾隆则加强官吏的政纪政风的整顿,职责守制、绩效能力的考核,以及执政秩序的规范;用制度、纪律,整顿官场秩序,约束官吏之行为。

这是乾隆过人之处,也是历史的进步。

乾隆直接过问的政务整顿,有三处是可圈可点。即税赋,保荐人才,科考。

1. 税赋。

乾隆将关爱民生,抚恤民众列为在任守制的首位。也是政务清明的底线,而处置民生的一项主要内容就是合理、公正的税赋。

乾隆指明,征赋税,农垦种植应考虑民生的承受力。不少官吏为追逐政绩,苛捐杂税,劳民忧民。例如,河南总督田文镜,河东总督王士俊以垦地荒政为由,强行摊派超额开荒,苦累百姓。因此遭严厉训斥,田、王被解职候任。王士俊不服,陈奏辩驳，并公开叫板，要为其在雍正朝奉令垦地翻案。乾隆随即在养心殿召集总理事务的王公、大臣、九卿议奏。众臣意见，以大不敬律之罪拟斩。乾隆认为，追逐政绩用权不当，是过非罪，有过必罚，罚重而不偏。决定：取消候任，驱逐回籍。

这符合宽严相济的原则。

2. 保荐人才。

乾隆对保荐能吏在数量、政治要求、业务特长、申报推荐程序都作明文规定，这是遵守行政秩序的"守制"。

为此，各省督抚奏保推荐的候选官员，必须申报其籍贯，从政经历，出具考评意见，报吏部审察，最后皇帝御批。

举二例　一是新任湖广总督永常奏请管辖内的候补道，委任实缺。乾隆闻报立即批示，外遣官员必须交吏部拣选，地方官无权任免。对永常的违纪给予问责处分。

但乾隆的处理另有洞见：永常初任总督不知规定，情有可原。但前任总督为何不行告知？问责的板子放在前任身上。乾隆就此事再发谕警示各省。作为纪律，不得逾越。

二是两广总督陈宏谋也以广东按察使一职出缺，保荐道员就近升迁。乾隆立即批驳："藩、臬为方面大员，从无督抚奏补之理"。

乾隆下谕将陈调离岗位降职赴江苏任职。

同样违纪，永常初任，不知规定，仅作训斥。陈宏谋则明知故犯，降职调用，体现宽严之别。

3. 科场举仕。

科考举仕涉及国家、社会政治稳定的重大政务，因官本位的官僚体制，考场舞弊则是司空见惯的积弊。乾隆元年，重申先朝旧例，并将遵守考场规则列为不得擅自逾越的政务纪律。

凡科场考试，涉及官宦子弟及本家族人一概回避，违反规定，所涉各官一律惩办。

元年，顺天府开考乡试。所取头名解元乃户部员外郎许秉义的胞弟，触犯政纪。案发后，乾隆将主考官革职，处徒刑三年；副考官徒刑两年，以整肃纪律。

九年，顺天府乡试。乾隆派亲信御前大臣哈达哈、步兵统领舒赫德临场监管。考生点名入场，查出21名考生"挟带"欲作弊。

乾隆作了十分严厉的惩处：21名考生科场枷号示众，革去生员资格，永不入科举。作弊考生有六部九卿衙门的司科官员的子弟，篡改名籍入场，均被革职。乾隆以此案为由，清查元年到九年历科的科场舞弊。为维护政务纪律可谓严厉。

对乾隆吏治之道的考量。

乾隆"宽严相济"的吏治，平息了高官对朝廷的怨气，缓和了平民与地方官府的对立，以形宽实严的政风政纪督促官吏执行新政的自觉，其长效性远超过雍正朝运动式的审计问责。但历史的真相是不会掩盖封建王朝任何新政的内在弊端，包括"宽严相济"的吏治之道。

乾隆朝晚期暴发一大丑闻，便是对中国历史上最大贪官和珅的信任和纵容。

和珅何许人？

和珅是生员出身，钮祜禄氏，属于满洲正红旗人。先祖因征战山东有功，为子孙挣了个低级校尉武官三等轻车都尉的虚衔。到父辈已家道中落，家境贫寒。和珅发奋读书，企望日后光宗耀祖。其领悟能力超群，精通汉、蒙、满文，年少时博得著名学者袁枚的赏识。科举落第后，被文学家袁枚推荐给协办大学士冯英廉。因其文才及堂堂外表，被招为孙女婿。乾隆三十四年，经冯英廉上下疏通，进宫承袭了三等轻车都尉的实职。

和珅的发迹就在于其善于揣摩乾隆，献媚邀宠。

乾隆晚年常处于精神恍惚的状态，或是沉浸在文治武功的自我陶醉和痴迷中；或是陷于穷兵黩武、政务混乱的思绪焦虑中。为排遣政务困顿的烦恼，定期率众离京围猎。金甲戎装，骑马驰骋，禁旅随驾。只有此刻，乾隆便会精神亢奋，有一种纵横天下的快感。和珅深知这种虚渺的亢奋是晚年乾隆的一种精神支撑。献媚的精义是要将虚幻的亢奋定格，又须献之不言，媚而不俗，既避窥视圣上内心秘密之嫌，又达惺惺相惜，忠贞不二的媚意。

和珅高明之举是请善画丹青的江湖艺人画了幅《射鹿图》进呈乾隆。

画面图景是：乾隆身穿金铠甲，骑高头大马，弓弦满月，左下方仅露庞大卫队的脚部，茫茫草原，一只小鹿四面顾盼。特别精心布局的是，乾隆形象栩栩如生，仅四十岁模样，年富力强，英姿勃勃，一副君临天下之气概。

乾隆龙颜大悦，拍案击掌，连称"极品"，称"极"不是绘画艺术之完臻，而是君临天下的精气神貌被定格了。和珅献媚不露痕迹，却得到丰厚回报：乾隆四十年，和珅由御前侍卫晋升为正蓝旗满洲列都统，入籍正黄旗，成为清朝上三旗满洲人。三个月后，授户部右侍郎，二品官戴。再两个月，破格任命为军机大臣。乾隆四十四年，和珅擢升为御前大臣，实授户部尚书。乾隆四十七年，被加封太子太保，文渊阁大学士，军机大臣。到此，一个毫不起眼的、不懂射箭骑马的侍卫，仅几年成为乾隆第一宠臣。和珅仕途上的飞黄腾达堪称史无前例。

和珅成宠臣便大肆权力寻租，敛财肥己。与别的贪官不同的是，和珅的权力寻租堂而皇之打着乾隆的旗号，这是历代贪官无出其右的。

乾隆四十七年要筹办七十寿诞，此君好大喜功，行事又一向铺张。六次南巡，竟花去近二亿两白银。单四十五年，68岁一次南巡，行程大为减缩，还是花去1700万两。这次寿诞是对自己文治武功的庆祝，自然铺张。

乾隆令和珅清点国库，筹措寿诞费用。和珅授意几个户部侍郎编造内、外库细账，呈报库银仅剩1亿2千万两。这与乾隆心中的家底相差甚远。

和珅乘机献计说：各地大小官吏均有贪赃枉法之嫌，可设"议罪罚银"之法，让贪官们交纳罚金，以示警戒，又可充实国库之需。

和珅将之称作"议罪银"，由他兼任尚书的户部决定罚谁，如何罚，怎样追缴。

"议罪银"以罪错轻重，职位高低、俸禄多少和官职肥瘦而定银数。

各地官吏凭手中权力，搜刮民脂民膏，和珅又按官职权力大小，收缴贿赂。真是将权力寻租演绎到了极致。在"议罪银"的旗号下，和珅疯狂敛财，日进斗金，贿银如流水。满朝文武纷纷上门巴结，赂送金银、字画、古玩，门庭若市。和珅应接不暇，竟吩咐四品以下官员一概不见。据记载仅苏州知府贺鸣一，每年向和珅交纳"罚银"三万两。

日后嘉庆帝抄家，据统计，和珅家产总值2亿6千万两，仅从地窖内就抄出黄金3万3千两，白银200万两。当年雍正反贪清查，艰辛收入国库不过是5000万两。

乾隆晚年的败笔将大清朝陷入新的危机。后朝嘉庆、道光再无先祖们的政治智慧和施政魄力，挽狂澜于危机之中。变局走向了负面，大清盛世滑向了衰落。

要强调的，和珅擅权不能否定乾隆期初、中期"宽严相济"吏治的政绩。由于政务治史得当，乾隆朝中期的国民生产总值达到大清朝的最高峰。

不可否认，乾隆朝的政务治理与宠臣现象的悖论和矛盾。透过历史表象，可发现问题的结症：

其一是，乾隆重勤政、轻廉政；大官、小官只要能干事，就是好官。勤政替代廉政，顾此失彼。

其二是，帝王集权下的吏治严宽标准，其核心是"忠君"。皇帝的亲疏、好恶、恩赐与惩处决定着严与宽的转换。和珅得宠，使严治变宽恕，宽而放纵，直至姑息养奸。

（四）总结

康、雍、乾三朝是大清的鼎盛时期，开创、赓续了一百多年的盛世。国泰民安得益于以社会和谐、重民生为要务的吏治清明。三朝吏治顺应历史值得肯定。

但盛世也充满着变局，存在着危机。因此，吏治始终存在着不确定性。三朝政策有调整，也有失当。前者求得政局的平稳，后者则引发新的危机。周而复始，不断循环。

若追寻本质上的原因：其一，封建皇权的政治形态是专制、集权。朕即国家，朕的意志即是国家的意志。官吏的德政、善政，首先以"忠君"为前提和衡量标准。帝王通过吏治手段，来修补和完善官僚体制，来支撑国家机器的运转。

其二，作为官僚体制的意识形态的基本构成是：官本位。三朝吏治不是削弱，而是不断强化官本位意识。由此而来，公权私用，权力寻租必然会以各种形式的潜规则顽固地表现出来。

官场腐败无法根除，最终导致政治腐败。封建王朝也因此由盛而衰，先衰而亡。这是历史的必然。大清历史再次验证了这一规律。

（复旦经世书局讲座）

2019 年 12 月 1 日

后　记

从业出版四十余载，二度退休，算是有了自由身。自主读书，做学问。一年里读了一部大书，十一卷本《清史记事本末》。边读边写心得。文稿整理半年，得成《清史明鉴录》付梓出版。

以后的岁月还是"躲"不掉领导，被"邀"审读沪上出版社的送审书稿；继之，又被"邀"入市阅评组，评估经筛选的书著。一晃便过去十余年。现年近八旬，想早日完成审评角色。在此之前，将几年积下的审评文字做成文章，权当作个了结。

承蒙上海三联书店启甸、黄韬两先生偏爱，允诺小书《雾里看花》出版，了却心存的夙愿。

凭多年感觉，读书容易，写书评甚难。很少有同仁去做书评，若当作学问下功夫必然难以为继。偶尔为之，均是受人之托的应酬文章，留存不下来。

究其因，一是阅读量太大，无多时间可消耗；二是"雾里看花"，难以入手。后者的原因则是主要的。

从业出版虽积累一些浅薄经验，但每读一部新书，总有在迷雾中寻觅路径的感觉，要认清著者之书写文脉、诉求取向，行文风格，并非易事。又且，读书褒贬各见，各有各的视角和评判标准。书评难以引起读者的兴趣和共鸣，更谈不上著者的认同。

若堆砌溢美之词，作者当然双手合十而谢之。但毕竟给读者布下雾幛。轻者，读之无益；重则是误导，害人匪浅。

愚是个文化人，不愿当廉价的广告商，因此，每逢写审评，总是忐忑不安，犹豫不决。可见，做书评之难。

古人语，仁者见仁，智者见智；其实说了一个真相：读书如在雾境中，看不真切，自然各执一词了。究竟是美艳之鲜花，还是隔夜的黄花，都难说清雾幛中的花之本色。

鉴于上述顾虑，便用随笔体做文章，遇到书中难解之意，便用随笔变通了。拟可给读者留些思考和辨正的空间。

结笔之前，留些直言，权作后记。

2021 年 12 月 15 日

图书在版编目(CIP)数据

雾里看花/吴士余著
.—上海:上海三联书店,2022.8
ISBN 978 - 7 - 5426 - 7727 - 3

Ⅰ.①雾… Ⅱ.①吴… Ⅲ.①随笔-作品集-中国-当代
Ⅳ.①I267.1

中国版本图书馆 CIP 数据核字(2022)第 103010 号

雾里看花

著　　者 / 吴士余

责任编辑 / 殷亚平
装帧设计 / 徐　徐
监　　制 / 姚　军
责任校对 / 王凌霄

出版发行 / 上海三联书店
　　　　　(200030)中国上海市漕溪北路 331 号 A 座 6 楼
邮　　箱 / sdxsanlian@sina.com
邮购电话 / 021 - 22895540
印　　刷 / 上海颛辉印刷厂有限公司

版　　次 / 2022 年 8 月第 1 版
印　　次 / 2022 年 8 月第 1 次印刷
开　　本 / 890mm×1240mm　1/32
字　　数 / 230 千字
印　　张 / 11.75
书　　号 / ISBN 978 - 7 - 5426 - 7727 - 3/I・1767
定　　价 / 68.00 元

敬启读者,如发现本书有印装质量问题,请与印刷厂联系 021 - 56152633